JN074880

THE AGE OF DOMESTICITY

Sarah J. Hale's Novels in Antebellum Politics and Culture

家庭性の時代

セアラ・ヘイルとアンテベラム期アメリカの女性小説

増田久美子――著
Kumiko Masuda

本書は、立正大学石橋湛山記念基金の助成を受けている。

家庭性の時代

――セアラ・ヘイルとアンテベラム期アメリカの女性小説／目次

【凡例】

一．註は章ごとに通し番号を（　）で付し巻末にまとめてある。

一．各章の引用・参考文献も章ごとに巻末にまとめてある。

序章　セアラ・ヘイルと「家庭性の黄金時代」

これまで家庭生活や家事についてあまりにも多くのことが書かれてきたために、すでに書き尽くされ、もはや興味を引くようなことや重要なことなど書かれないだろうと読者には思われるかもしれません。ところが、この「家庭」こそ、尽きることのない主題なのです。

——ユーニス・ホワイト・ビーチャー(一八七八年)

「家庭」こそ、尽きることのない主題——ユーニス・ホワイト・ビーチャーは、一八七八年に出版した家事指南書の序章「真なる家庭」において、一九世紀アメリカの女性たちが抱いていた最大の関心事をそのように記している。[1] じじつ、家庭生活や家事を主題とする「尽きることのない」物語は、一九世紀をつうじて書籍や小冊子、雑誌記事といった媒体によって大量に流通し、アメリカ社会のなかに女性と家庭との密接な関係性を築き上げてきた。家庭のあるべき姿を理念化し、その実現を模索して繰り返し社会に提示する行為と、その理念や方法を自分自身の日常生活に取り込み、内面化する女性の生き方や暮らし方の趣向は、当時のさまざまなテクストに表現され、のちに「家庭性」(domesticity)という名で概念化されていくことになる。ことに一九世紀中葉のアメリカ社会は「家庭性の黄金時代」と評され、多くの白人中流階級の女性たちが「家庭性という壮大な流儀(スタイル)」の呼びかけに共鳴した時代であった。[2]

本書は一九世紀アメリカの女性空間を読み解くうえで核心となる「家庭性」の概念から、セアラ・ヘイル（Sarah Josepha Hale, 1788-1879）の小説を中心に、とくに南北戦争前夜期（アンテベラム）に出版された作品について論じていく。この女性こそ、「家庭性」という概念を信奉し、洗練し、記述し、指南し、そして実践した「家庭性の黄金時代」の唱導者であり、その中心に立ち続けた人物であった。

家庭性とは、近代アメリカにおける男女の活動領域を公私の空間によって峻別し、女性の活動する場を私的な家庭空間に限定する「領域分離」（separate spheres）の根拠となった規範である。セアラ・ヘイルは一貫して女性の家庭管理への専念と献身を「真の女性らしさ」として礼讃し、奨励し続けた。そのため、ヘイルは女性を政治領域から切り離して私的な存在に仕立てあげ、女性の権利運動に強く反対の意を示した「反フェミニスト」とみなされ、また、白人中流階級家庭の「感傷的な」女性文化を孵卵する保守的人物として認識されてきた。しかし、彼女の意図する家庭性とは、逆説的にも、（女性にとって）制限された社会のなかで女性みずからが主体的に政治力を発揮する機会を獲得し、私的領域を起点にして女性の公的プレゼンスと役割を提示する手段にほかならなかった。つまり、ヘイルにとって家庭性とは、彼女自身のことばを使うならば、「市民社会」（civil society）という公的領域に生きる「女性市民」（citizeness）を私的領域から現前させる実践的な思想ないし言説であり、それは一見すると保守的ではあったが、家庭管理の論理と実践を通して、女性が道徳的・母親的役割に立脚することで公的社会を変革していく力の源泉にもなったのである。[3] 女性が領域の逸脱という社会的禁忌（タブー）を破ることなく公的な主体となり、私的領域である家庭から女性たちの文化的・政治的行為を誘起しうる言説や語彙を、いかに同時代の女性読者たちに提示できるのか――ここに、彼女の執筆の真意とテクスト上の奮闘が存在した。このような観点から本書が試みるのは、ヘイルの小説に書き込まれた家庭性をめぐるレトリックの深層について検証し、その同時代的効果と思想的影響力を評価することによって、近代アメリカ女性文学研究におけるヘイル作品の位置づけと、文学テクストにみる家庭性の意義を再考することである。

しかしながら、セアラ・ヘイルという女性作家は、こんにちの日本におけるアメリカ研究領域で充分に知られた存在であるとはいいがたい。まずはヘイルの伝記的背景と人物像、および作品の評価・解釈の変遷をたどり、そのうえで、ヘイルが提唱した近代の家庭性や領域のイデオロギーを把握するため、現代のアメリカ女性史や女性文学研究における議論の展開を振り返ってみたい。

一．（反）フェミニストか帝国主義者か――セアラ・ヘイルのペルソナ

セアラ・ヘイル（旧姓ビュエル）は一七八八年にニューハンプシャー州ニューポートで生まれ、その地で育った。父ゴードン・ビュエルはアメリカ独立戦争に従軍した経験をもち、母マーサは新生アメリカの「共和国の母」を体現するような教育熱心な女性であった。当時のニューイングランド地方のほとんどの女子がそうであったように、ヘイルも正規の学校教育を受けることはなかったが、母親の教えにより早熟な読書家となり、生涯、独学の徒を貫いた。彼女は同州の名門ダートマス大学の学生だった兄のもとで、大学課程と同レベルのラテン語や哲学等を学びながら、地域の子どもたちの

ために私塾を開校していた。一八一三年に地元の有望な弁護士であったデイヴィッド・ヘイルと結婚したが、その後もヘイルは家事や育児をする生活のなかで毎夜二時間におよぶ夫との勉強会を開き、本人の回想によれば、「体系的に学ぶ」ことによって「フランス語、植物学、当時の最新の科学、〔…〕鉱物学、地質学」についての知の獲得に努めたという。(4) ヘイルが文筆業によって生計を立てようと志したのは、突然の夫の死去によって自身と五人の子どもが残されてしまったためであった。

一八二七年、ヘイルが三九歳のときに出版した最初の小説『ノースウッド』が好評を得ると、彼女はボストンの監督教会派牧師ジョン・ローリス・ブレイクによって女性誌の編集者として迎え入れられ、文芸・出版界への本格的な一歩を踏み出すことになった。ボストンで発行された『レディーズ・マガジン』誌の編集には一八二八年から一八三六年まで携わり、また、この雑誌が一八三七年にフィラデルフィアのルイス・ゴーディーの出版する女性誌『レディーズ・ブック』（のちの『ゴーディーズ・レディーズ・ブック』）に吸収合併されたのちも、彼女は一八七七年まで（つまり、八九歳まで）有力な編集者として腕をふるい、自身も寄稿者として筆を執った。(5) とり

ジェイムズ・リード・ラムディンによる
セアラ・ヘイルの肖像画（1831 年）、
リチャーズ・フリー・ライブラリー所蔵

わけ『ゴーディーズ』誌は、その最盛期であった一八六〇年には一五万人もの定期購読者を誇り、同誌と編集者ヘイルは白人中流階級の女性読者にとって、「客間の規範、キッチンの教科書――各家庭において最後に頼るべき権威」(6)となっていった。現在の知名度の低さからは想像もできないが、ヘイルは一九世紀アメリカの文芸・出版ならびに女性文化という世界において、きわめて多大な影響力をもつ人物のひとりだったのである。

アメリカ女性文学研究者のパトリシア・オッカーによると、当時の女性編集者の多くは、女性であるというアイデンティティを「自身の権力や権威の根拠」とみなしていた。「権力」と「権威」とは、ヘイルの文芸・出版分野における経歴を表現するにまさにふさわしい用語であった(7)。ヘイルは雑誌に掲載する記事や寄稿者への報酬額などの決定権を掌握しつつ、毎号欠かさず編集コラムと本の書評を執筆し、折あるごとにみずからエッセイや短編物語や詩を寄稿した。また、エドガー・アラン・ポー、ハリエット・ビーチャー・ストウ、オリヴァー・ウェンデル・ホームズ、リディア・シガニーといった作家や詩人たちに作品発表の場を提供し、アメリカ人作家や女性作家の輩出に尽力し続けた(8)。さらには、ヘイルは編集者という権威的な立場から雑誌の広告性を利用し、読者に「共感」と「愛国心」を呼びかけることで多様な社会活動への賛同と支援を募った。たとえば、ボストンのバンカーヒル記念塔の建設（一八四三年完成）などの記念事業や慈善・奉仕活動に積極的に関与しては、それらの実現に大きく貢献している(9)。また、著述家としての仕事はさらに数多く、ヘイルは詩のアンソロジーや著名な女性文筆家の書簡集を編纂するかたわら、小説、詩集、エッセイ集、児童書、料理や家事にかんする指南書を発表した。なかでも、一八五三年に刊行された女性伝記事典『女性の記録』は九〇〇頁を超える大冊であり、この初版に続いて第二版（一八五五年）および第三版（一八七六年）ではさらに項目が増補され、最終的にヘイルのもっとも野心的な著作となった。彼女が九〇歳で亡くなったとき、フィラデルフィアのある新聞の訃報が伝えたように、まさにヘイルは「尊敬すべき女性作家であり、女性編集者」だったといえるだろう。[10]

ところが、アメリカ文学の「正典（キャノン）」が成立しはじめる二〇世紀初頭には、文学や文化における「感傷主義」を蔑視する風潮が強くなり、ヘイルの評価は凋落する。しばらく、彼女の名は一九世紀に活躍した多くの女性作家たち（ホーソーンの苦言した「ものを書き散らす女ども」）と同様に忘れ去られてしまうのだが、一九六〇年代後半から七〇年代のアメリカ女性史研究とフェミニズム文学批評の興隆のなかでその名は復活することになる――ただし、女性の権利運動を厳しく非難し、女性を公的領域から退かせ、家庭に束縛させた「男女の領域分離」と家庭性イデオロギーの提唱者、ないし「反フェミニズム」の女性作家として。ヘイルと『ゴーディーズ』誌は、バーバラ・ウェルターやアン・ダグラス、スーザン・コンラッドといった家庭性や感傷主義を批判する批評家たちにとって、主たる攻撃対象となってしまうのである。いまなお「感傷的・保守的・反フェミニズム的」なヘイル像が（否定的な意味で）広く流布されているとすれば、それはコンラッドらが展開した一九七〇年代のヘイル批判によるところが大きい。[11]

一九八〇年代から九〇年代は、一九世紀アメリカ女性作家たちの残したテクストの掘り起こしが試みられた時代であった。これらの研究の進展にしたがって、家庭性や領域イデオロギーについての文化的・政治的意義の再考および再解釈が提示されるようになる。[12]後述するように、アメリカ女性史の分野では、すでに一九七〇年代のナンシー・コットらによる先駆的な研究に牽引され、「領域論」の歴史的パラダイムを肯定的に解釈する議論が登場しており、セアラ・ヘイルの「再評価」はこの潮流のなかで始まった。ニーナ・ベイム、バーバラ・バーズとスーザン・ゴセット、スーザン・ライアンらはヘイルの作品を再読し、そこにきわめて「政治的」な（もしくは「政治化された」）家庭性や領域思想を見いだしていくことになる。[13] また、編集者としてのヘイルの仕事に着目したローラ・マコール、イザベル・ルー、ニコル・トンコヴィチ、パトリシア・オッカーらは、『ゴーディーズ』誌とその女性編集者を固定化してきた「感傷的・保守的・反フェミニズム的」なイメージに異を唱えた。とりわけオッカーは半世紀におよぶヘイルの編集者としてのキャリアを網羅的に分析し、女性誌という空間で展開したヘイルのジェンダー思想が一九世紀のアメリカ文化におよぼした影響力をあきらかにしている。[14] そして一九九〇年代末に、キャシー・デイヴィッドソンらが「ポスト領域批評」と呼ぶ分析視点から「領域論」を再評定しようとする試みが提示されると、エイミー・カプラン、グランヴィル・ガンター、アリソン・ピープマイアー、エリザベス・ネルソンといった研究者たちは、ヘイルの家庭性・領域・ジェンダーのイデオロギーを根本的に定置しなおそうとする新解釈を次々に発表した。ことにカプランの議論は、保守的な家庭性の提唱者として位置づけられていたヘイルのテクストのなかに、イデオロギー的同期性、つまり、私的領域のイデオロギーであったはずの家庭性と、公的イデオロギーの「花形」であった領土拡大主義との密接な同時代的共犯関係が存在していることを解き明かすものであった。また、ガンターは通俗的な教訓を平凡な文体で綴るヘイルの手法には、字義的・表面的に読み取られる意味から真意が逸脱していく「パラドクス的語り」があるとして、ヘイルの共和国理念にもとづくジェンダー思想を解読しようとしている。[15] さらに近年では、元来ヘイルはラディカルな思想家であったとの前提において、彼女が保守化せざるを得なかった「個人的事情」から作品を解釈するという、ジェイン・デローリエによる独創的な論考が展開されている。[16]

このように、家庭性というイデオロギーと領域批評において、ヘイルにはさまざまなペルソナが与えられてきた――女性を家庭空間へ退行させた反フェミニスト（コンラッドら）、「女性の領域」の拡大のため家庭という私的空間を政治化した「ポリティカル・ライター」（ベイム）、アメリカの文芸・出版界に女性文化を構築した有能な編集者（オッカー）、そして、アフリカへとおよぶ帝国の版図に「ドメスティック」な領域を創造した白人帝国主義者（カプラン）。セアラ・ヘイルを解釈し評価することは、畢竟するに、まさにアメリカ女性史や女性文学批評における家庭性や領域批評の歴史とパラレルかつ不可分な関係にあることが理解できる。したがって、わたしたちは一九六〇年代後半の女性史家たちによって概念化されはじめた「家庭性」が、はたして、現在までどのように議論され、かつ定義されてきたのかをたどる必要があるだろう。

二．家庭性イデオロギーと「男女の領域分離」論争の展開

家庭性とは「男女の領域分離」イデオロギーを下支えし、独立革命後の近代アメリカ社会に浸透していった概念である。それは女性を公的な存在として認めず、私的で道徳的で感傷的な存在として彼女らに「真の女性らしさ」や家庭の責務――母ないし妻として、子どもの養育や家事等の家庭管理

——を課する規範であった。ところが、家庭性は「家庭的であること（ドメスティシティ）」という原義のなかにアメリカにおけるヴィクトリアニズム特有の道徳観や感傷性を保持しつつも、その含意する内容は言説の使い手ごとに多様であり、往々にして曖昧で矛盾に満ちていた。なかでもきわめて特徴的であったのは、家庭性という思想が逆説的にも女性たちに家庭外での公的活動に参与する機会と、政治的存在としての根拠を与えたという点である。

「家庭性」ということば自体は、二〇世紀後半以降の女性史や女性文学の研究者たちによって概念化されてきた分析用語である。この用語は女性による歴史記述の方法論をも指す広範囲な思想用語として利用されていくのだが、これが明瞭なかたちで学術的に登場したのは、一九六〇年代後半のアメリカ女性史家らによる論考であった。彼女たちによれば、家庭性とは一九世紀をつうじて「真の女性らしさ」を評定するジェンダー規範のひとつであり、とくに「男女の領域分離」が浸透するアンテベラム期のアメリカ社会において、白人中流階級の女性たちの活動領域を著しく制限するものであった(17)。そのため、家庭性は「女性の領域」や「真の女性らしさ」等の言説とともに家庭の閉域性や女性の従属的な地位を意味し、フェミニズムの後退要因とされてきたのである。ところが、一九七〇年代の女性史研究のなかで中心的に議論されたのは、「女性の領域」が生み出す政治的・文化的な力であり、家庭性にみられる私的で道徳的な価値観が女性の社会的・集団的行動をうながしたという領域主義肯定論であった。

それによると、一九世紀アメリカの「家庭」とは、ジェンダーによる役割分担が厳密な社会ゆえに生じた女性どうしの非常に親密な空間であり、束縛された場というよりも、女性たちがみずから積極的に形成しようとした女性固有の文化圏であった。[18] そのような「女性の領域」は（とりわけニューイングランド地方における）白人女性たちの連帯意識を育み、女性たち自身による組織化や慈善活動等のさまざまな公的活動へと伸展させた空間として、のちのフェミニズム運動の「前提条件」となったとさえ評された。[19] 一九七〇年代の女性史研究は、家庭性の理念が「女性にふさわしい場は家庭である」という言説を敷いて一九世紀の女性の生き方を厳しく制限しながらも、他方では、彼女たちに実質的な公的活動の機会や、私的領域から社会・国家へとおよぶ政治的な影響力を獲得させたことを評定したのである。[20] このように「領域」を肯定する姿勢は、一九八〇年代の女性研究にも引き継がれ、女性の政治性を是認する家庭性の理念は、独立革命期における女性たちの経験のなかにも見いだされていく。

植民地社会に啓蒙思想が浸透した独立革命期において、英国製品の不買運動のさいに女性たちは紅茶をボイコットして代用茶やコーヒーの利用を呼びかけ、輸入衣類の代替品として当時廃れていた糸紡ぎの習慣を復活させてホームスパンの布地を織った。歴史家メアリ・ベス・ノートンは、このような消費や生産という女性たちの営みに、一九世紀につながる家庭性の政治的意義を突き止めている。[21] また、愛国心を共有する「家族」という帰属意識は、しだいにアメリカを独立へと導く原動力になると考えられるようになり、独立の達成後、家庭空間はますます重要な国家基盤として、公徳心あふれる共和国市民が育成される場であるとの認識が広まる。このとき、子どもたちの養育に従事するよう奨励され、「家庭的美徳」と「国家の存続」のつなぎ目となったのが女性である。[22] リンダ・カーバーの「共和国の母」という概念が示すように、共和国市民の育成は女性の公的役割とされ、女性はその点において新しい共和国の建設に政治的にかかわることができたと理解された。[23]やがて、植民地時代の家庭空間は徐々にキリスト教化あるいは感傷化の侵食によって、「母性による育みと暖かな感情」のあふれるヴィクトリアニズム特有の家庭空間へと変貌する。[24]

こうして家庭性や領域パラダイムによる歴史・文化研究が次々に重要な論考を生み出していくなかで、「女性の領域」の拡大がフェミニズム運動と近接していたという議論や、一九世紀の女性たちが過大に「真の女性らしさ」に固着していたといった認識はいくたびか見直された。[25]また、「領域」とはメタファーあるいは修辞にすぎなかったにもかかわらず、あたかも一九世紀のアメリカ社会が現実にジェンダーによって分離されていたという錯覚を生み出してしまい、それにたいする反省がうながされもした。[26]さらに、私的で神聖な空間であるはずの白人女性の家庭に、奴隷制（たとえば、家族ではない黒人女性がキッチンを支配している状態）や賃金労働（たとえば、家族ではない移民女性が家事使用人として雇用されている状態）といった市場的・金銭的価値がはびこることの矛盾が問いだされ、家庭性に潜む人種や階級問題がはっきりと焙り出されていった。[27]つまり、一九九〇年代末には、アメリカ女性史および女性文学研究が「男女の領域分離」に依存してきたために生じた重大な問題点について、もはや看過できない状況となっていたのである。

もちろん、領域論にみる女性たちの階級格差や人種的差異についての異議申し立ては、かなり早い時期に発表されたガーダ・ラーナーの女工労働にかんする歴史研究や、ヘイゼル・カービー、クローディア・テイト、カーラ・ピーターソンたちの黒人女性文学研究によってすでになされてきた。[28]だが、エイミー・カプランがこれまでの領域批評の実践について以下のように要約したように、家庭性研究の「負の所産」は鋭く指摘されなければならなかった。

〔「家庭礼讃」あるいは「男女の領域分離」の〕イデオロギーは、家庭のなかに女性の神聖な場が存在し、女性が道徳的影響力という感傷の力をふるうことのできる場こそ、家庭であると掲げていた。これまで研究者たちは、この家庭性という言葉の多岐にわたる政治的な使用とそのコンテクストを徹底的に追究し、分け隔てられていると考えられてきた男女間の相互浸透的な境界線をつぶさに脱構築してきた。その結果として提示されたのは、社会階級の別なく女性の共感を拡大していくことが、まるで逆に、女性の感傷の力で解消されると謳われた人種間や階級間のヒエラルキー構造を堅持するように働いてしまうということだった。[29]

さらに痛烈に領域論および家庭性を否定したのは、キャシー・デイヴィッドソンである。デューク大学出版『アメリカン・リテラチャー』誌一九九八年九月号にて「男女の領域分離」論を再考する特集が組まれたとき、デイヴィッドソンは「もう領域批評はやめよう」と声を上げ、領域パラダイムによる歴史記述や文学批評を肯定する姿勢について率直な批判を述べた。「すばらしき女性の世界をユートピアのごとく提示したところで、一九世紀アメリカの歴史を〔ジェンダー化された領域という〕ふたつの対立項から解釈することは、けっきょくのところ不充分である。それは、一九世紀アメリカの社会や文学がおよぼす多様で複雑な機能を理解するには、あまりにも粗雑な――あまりにも頑なで全体化しすぎる――手段だからである」。[30] 加えて、デイヴィッドソンはジェサミン・ハッチャーとともに「領域論の終焉」の意図を次のように解説している。

〔…〕われわれが議論しているのは――評価する対象が一九世紀のアメリカ文化であろうと、それを分析する現代の方法であろうと――権力とはどこで終わり、抵抗とはどこで始まるのかを正確に記すことが、たいていの場合は困難であるということだ。どうすれば、われわれは政治的排除の代償として得られた「感傷の力」を評定しはじめることができようか。「感傷の力」は、（あらゆる人種の）女性たちを参政権から排除した、まさにその政治システムのために得られた力であったが、排除と同時に（たとえば、人種や階級における）特権を示すさまざまな形態にも根ざしている。ポスト領域批評はそのように絡み合う関係に着目し、それがいかに複雑で混乱しており、矛盾すらしているのかを理解させるのである。(31)

たしかに、家庭の領域やそこから生ずる「感傷の力」は、家父長的なカテゴリー（男性、政治、市場、「完全な市民権」、アメリカ正典文学等々）にたいする抵抗の力としてさまざまな政治的行動へと女性たちを導き、また、女性独自の文学や文化を生みだしてきた。(32)だが、それがジェンダーという枠組みではなく、彼女らとは異なる人種・階級・宗教等のカテゴリー（黒人、労働者階級、カトリック教徒等々）に向けられたとき、その力は翻って家父長的なものとの共犯関係を結ぶことによって、異質なものを排除する権力としても機能したのである。つまり、一九世紀アメリカ文化や社会をたんなる「男女の領域」の二項対立としてみるだけでは意味がない。ローラ・ロメロの家庭性研究が示したように、権力構造を内在させる家庭性にはジェンダーの問題だけではない多種の要素が入り組み、それが錯綜する関係性のなかにこそ、一九世紀アメリカの文化のかたちを理解する視座がある。[33] ゆえに、デイヴィッドソンとハッチャーが呼びかけた「領域論の終焉」とは、むしろ、そのような視座から取り組まれた「領域」にかんする論考を積極的に評価することによって、一九世紀アメリカのジェンダー諸相の本質に迫りうる契機としてとらえることができるだろう。

歴史家のエイミー・リクターが述べているように、わたしたちが「領域」を「脱構築できても、それを無視できない」のは、一九世紀のアメリカ人たちが「家庭や家庭性の言語と価値観を利用して、自分たちの生き方を解釈し、変える」ことを実践してきたからにほかならない。[34] そして、その実践のひとつは「権利なき市民性」[35] というかたちで女性たちの生き方を模索することであり、ヘイルにとって、それは彼女たちが「市民社会」という公的領域で「女性市民」としていかに生きるかという問題であった。しだいに家庭性や「男女の領域」の学術的議論は「市民社会」を鍵概念に展開していくようになるが、[36] 次節ではその議論の方向性をセアラ・ヘイルの思想とともに示してみたい。ヘイルは家庭性と「市民社会」の言説を通して、まさに女性たちの生き方を解釈し、社会の変革をもたらそうとしたのである。

三．家庭から「市民社会」の構築へ

一八四〇年九月、ボストンのクインシーホールにて、バンカーヒル記念塔の完成を目的とする慈善市が開催された。アメリカ独立革命を記念する塔の建立計画は一八二〇年代から構想されていたものの、資金不足で何度か頓挫していたため、この完成に向けてヘイルが七日間におよぶ慈善市を発案したのである。ヘイルの呼びかけによってニューイングランドのさまざまな地域から女性たちが集い、催事を組織し、募金活動を実施した。彼女たちは「キルト、ゼリー、刺繡、ピクルス、蝋細工、羽毛を使った装飾品、焼き菓子、その他」の家庭用品を出品し、三万ドルもの資金を集めることに成功したのだった。[37]盛況のうちに終わった慈善市について、ヘイルは『ゴーディーズ』誌のなかで次のように述べている。「この成功は、女性にふさわしい領域で女性の勤勉さと影響力を発揮したために、その有益さの証をあらためて示したのです。〔…〕この事業に従事した女性たちのたゆまぬ努力と、公共への参画にたいする衰えることのない関心をもって、慈善市は七日間開催されました」〔強調引用者〕。[38]家庭という「女性の領域」とその伝統的な所産（キルト、ゼリー、刺繡等々）を利用しながら、女性たちの愛国的・政治的行動をうながし、慈善市という「公的な」市場へと駆り立てる手段こそ、ヘイルの家庭性の原理であった。ここで彼女のいう「公共」とは、「市民社会」を指すものと考えられるだろう。

このように、ヘイルの究極的な理想が「市民社会」という公的領域でなんらかの政治的・経済的活動や職業に従事する「女性市民」を形成することであるならば、女性たちにはそれを実行する能力や知識を身につけるために教育という前提条件が不可欠となる。実際に、ヘイルは生涯を通して女子教育を熱心に説き続けたが、「領域分離」の風潮において正規の教育を受けることができない少女たちのために家庭学習の方法を構想していた。[39]家庭という私的空間にて女性の能力・知性・道徳観が培われていけば、それはたんに、次世代の子どもたちを育てるために「教育」が必要とされた「共和国の母」の役目にとどまらず、その家庭的な母親という立場を利用して女性の活動領域を家庭外へと拡大させる機会となる。おそらく、ヘイルは家庭性にそのようなパラドクスが機能していることを知悉していた。このことは、当時アメリカ最大の政治的争点であった奴隷制問題をはじめ、貧困者の救済、節酒の励行、犯罪者の更生といった種々の慈善活動や社会改良運動に、なぜアンテベラム期の女性たちが関与しえたのかをみれば理解できよう。これらの活動は家庭の価値観、より正確にいうならば、白人中流階級家庭の道徳的価値観をさまざまな社会問題に投影し、その救済は家庭にて道徳的役目を担う妻・母親の責務とみなすことで可能となっていった。こうした社会的活動は、多くの女性たちが「第二次大覚醒」として知られる福音主義的信仰の復興運動に参加したことに起因するが、このときに獲得された女性たちの組織化と実務的な行動の経験は、家庭性という概念なしに実現することはできなかった。家庭性は、女性の道徳的影響力をふるうという身ぶりにおいて、彼女らに公的な行為を正当化する「合理的説明」として機能したのである。[40]

するど、「男女の領域分離」イデオロギーが強化されていく時代において、女性たちが家庭性を利器に社会改良等の公的活動を展開した意義について、次のように集約することができるだろう。彼女たちは家庭という私的領域と政治（への直接的参加）という公的領域のあいだに、もうひとつの公的領域を構築した。その別領域こそが「女性の領域」の内実を変容・拡大させ、新たなる意味づけを施すことで浮上した「市民社会」の領域であった。女性たちは、家庭性に裏打ちされた母親的・道徳的影響力、あるいはその影響力を凌ぐ事実上の行使力によって社会の公私領域の境界を解体し、男性とは差異化された女性市民として女性の公的活動を可能にしたのである。[41] このように法的・政治的権利をもたずに女性の市民的行為が示されたことは、アンテベラム期アメリカの政治状況においてきわめて重要な事象であった。この市民性がアンテベラム期社会における女性のあり方を示すものであったとすれば、セアラ・ヘイルのような「反フェミニスト」(とみなされてきた人物)が女性の権利を否定し、家庭性を提唱しなければならなかったのは、彼女の仕事の本義がそのような女性の自画像——子どもを共和国市民に育て上げる母親というよりも、じつは自分自身こそがアメリカ市民であろうとする女性像——を読者に示すためだったといえるだろう。

こうしてヘイルの思想上の意図を「男女の領域分離」論争の展開とともに考察してみると、「女性の領域」を支える家庭性とは、それ自体がみずからを不断に脱構築していく概念であったことがわかる。それは女性を私的領域に定位させ、建国期には「共和国の母」という「政治的」役割を担わせる国家建設の土台となり、アンテベラム期には実質的な公的活動として市民社会を切り拓く手段となった。家庭性とは、女性を家庭にとどめおくことを奨励しながら、そのじつ女性自身が公私を分け隔てる境界を切り崩し、家庭という私的領域をより大きな社会のなかに拡大させていく特徴において、きわめて流動性のある越境的なイデオロギーだったのである。そして、そのような逆説性と曖昧さと越境性こそが、ヘイルの文学的テクストの特徴でもあった。

以下に続く七つの章は、セアラ・ヘイルの小説と伝記的記述における家庭性のイデオロギーを読み解こうとするものである。これまで、彼女の思想の多くは『ゴーディーズ』誌に掲載されたテクストによって分析され、小説テクストは誌上で公言される思想を焼き直す副次的媒体のように扱われてきた。だが、ヘイルが家庭性のレトリックによってみずからの思想的信条を語るとき、それは女性に課された領域や規範を「政治化し、公的なものとして問題化する」[42]ように意図され、その企ては編集者という立場から書き下ろされる雑誌テクストよりも、小説というテクストのなかで展開されていた。ヘイルの小説は、自身の思想の本質を滴下するために用意された特別な場であったのである。

　また、ヘイルは小説テクストにこそ、個々の女性読者におよぼす教化力（ヘイルが小説の「教え（レッスン）」と呼ぶもの）を見いだしていた[43]。雑誌編集においては、ヘイルは幅広く女性読者を獲得し、女性独自の文化形成とその拡大をねらったが、そのような行為はオッカーが「普遍的女性」と名指す特定の女性たち――「白人、中流階級、たいていはプロテスタントで、既婚もしくは結婚を希望する女性たち」――を一様に築き上げる仕事であったといえる。それにたいして、小説テクストや伝記的記述においては、ヘイルはその物語プロットを通して女性の差異や個性の成長を重視した「教え」を説くことができたのである[44]。

　以上をふまえ、まず第一章ではヘイルの最初の小説『ノースウッド』初版（一八二七年）と改訂版（一八五二年）を取り上げ、その新旧のテクストにおける「慈善」の言説を通して、ヘイルのジェンダー規範についての思想的変遷を追う。「慈善」とはヘイルの家庭性イデオロギーを具体化させる概念であり、奴隷制時代においてそれは女性の自己定義を可能にさせた。しかし、そのために黒人奴隷という「他者」を切り捨てざるをえなかったことを考え合わせると、女性の自己定義の実現と限界の両面がみえてくるだろう。続く第二章は、匿名出版された小説『女性講演家』（一八三九年）を論ずる。このテクストは表層的に女性による講演活動を批判しているものの、その裏面では「領域」の意味をめぐって読者に熟慮をうながすための教材として機能した。そこに、結婚制度への懐疑さえほのめかす「公的存在としての女性（市民）」および女性の自立という論点が浮上する。第三章と第四章は、一八四〇年代に執筆されたボーディングハウス小説とハウスキーピング小説を精査する。いずれの小説も各ジャンルにおける「典型的」な物語にすぎないと評されてきたが、テクストは白人中流階級文化におけるジェンダー領域の矛盾や交差性を浮き彫りにしてしまうのである。ここに妻（女性）ではなく夫（男性）こそが家庭という「女性の領域」に執着していたことを突き止め、その意味を問う。第五章は、黒人アフリカ帰還運動の「プロパガンダ小説」と称された作品『リベリア』（一八五三年）について議論する。リベリア植民運動をつうじて完成されていく白人男性の男性性が、テクストでは喪失の危機から始まることに着目し、「真の男らしさ」の表象における人種的対照性や白人女性の不在の意味を追求していく。そして第六章では、女性伝記事典『女性の記録』（初版一八五三年）を検証する。彼女はここにエントリーされる人物を増補しながら最終的に第三版（一八七六年）まで刊行し、厖大で野心的な伝記集を完成させたのであるが、この著作は保守的な「家庭的歴史」とみなされてきた。その伝記テクストに、女性が市民という公的役割を獲得しうる可能性を読み込んでみたい。そこで描出される女性市民とは、終章にて議論されるように、自伝的スケッチにおける家庭性のレトリックと「セアラ・ヘイル」という自画像によって、まさに読者に模範として提示された姿でもあったのである。

第一章　「共和国の母」から「慈悲深き帝国」時代の女性たちへ

——『ノースウッド』にみるセアラ・ヘイルの思想的変遷と「慈善」のイデオロギー

一八二七年、セアラ・ヘイルは自身の最初の小説となる『ノースウッド』を出版した。この二巻本は作家としてのヘイルの原点といえる作品である。『ノースウッド』はロンドンでも出版され、四度の重版後に一八五二年には改訂版が上梓された。[1]

四半世紀の時間的隔たりをへて改訂された『ノースウッド』と初版を読み比べると、いくつもの加筆や削除がおこなわれていることに気づく。そのなかでも注目すべきは、現代の読者には奇妙な印象を与える「老いぼれヘスター」という老女の挿話である。新たに書き加えられたこのエピソードは、物語全体との関連性が一切ないために、加筆の動機がきわめて見えにくい。以下はヘスターが登場する場面である。

> 正確にいうとロミリー家には家事使用人（domestic）はいない。ただひとり、未婚の貧しい「老いぼれヘスター」という家事手伝い（*help*）がいるだけだ。ヘスターは片眼が見えず、どうしようもなく怠惰で、親類たちでさえお手上げのひねくれ者だった。親類たちも貧しく怠惰であった。「老いぼれヘスター」は町（タウン）が援助すべき存在であり、じじつ、彼女はここノースウッドで唯一の乞食であった。〔強調原文〕[2]

町の厄介者であったヘスターは、主人公の父親であるロミリー氏の申し出によって救われる。妻ロミリー夫人の「家事手伝い」を口実に、一家が彼女の面倒をみることになったのだ。ロミリー家はヘスターに「敬意をもって接し」、またヘスターも「最善を尽くして向上して」いった。老女が一家によって「社会(パブリック)には何の負担もかけずに」扶養されていることが町に知らされると、語り手は誇らしげに「ノースウッドには乞食がいなくなった」(90) と述べる。これ以降の物語プロットにも主要登場人物とのやりとりにもまったく関わらない、この完全に孤立した挿話はいったい何を意味し、テクストではどのような機能を担っているのだろうか。

一八五二年版『ノースウッド』は、ジョンソン・リプリント社から一九七〇年に復刻本として再刊された。その序文に作品を解題したリータ・ゴリンは、初版からの改訂点を詳細に説明しているが、ゴリンは奴隷制問題を論じた二章分の加筆部分がヘイルの最大の関心事であるとして、[3]「老いぼれヘスター」については一言も触れていない。たしかに改訂版『ノースウッド』は、シャーブルック・ロジャーズらが指摘しているように、ハリエット・ビーチャー・ストウの『アンクル・トムの小屋』(一八五二年) に代表されるアボリショニズムを牽制し、社会に穏健な解決策を提示しようとする反奴隷制テクストといえる。ヘイルは急進的な奴隷制即時廃止に代わる具体策として、漸進的な奴隷解放を目的とするリベリア植民運動を全面的に支持していたのだ。[4] その運動のために「感謝祭」を国民的祝日として制定し、寄付を募ろうとする彼女の提議は、現代の読者であればその「素朴さ」に辟易するであろうものの、「一八五二年という時代においては〔…〕現実的で穏当であり、寛大であった」とゴリンは解説する。[5]

一八五二年版『ノースウッド』が推奨するリベリア植民地化構想は、翌年に出版された『リベリア』という小説において完全に主題化された。そのため、これまでの先行研究は『リベリア』を主要テクストとみなし、『ノースウッド』を次作への導入的作品として位置づける傾向にあった。[6] だが、わたしはふたつの異なるテクストとして発表された『ノースウッド』は、セアラ・ヘイルを政治的作家（ポリティカル・ライター）として形成させた主要テクストにほかならないと考える。四半世紀を隔てた新旧『ノースウッド』の差異とは、女性をめぐる社会の主潮が「共和国の母」イデオロギーを産み出した建国期のアメリカ啓蒙思想から、アンテベラム期のヴィクトリアニズムにもとづくジェンダー規範の思想へ推移したことの証左なのだ。ならば両版のテクストを比較することによって、このような時代思潮の変遷のなかで、ヘイルがどんな政治的意思を表明し続けたのか、そこにはどんな思想的変化があったのかをあきらかにできるであろう。そこで改めて前述の「老いぼれヘスター」の挿話を思い起こしてみたい。じつはあの付録的な場面にこそ、アメリカ啓蒙思想とヴィクトリアニズムの思考様式とを継ぎ渡す鍵概念があると想定し、本章ではそれを「慈善」（benevolence）という概念から検証する。「慈善」とは、ヘイルが提唱した家庭性イデオロギーを具体化させる発想であった。

「老いぼれヘスター」は、ニューイングランド地方における感謝祭のあり方について、とくにその正餐のようすを語り手が細微に解説するという重要な部分に挿入されている。物語自体はこの付録的場面を放置したまま進行していくのだが、この挿話の意図を探ろうと隻眼という「障害」に注目してみても、ヘイルの筆致はけっして感傷的な描写に傾くことはなく、むしろ、そのあまりにも淡泊な語りのために、障害をもつ者にたいする読者の「共感」を喚起するにもいたらない[7]。ここに読み取るべきものがあるとすれば、本来ならば町が扶助すべき厄介な存在であった貧しい老女の面倒を、ロミリー夫妻が自発的に肩代わりするという彼らの公徳心であろうか。というのは、同じ共同体に属する「哀れな者」（the poor）にたいして援助の手を差し延べることは、市民の美徳とされていたのである。

そして、その共和主義的な徳性に「ノースウッドには乞食がいなくなった」と語られる誇らしさをつなぎ合わせてみるとき、そこには「慈善」という力が——町という組織によって与えられるべきだったにせよ、ロミリー夫妻という個人によって施されたにせよ——働いているように思えるのだ。この「慈善」が、ヘイルのふたつの思想（啓蒙主義とヴィクトリアニズム）とふたつのテクストを結びつける鍵概念であるとすれば、（女性が政治にかかわることを禁ずるはずの）家庭性イデオロギーの唱導という彼女の行為は、おのれの政治的ヴィジョンを表明することにほかならず、「女性の領域」の言説とその底意にある間隙を縫い合わせることになるだろう。

本章はヘイルの思想的変遷と「慈善」の言説を検証するにあたり、新旧版の『ノースウッド』における奴隷制問題や女性の自己定義の問題に着目する。奴隷制と女性の地位は共和国アメリカの啓蒙的な平等主義と矛盾したまま社会が抱えることになった争点として、ヘイルがきわめて重要視していた主題である。彼女の思想上の変化に浮上する「慈善」は、女性（作家）が自身の政治性を提示して公的領域へ参入し、やがては市民社会が切り拓かれる可能性を示唆するだけでなく、女性（読者）が「慈悲深き女性」(8)かつ「女性市民」として自己定義することを可能にさせた点において、公私の境界を切り崩す「家庭性」のパラドクスを実効化させる概念であった。だが同時に、そのような言説は「哀れな者」との関係性において「慈悲深き女性」を中心とする権力構造を出現させてしまうのである。ヘイルのテクストでは、とりわけ黒人奴隷との関係において生み出される人種的な対立構造のなかに、その問題点を考察する。

一・「共和国の母」から娘へ

序章でも述べたように、家庭性や「男女の領域分離」を提唱し、女性の権利運動を否定したセアラ・ヘイルは、女性が政治領域から切り離されることを企てた保守的な反フェミニストであると認識されてきた。しかし、「女性の領域」が言説ないしレトリックとして、一九世紀の女性たちの生き方を実写したものではないという理解が共有化されている今日的な研究視点によって、ヘイルの手掛けた雑誌や著作についての再評価は加速された。たしかに、一八三〇年代以降に執筆されたヘイルの小説には、「領域」や家庭性の言説を通して男女の差異が執拗に強調され、家庭の領域から逸脱した白人女性の不幸や悲劇が描かれている。[9] だが、実際には、彼女はさまざまな社会的宣伝活動をみずから先導することによって、女性が活躍しうる公的活動の機会拡大に尽力し、そのための女子教育の必要性を訴えた人物であった。では、なぜヘイルは自身が積極的に関与した公的な社会的活動と、テクストに綴った「女性の領域」が定めるジェンダー規範との落差を棚上げにしたまま、女性を私的空間にとどめおこうとする「家庭性」を語り続けたのだろうか。はたして、このイデオロギーが提唱されなければならなかった時代的な必然性とは何であったのか。

ヘイルの（けっして急進的ではなく、あくまでも穏健にみえる）行動主義と領域論の矛盾について、どのように理解することができるだろうか。ニーナ・ベイムやパトリシア・オッカーの考証にしたがって、ヘイルの著作を年代順に並べてみると、一八三〇年代以前のテクストは男女の知的平等を信奉する啓蒙主義的なジェンダー思想と、共和制イデオロギーにもとづく愛国心や美徳といった価値観に支えられていることがわかる。だが、一八三〇年代以降になると、テクストはしだいに男女の差異を強調するヴィクトリアニズムの思想へと傾きはじめ、両思想のあいだを「揺らぎ」ながらも一八三七年頃には後者の思想への「転向」が明確に読み取れる。[10]では、この「転向」の背景をみていこう。

女性の「分離された」領域の概念は、独立革命期の啓蒙主義的な共和国思想にアンテベラム期のヴィクトリアニズム的な性差のイデオロギーが補填されて現れたと考えられている。通常、啓蒙主義的な文脈において女性は「理性」や「自立性」がなく、「放縦、贅沢、無知」が女性の属性として理解されていたのだが、当時の女性著述家たちは国家の「歴史」を書くことによって、男性に劣ることのない「知性」や「理性」が女性にもあることを表明した。[11]やがて、次世代の女性たち――「共和国の母」の思潮がなおも息づいていた一八二〇年代に成人期を迎えた白人女性たち（ヘイルもそのひとりである）――は共和国理念に忠実でありつつも、男女の本質的差異を主旨とするジェンダー規範を重視するようになっていく。というのは、啓蒙主義的な「理性」が喪失し、調和のある（と想定された）共和国社会が物質社会と化して「分裂と無秩序な競争」（もしくは、J・G・A・ポーコックのいう共和国の「腐敗」）にさらされたとき、女性は男性とは異なる存在として、「情のある精神性」を有し、「無秩序」や「腐敗」に脅かされることのない高邁な者であると認識されたのである。つまり、女性は男性と対置する別なる主体として自身を定義することによって、「知性」を継承しつつ「理性的存在」から「精神的存在」へと変貌し、とりわけ一八三〇年代以降の白人女性たちは、性差とそれを特徴づける「精神性」を主張することによって自分たちの「領域」と存在を確保した。[12]

初期共和国の啓蒙思想からヴィクトリアニズムへの遷移とは、具体的に何を意味するのだろうか。ベイムが述べるように、ヘイルのような「共和国の娘」世代の女性たちは、アンテベラム期の新しい自己アイデンティティの基盤として、母世代から受け継いだ「知性」を「精神性」へと昇華させた（知性の「精神性化」とは、知性の「キリスト教化／感傷主義化」といえる）[13]。また、女性たちが数々の社会改良運動（貧困者救済、節酒励行、犯罪者更生、黒人奴隷解放など）に実際に参加するには、道徳的責務を担うプロテスタント女性としての強い自負心が必要とされていた。ゆえに、女性たちが先代から受け継いだ「精神的存在」としての自己とは、独立革命時代の女性たちにみられる人道主義の精神、すなわち、「哀れな者」を救おうとする「慈善」という道徳性の系譜に位置づけられるだろう[14]。つまり、（ヘイル個人としては、どんなに「知性」や「理性」を重視しようとも）啓蒙思想は女性に公的な場を与えることができなかったのであり、その点に、ヘイルがヴィクトリアニズムの思想へと転向せざるをえなかった理由をみることができる。ヘイルらがアンテベラム期に定着させていく「男女の領域分離」や家庭性の言説は、女性が母親であり妻であることを否定することなく、公的領域に登場する合理的説明として機能した。いわば、「慈善」のレトリックは女性の公的活動を実現化させる具体的な手段だったのである。したがって、ヘイルの新旧の『ノースウッド』にみられる慈善のレトリックの抽出を試みることは、世代間で継承されてきた慈善の精神が女性独自の公的空間を創造し、そこで彼女たちがみずからの政治的能力と行動を可視化しうる市民社会という領野を拓くための、重要な基盤となっていることが理解できるだろう。まずは一八二七年版テクストにおいて、初期のヘイルを支えた啓蒙思想と共和国理念を確認し、奴隷制および女性をめぐる問題がどのように描かれているかを検討する。

二．一八二七年版テクストにおける共和国市民の美徳、模範的女性像、チャリティという「慈善」

一八二七年版『ノースウッド』は、一九世紀初頭のニューハンプシャー州ノースウッドという田舎町を中心的舞台としている。この作品は啓蒙主義的な共和制イデオロギーがニューイングランド的な価値観に重ね合わされ、それを基軸にセアラ・ヘイルの理想とする共和国アメリカの国家ヴィジョンが表明されたテクストである。その共和国像は北部と南部の対比を通して提示され、経済・産業・教育・宗教等のあらゆる制度において、いかにニューイングランドが南部社会にたいして優越的であるかが説かれている。出版当時、とくにニューハンプシャーにおける感謝祭の正餐を囲む席上にて、アメリカの共和制に懐疑的な英国人紳士を相手に「わが国の卓越した諸制度」とその価値観を教え諭す章は、高く評価された[15]。

ノースウッドの独立自営農家に生まれた主人公シドニー・ロミリーは、幼少時にサウスカロライナ州チャールストンにいる叔母夫婦の養子となり、南部プランテーションでの生活を体験する。概略的にプロットを追うと、誠実で賢明な北部の少年が南部生活のために一旦は安楽な境遇に身を置くことになるものの、ふたたび故郷に戻って生来の公徳心を取り戻し、結婚をへて、最終的には南部プランテーションを妻とともに営むという展開になっており、この作品はいわばシドニーの教養小説といえる。そのため、ヘイルの共和国理念は成長過程にある主人公ではなく、主として模範的な「生粋の共和国市民」[16]と称される父親のロミリー氏によって代弁されている。まずは、シドニーの友人である英国人フランクフォードがロミリー家の居間に案内された場面をみてみよう。

共和国精神なるものが「倹約、勤勉、節制、そして簡素――頑強なヨーマンの質朴とした特徴」[17]によって端的に表されるのであれば、居間における英国からの客人と主人との会話は、その特徴を示す顕著な例となっている。マホガニー製のサイドボードには「ロミリー夫人が完璧に仕込んだ自慢の飲みもの」として、「すぐり酒」や「見事な林檎酒やジンジャービール」が整然と並び、「ロミリー氏が徹底した道徳家であるために、外国産の葡萄酒や火酒など」(I: 110)〔強調原文〕はいっさい見当たらない。夫妻の愛国心がそっくり反映された家庭の領域において、客人との会話の話題が「外国製の贅沢品にふけることとの影響」や古代ギリシアとローマの「奢侈禁止法」へとおよぶと、ロミリー氏は遺憾なく共和国市民の美徳を披露する。「品位や節制、そして倹約は、われら市民の良識と洗練された理性と啓蒙的な愛国心しだいなのです」(I: 113-114)。「すぐり酒やジンジャービールがあなた方のいう自由と結びついているとでもおっしゃるのですか?」というフランクフォードの質問にたいしては、「三〇年前にあなたがこの国に来ていれば、茶という品目がわれわれの独立に拍車をかけたと想像できたでしょうか。〔…〕些細な原因はしばしば偉大なる結果を生んでいます。国家の運命は個人のそれと同じく、価値の見いだせない取るに足らぬものによって決定され、そして著しく変化するものなのです」と答えてみせている(I:115)。こうしてロミリー氏はフランクフォードを媒介にして、アメリカの優越性を次々と語っていく――歴史(I: 100-105)、政治や宗教にみられる「良心の自由」(I: 114)、新聞・

雑誌の流通と知の拡散（I: 114）、北部の公教育（I: 143-145）、法や憲法への遵守（I: 164）、女子教育（I: 187-188）等々。しかしながら、ヘイルの目的は英国からの賓客に共和国アメリカの実状や美徳の数々を教示し、ヨーロッパ的専制や貴族社会を批判することにあるのではない。批判すべき対象があるとすれば、それはロミリー氏が「国家の汚点」（I: 157）と呼ぶ南部社会の奴隷制である。ロミリー氏は奴隷制について次のように語る。

> まちがいなく、多くの奴隷所有者は南部諸州からすっかり奴隷を解放し、われら北部人と同じやり方で南部をよりよくしたいと思っているはずです。彼らも奴隷制という悪に目をつぶっているわけではない――その危難に目をつぶっていることなど、絶対にできるはずがないのです。問題はこれをどう解決するかなのです。わたしは、とくにシドニーが南部に行ってしまってからは、この問題についてじっくり考えてきましたが、現在の奴隷にたいする彼らの行為が人間としての扱いであるとは思っていません。いやじつに、奴隷自身も国家も危険な目に遭うことなく、解放のときが来ることを祈ってやまないのです。（I: 158）

ロミリー氏を通して発言されるヘイルの反奴隷制という政治的立場は、歴然としている。しかし、アメリカ独立戦争を闘い抜いた両親をもつヘイルにとって、国家分裂は絶対に回避しなければならない事態であった。ヘイルは改訂版（一八五二年）の序文で「〔初版の〕『ノースウッド』は、いま『アボリショニズム』として知られているものが、北部と南部の調和をひどく掻き乱しはじめたときに書かれました」（iv）と述べているように、彼女は奴隷制即時撤廃をめざす急進的なアボリショニストとは一線を画した。だが、ヘイルが漸進的な奴隷解放を支持していたにせよ、初版テクストではその具体策は示されていない。ここで物語の結末を確認してみると、主人公のシドニーが花嫁を連れてチャールストンへ移り、かつて叔父の所有していたプランテーションの主人となっていることがわかる。なぜシドニーは農園主に、つまり、奴隷主になってしまったのか。それは、不慮の事故で急逝する父が「あの忌まわしき南部に行って奴隷制の罪とともに生きよ」（II: 138）という言葉を残し、息子がその遺志を実行したからである。だが、主人公が父の遺言どおりに農園主（奴隷主）となる展開は、少なくとも、一八二七年の時点でのヘイルの訴えが奴隷解放や、ましてや奴隷制廃止にあるのではないことを意味しているだろう。では初版が書かれた目的とは何だったのか。

ヘイルの政治思想はおもに男性登場人物たちの談論を介して伝えられている。ヘイルは奴隷制に依存した南部の経済産業的な後進性を指摘し、強制労働にたいする北部の「自由意思による勤労」（I: 149）、すなわち自由労働を称讃する。そのようなあからさまな対立的構図が意味するのは、ベイムの表現を拝借すれば、南部を凌駕する「北部のヘゲモニー」[18]であろう。なぜなら、最終的な南部プランテーションの管理および支配は、北部人シドニーによって達成されるからである。ヘイルの共和国アメリカのヴィジョンとは、南部社会はニューイングランド的価値基準によって統括されるべきだという、国家統一を護持する連邦主義国家構想なのである。

奴隷制ばかりでなく、女性の地位にかかわる問題もまた、共和国アメリカが抱えるもうひとつの矛盾であった。この問題について、ヘイルがどのようにとらえていたのかを把握するために、ロミリー氏ら男性たちの政治談義の背後で家事に勤しむロミリー家の女性たちに注目してみたい。

模範的な共和国女性が「有能で自信にあふれ」、「気まぐれな流行に惑わされず〔…〕合理的で自立しており、識字能力に長け、慈悲深く、自助の精神に満ちている」[19]人物であったとすれば、まさにロミリー夫人はヘイルの理想とする共和国女性像である。夫人は「夫の労働における真に誠実な協力者(helpmate)であり、苦労に耐え抜き、分別のある友人であった。夫は彼女に見いだされる思いやりと思慮深さをつねに頼りにしていた」(I: 6)。このように、ロミリー夫人は自立心や知性、慈悲深さといった共和国の美徳の持ち主であり、「協力者」もしくは「友人」として夫と対等な関係性を築いているようにみえる。[20]だが他方で、テクストが伝えるのは「夫の保護下にある妻の身分」(coverture)という一九世紀アメリカの現実である。

ロミリー家の感謝祭の食卓に注目してみると、「家事使用人がいない」ロミリー家では、そこに配膳される「ご馳走」の品々はロミリー夫人とふたりの娘たちによって準備されている(I: 80)。しかも、その食材は「香辛料と塩」を除き、すべて「〔ロミリー家〕の農園から」収穫された「〔彼ら自身の〕労働と世話」による所産であり(I: 116)、真白なダマスク織りのテーブルクロスさえも「夫人自身の手によって紡がれ、織り上げられ、漂白された」逸品であると述べられている(I: 108)。スーザン・ゴセットとバーバラ・バーズが指摘するように、感謝祭の食卓というこの家庭的な一場面は、女性による家事労働があるがゆえに男性たちは悠然と政治談義に耽ることができるという事実と、アメリカの政治的・経済的独立がまさに女性によって支えられてきたという歴史的背景を示唆している。[21]たしかに、英国製品をボイコットし、ホームスパンの布地を織った「自由の娘たち」の政治的抵抗と同質の政治性が、アメリカ産ないし自家製に固執する一九世紀初頭のロミリー家において再現されているのはあきらかである。[22] しかし同時に、ヘイルのテクストは次の事実も再現してはいないだろうか。つまり、独立革命後の女性に政治的発言力があったとすれば、それは「共和国の母」の文脈において容認されたにすぎず、実際には「よき妻、よき母」という伝統的な婦徳によって女性たちを家庭内の役割につなぎ止めてしまうジェンダー規範がいかに実効的であったのかという事実である。たしかに、ロミリー家の居間における男性たちの談論が朗々と進行している間は、女性たちの声はまったく聞こえてこない。男性たちの会話が突如打ち切られたときに、娘たちに向けられるロミリー夫人の家事にかんする指示――「急いでお皿を片づけて、洗い物をしてしまいなさい」(I: 117) ――のほかは、彼女たちは沈黙したままである。ヘイルがいかに対等な関係にある理想的な夫妻の姿を描こうとも、女性が「夫の保護下にある妻の身分」である以上、テクストが呈してしまうのは、政治的発言力が男女とも平等であるはずがないという限界なのである。

一八二七年版『ノースウッド』は、著者が反奴隷制の立場を表明しつつもその制度の廃止ないし奴隷解放を直接的な目的とせず、また、ヘイルの描く共和国女性像が理想的であればあるほど、そのイデオロギーが内包する矛盾や限界をも表現してしまうテクストといえる。おそらくヘイル自身、啓蒙思想によって建国された共和国社会が矛盾に満ち、その思想の中心的特徴をなす「理性」に依拠しても、もはや奴隷制や女性にかかわる問題は解決できないと察知していたのかもしれない。では、どのようにしてこれらの難問に立ち向かっていくべきなのか。それらから逃避したかに見えるこのテクストは、じつは指標となりうる概念として「慈愛」(charity) という言葉を提示している。英国の客人フランクフォードが、アメリカ人牧師の礼拝説教を「社会的徳目や罪ならざる悦楽の一切をかなぐり捨ててまでも、信仰の高みに立とうとするピューリタン的熱狂」（I: 147）として軽侮するのにたいし、ロミリー氏は聖句（「コリント人への第一の手紙」第一三章第七節）に登場する「慈愛」を引用しながら、「わが国の教会の規律は厳格で」あり、その「厳正や厳格が疑うべくもなく精神的自負心（spiritual pride）を養ってきたのです」（I: 148）と穏やかに反論する。そして、「慈愛」についての教えが、父親から息子世代のシドニーとフランクフォードに伝えられる。

> 慈愛（チャリティ）は、ほかの何にも代えることのできない美徳なのです。それを失ってしまったら、「数えられたり、数えられたり、量られたり、分かたれたり」（mene, mene, tekel, upharsin）という文字がわれわれの壁に刻まれてしまうだろう。（I: 148）

ヘイルが反奴隷制の立場から、ダニエル書第五章に記されたバビロニア王ベルシャツァルの故事を引き合いに出しているとすれば、ここでのロミリー氏の発言は、奴隷制の罪が裁かれる末には国家を二分する危難がやってくること、そして、それを防ぐには「慈愛」が肝要であることを意図しているのだろう。続いて語り手はロミリー氏にアレグザンダー・ポウプの「慈愛」の普遍性を説いた句を引用させ（I: 148）、あらゆる徳目の最上位に「慈愛」を位置づけようと努める。ならば、この説教における「チャリティ」とは、物語ではどのように実現化されうるのだろうか。

歴史家ロバート・グロスによれば、チャリティは「アメリカ的人道主義のふたつの伝統」として

「フィランソロピー」と区分されている。「チャリティ」は個人が「憐れみ」をもって他者との「つながり」を求めるような直接的行為、つまり、他者に奉仕したいとする個人的意欲による慈善であるのにたいし、「フィランソロピー」は社会的病弊を治癒するために集団が組織化され、実践される慈善を指す[23]。これにならえば、ロミリー氏のいう「チャリティ」は、キリスト教的慈愛によって遂行されるべき他者への個人的奉仕を意味するものであり、それは、シドニーという個人が罪深き制度のもとで南部プランテーションに残された黒人奴隷たちと共生するという結末によって、具体化されていると考えられる。では、一八二七年版テクストにおいて示されたチャリティが、奴隷制と国家分裂の危機を克服するための個人的な慈悲深さを表すのであれば、一八五二年版『ノースウッド』においては、この慈善はどのように受け継がれているのだろうか。慈善にかんする「ふたつの伝統」を鑑みるに、初版テクストにみられるような個人的慈善はやがて白人中流階級層を中心に共有され、改訂版では反奴隷制のために社会全体を改革しようと組織化されることによって、「フィランソロピー」というもうひとつの慈善が立ち現れると期待されるだろう。そのようなフィランソロピーとしての慈善が、家庭にとどめおかれるアンテベラム期の女性たちを奴隷制廃止運動という公的活動の場へと向かわせる原動力となっていくように、改訂版テクストのなかで「慈善」はセアラ・ヘイルという一女性作家が奴隷制への政治的意見を言明する手段として機能する。さらにいえば、初版テクストから受け継がれた慈善の精神は、奴隷制のみならず女性をめぐるヘイルの政治的ヴィジョンを打ち出すべくジェンダー化されるのである。

三．一八五二年版テクストにみる「慈善」のジェンダー化

すでに述べたように、初版『ノースウッド』の出版後、アメリカ啓蒙思想とヴィクトリアニズムとの狭間にいたヘイルは、一八三七年頃に後者へと思想的転向を果たした。だが、それ以降に執筆されたテクストに共通する特性として見いだされるのが、「哀れな者」への援助という「慈善」の概念である。

アメリカ社会には慈善にかかわる人びとの長い伝統がある。「異常なほどに博愛精神に富んだ国民である」と自己定義してきたアメリカ人の慈善の歴史は、ロバート・ブレムナーによれば、植民地時代のジョン・ウィンスロップやコットン・マザーの説教およびその実践にみられる「チャリティ」を始まりとし、ベンジャミン・フランクリンによる「哀れな者を生み出さない」という社会構想のなかにも、慈善の初期形態を認めている。植民地時代におけるチャリティは「他者を援助すること」よりも、むしろ慈愛や人間愛そのものを指し、プロテスタントであるキリスト教徒が個人的におこなうべき奉仕であった。[24]

慈善が「フィランソロピー」として立ち現れるようになるのは、一九世紀以降の社会の都市化にともない、貧困をはじめとする種々の問題が「社会悪」として認識されるようになってからである。これらに苦悶する「哀れな者」を支援するため、一八三〇年代までにかつてない規模で多数の慈善団体が組織化され、アメリカは「慈悲深き帝国」（Benevolent Empire）と称される時代を迎えることになる。[25]

慈善の特質が個人的な「チャリティ」ではなく社会的な「フィランソロピー」として認識されるう

えで、その相違をもっとも顕著に示すのは、社会改良運動の隆盛である。この運動の母体となった教会や慈善団体には、多くの白人中流階級の女性たちが参加した。彼女たちは社会改良を通して公的な活動を展開していくが、それは女性が公的領域と私的領域の境界線を引き直し、家庭を基盤に（直接的政治参加とは異なる）公的空間を構築することを意味していた。そのさいに利用された「慈善」は、家庭性という理念の旗幟のもと、道徳的大義のために女性が社会で行動できる合理的理由かつ手段として機能したのだった。[26] 女性と「慈善」のこのような親密な関係が築かれたのは、一八世紀前半の「大覚醒」以降、一九世紀を通じて隆盛した一連の信仰復興運動において、女性が福音主義的信仰の重要な回心者であったことに由来する。ごく普通の人間の宗教的体験を認めた福音主義は、宗教的権威および教会のヒエラルキーへの抵抗や、ジェンダー・階級・人種の差異を超えようとする平等主義的な特徴を内包していたため、この信仰のもとで女性の主体的行動が可能となった。女性は社会全体を改良・改革する（リフォーム）——ウェンディ・ギャンバーの言葉を使えば、「作り変える（リメイクする）」[27]——ために、宗教的使命感や道徳的責任感を負った。そうすることによって、一八三〇年代に頂点に達する第二次大覚醒を背景に、彼女らは伝統的なジェンダー思想に抵触することなく公的活動に従事し、キリスト教信仰（狭義には福音主義的なプロテスタンティズム）にもとづく「慈善」を主軸に女性のネットワークを形成していったのであった。[28] 革命時代の「共和国の母」イデオロギーが、女性たちの「市民」的役割を家庭内での活動に制限させるものであったとすれば、女性たちを公的空間へ参入させる素地となった「慈善」は、アンテベラム期における女性にとって実質上の市民性を付与するものだったといえる。[29]

社会改良において、もっとも政治的な運動のひとつに奴隷制廃止運動がある。慈善という言説は雑誌や小説、説教等のあらゆるテクストのなかで量産されていくが、この言説は穏健なボランティア組織から急進的なアボリショニスト団体にいたるまで幅広く使用され、保守的にもラディカルにも機能しうる、つねに緊張状態を抱えるレトリックであったと指摘されている。[30] 慈善の言説を利用したのは運動にかかわる牧師や白人中流階級の男女であったが、小説テクストに限っていえば、白人女性作家が圧倒的多数を占めた。[31] すると、一八五二年版『ノースウッド』は、まさに奴隷制問題に直面した北部人女性であるヘイルが「慈善」という使命感に突き動かされて執筆された小説であるともいえる。小説の序文で明言されているように、一八二七年版テクストにみられた「チャリティ」の精神は、改訂版では「フィランソロピー」へと拡大しているのだ。

> すべての人に善を尽くし、誰にたいしても悪をなさずという精神は、たったひとつしかない真実のキリストの博愛（Christian philanthropy）です。『ノースウッド』がこの真実の精神を広める助けとなるかもしれないと期待して、このたび、わたしはこの小説の再刊を承諾したのです。(iv)
> 〔強調引用者〕

このようなキリスト教的博愛精神に裏づけられ、奴隷制問題への具体的提議として、ヘイルは漸進的奴隷解放を前提とするリベリア植民運動への支持とその理論的根拠、さらにその実践方法を明確に打ち出すのである。また、「善を尽くす」（do good）という表現にも注目すると（これは慈善行為を表す当時の慣用表現である）、[32] 啓蒙主義的な「理性」によってではなく、「慈善」の力によって奴隷制に取り組もうとするヘイルのプロテスタント的な道徳観への信頼、もしくは女性こそが慈善の実践者であるというジェンダー上の使命感が認められるだろう。

ヘイルの確固とした政治的提言は、改訂版で新たに付加された第一四章「アメリカの宿命」のなかで、ロミリー氏と英国人フランクフォードの奴隷制をめぐる議論として展開する。ロミリー氏は英国人にたいし「アメリカに課せられた宿命は、世界を導くことです」と切り出し、続けて「それを実行するには、海の向こうにいるアングロサクソン人の兄弟たちと助け合って」(166) いく必要があると持論を述べていく。

イギリスもアメリカも、本国で献身的に取り組んでいく必要があります。イギリスがもう一世紀存続するためには、大ブリテン島とインドにて為すべき課題がたくさんあるはずです。われらアメリカ人にはこの大陸とアフリカがある。そこに植民し、文明をもたらすのです。そのうえで、この地にやってきてアメリカの恩恵に授かろうとする移民たちのために——あらゆる国の、あらゆる母語と宗教をもつ人びとのために——学校も開かなくてはなりません。(166)

話題が移民にまで波及したのち、改めてロミリー氏はリベリア植民運動の重点を力説する。「それ〔リベリア植民〕こそ、わが共和国に課せられた最大の使命なのです。キリスト教徒としての義務を黒人に教え、それから自由の身分にし、アフリカに送り込むのです。そこで自由連邦国を建設させ、キリスト教文明を打ち立てるのです」(167)。このロミリー氏の提言には、アフリカのキリスト教文明化という「慈悲深き使命」のもと、自国の帝国主義を正当化しようとする典型的な論理のなかに、人種の境界線がくっきりと引かれるばかりか、階級の境界線までも引かれていることが看取できる。ヘイルの徹底したアングロサクソニズムは、（初版で描かれているような）黒人との共生を放棄し、解放奴隷を国外排除へ駆り立てるが、あらゆる文化的背景をもってアメリカにやってくる白人移民たちには歓待の意を示す。ロミリー氏が「［アメリカには］住居も食糧もある。しかも、われらアメリカ人は彼らの労働力が必要だし、彼らもわれらに導いてもらうことを必要としている。おたがいの利益となっているのです」（165）と述べているように、白人移民にたいしては教育と労働の場を解放するという慈善の名のもとに、階級的ヒエラルキーを容認してしまうのだ。ここに浮かび上がるのが、ジル・バーグマンとデボラ・バーナルディらが指摘する「慈善」に内在する問題点である。慈善の言説あるいは「慈善小説」は、リベラルな個人主義によって実定化される男性的主体とは異なり、（白人）女性に「哀れな者」との関係性において自己定義の方法を教えてくれるのだが、そこには慈善の施しを「与える者」と「与えられる者」というヒエラルキーが不可避に潜むことになる。[33] このようにロミリー氏を介して伝達されるヘイルの女性的な善意は、人種と階級についての二重の対立構造――「白人と黒人」および「中流階級と労働者階級」――を顕在化してしまう。

人種的ヒエラルキーは、キリスト教的慈善によって黒人が教育される現場で如実に顕れることになる。改訂版で加筆された最終章「未来への計画」は、いうなれば、奴隷所有者にとってはリベリア植民地化についての手引き書であり、北部の中流階級である読者にはその植民地化の支持を訴えるプロパガンダ的なテクストとなっている。実父ロミリー氏と養父ブレナード氏の亡きあと、南部プランテーションを引き継ぐことになったシドニーと妻アニーに「厳粛な責務」（389）が託される。残された黒人奴隷たちが「黒人自身の国——壮大なるアフリカ——において、ひとりの人間としての権利を自分の力で獲得する」（393）ことができるように、若い夫妻は「アフリカ帰還」を想定した黒人キリスト教徒の育成に着手するのである。

ロミリー氏が遺した「社会の向上のための、思いやりあふれる慈善の覚え書き」（393）は、「社会を掻き乱すことなく、奴隷たちが苦難に陥ることなく、みなが最終的には解放されて、その自由によって善を尽くす準備がなされる」（404）ときが来るまで、息子夫婦を正しく導く理論書として機能する。シドニーは父の「覚え書き」に従ってプランテーションを経営するにあたり、北部から機械工や農夫を招き、黒人労働力の節約のために農機具を導入し（404）、さらには自由労働思想にもとづく賃金教育の実施にも挑む（405-406）。伝統的な南部プランテーション形態を否定し、機械耕作による北部的農業システムを奨励する姿勢は、南部にたいする北部の優越性と、やがてリベリアへ移住する黒人たちに同様の農耕方法を移植させようとする、植民運動推進派の総意であろう。いっぽう、妻アニーも有能な黒人女性を助手にして、奴隷の子どもたちのための学校とすべての黒人のための日曜学校を開始する（392-393）。この教師という役割は、初版テクストでは描かれることのなかった女性の役割として注視すべき点である。アンテベラム期における家庭性と教育の密接な関係は、市民育成という義務を担う「共和国の母」イデオロギーの同一線上で強調され、また「慈善」の道徳的大義によっても説かれたため、女性にとって教えるという行為は私的な家庭空間以外での公的な活動範囲を広げる好機となった。[34] これはアニーについても適用されている。初版では主人公との恋愛の対象としてのみ登場したヒロインは、改訂版において教師という新たな役割が付与されることによって、模範的な共和国女性とされるロミリー夫人とは異なった、新しい女性の自己像を獲得しているのである。

では、「慈悲深き使命」によって実践される南部プランテーションでの黒人教育において、シドニーと黒人奴隷たちの関係はどのように描かれているのだろうか。両者の関係はシドニーがブレナード夫妻の養子となった幼少期から（ある意味で）良好であり、シドニー少年は彼の叔母とは異なり、黒人への嫌悪感を抱くことなく奴隷たちと「楽しく戯れる」（177）ことができた。なぜなら、「肌の暗さが同じ人類の存在に告げる計り知れない劣等性について、彼はまだ知らなかった」（176）からであるが、黒人たちもまた、やがては自分たちの主人となるこの少年の「ひいきに預かろうと努力した」（177）。そのような人種主義的な歪みから形成された過去の主従関係を引きずって、チャールストンを再訪したシドニーとアニーは、「親愛なる友の帰還に、愛情のこもった喜び」（392）〔強調引用者〕で黒人たちに迎えられる。そのときに女主人アニーと黒人ひとりひとりとの間で握手が交わされる場面は、偽りの友人どうしのような主従関係が今後も期待されるだろうとの予想図をほのめかす。したがって、かつて奴隷がブレナード氏に抱いていた「父親のような愛情」（341）は、後継者であるシドニーにそっくり受け継がれることはなく、その結果、シドニー（白人）と奴隷たち（黒人）のあいだに異人種間父子関係が擬似的に結ばれることはないと考えられる。だが、そのような通念化されたパターナリズム的関係性を回避する代わりにヘイルが慎重に準備するのは、きわめてキリスト教的な慈善に満ちあふれた物語空間と、その空間のなかに現れる虚偽の対等性を付随させた主従関係という自家撞着的なヒエラルキーなのである。

〔黒人〕学校が終わると集会が開かれ、束縛と自由を経験した主である聖なる神にたいして、みなが跪いて祈りを捧げた。祈りのことばや讃美歌が主人も奴隷も等しく共有されたのである。(393)〔強調引用者〕

農園主の奥方と握手をする、神の前ではみな平等に跪く——そういった行為が「慈善」の支配する空間のなかに現れるとき、読者は改めてその力の見えにくさに気づかされる。ここでは主人と奴隷というパターナリズム的な親子関係が解消され、両者の対等性が描かれているようにみえるが、しかし依然として主人と奴隷の主従関係を温存したままに、「慈善」はまさにその慈悲深き力によって人種的対立構造を曖昧にしてしまうのだ。慈善というイデオロギーは白人女性に占有されることによって、彼女たちに公的領域へと踏み込む機会を与え、また、女性(作家)であるヘイルに政治的発言力を授けるが、ヘイルみずからが描く「未来への計画」においては、黒人たちがそれを享受する恩恵とはけっしてなっていない。慈善とは「慈悲深き白人性」(benevolent whiteness)[35]という至妙の用語が意味するとおり、白人のみに課せられる「哀れな者」への責務である。その責務をつうじて、シドニーは農園主という権威と「親愛なる友」という偽りの符号を、アニーは女性教師という公的かつジェンダー的アイデンティティをそれぞれ獲得する。つまり、「慈善」は、他者(黒人)の主体性を自己(白人)の主体性構築の契機として利用する手段になってしまうのである。

これまで検証してきたように、新旧の『ノースウッド』は、啓蒙主義的な思想とヴィクトリアニズムとをつなぐ「慈善」という概念が、どのように奴隷制や「女性の領域」とかかわっていたのかを解き明かすテクストといえる。一八五二年版テクストでは、じつは共和国の美徳を説くロミリー氏や模範的な共和国女性像としてのロミリー夫人については書き換えられておらず、これは独立革命時代の共和国理念に忠実であり続けたいというヘイルの意思表明だと思われる。しかし、そのような意思を抱きながらも、『ノースウッド』の著者は啓蒙主義的な「理性」ではなく、キリスト教的・女性的な「慈善」の精神によって、初版では解決できなかったふたつの問題を乗り越えようとした。あの「老いぼれヘスター」の挿話が「すべての人に善を尽くす」という著者の慈善の精神として組み込まれたように、男女の平等ではなく差異——ジェンダー化された「慈善」——を選ぶ行為は、当時のヘイルにとっての最良の方法であり、同時に、哀れむべき対象を他者として切り捨てることによってしか解決されえない限界をも示すものだったのである。

一八五二年版『ノースウッド』を締め括るにあたり、テクストから語り手が忽然と消え、セアラ・ヘイル本人と思われる一人称の「わたし」が突如登場し、次のように発言する。「わたしの本は、けっして党派的な書物ではありません」(407)。著者みずからがそれまで展開してきた物語の政治性を臆面もなく否定する行為は、アンテベラム期の女性にとって政治的領域へのあからさまな参入がいかに禁忌であったのかを示していよう。

この自己弁護ののち、ヘイルは即座に感謝祭が「自由黒人や解放奴隷を教育し、〔アフリカに〕入植させるため」(408)の寄付金を「アメリカ全土の教会に募る」機会となってほしいと読者に呼びかける。この募金行為は、「アメリカの真なる自由につきまとうあらゆる障壁が、共感と慈愛のとめどもなく湧き出る川を前にして溶け消えゆく」ように、「平和的な奴隷解放」に貢献しうるだろうというのである(408)。エイミー・カプランはこの「共感と慈愛」について、「女性の領域と結びついた感情である共感が、黒人奴隷たちにも向けられていると思わせるいっぽう、ここでいう共感の目的は彼らの身分を自由にすることではなく、黒人という存在を白人国家アメリカから切り離すことであった」と解釈する。[36] だとすれば、さらにその解釈に加えてこうも言えるかもしれない。まさに国家から切り離そうとされている黒人という存在こそが、白人女性(作家)に共感と慈善を行使する機会を与えてくれたのだ、と。ヘイルが「アメリカの奴隷制に課せられた使命とは、アフリカにキリスト教文明をもたらすことです」(408)と『ノースウッド』の結語を宣言するとき、奴隷制と白人女性の緊密な関係性はよりいっそうあきらかにされる。彼女の幻視するリベリア植民は、キリスト教的な慈善によって果たされる文明化の使命として奴隷制が向かう究極的な目標なのであり、その目標を達成させるためには、南北の対立やセクト的緊張を緩和する役目として、いわば「慈善」を体現する女性の力が必須であった事実を想起させる。[37] つまり、奴隷制廃止運動やリベリア植民運動は女性を必要とし、女性もまた、そのすぐれて政治的な活動を必要としたのである。「共和国の母」から慈善という人道的精神を受け継いだ「慈悲深き帝国」時代のヘイルら白人女性は、それを女性的属性へとジェンダー化することによって、「真の女性らしさ」に反することなく私的な家庭空間から公的領域へと志向し、事実上の「女性市民」という自己と地位を獲得しようとしたのである。

第二章　「女性の領域」を読む女たち

――『女性講演家』のジェンダー・ペダゴジー

一八三九年、セアラ・ヘイルの小説『女性講演家、あるいは女性の領域』[1]が女性の講演行為への批判書として匿名出版されたとき、マサチューセッツ州ブルックラインの名士ジョン・ピアス牧師は、この小説を娘たちに朗読して聴かせた。ピアス家の家父長の行為には、一八三〇年代に「男女からなる聴衆」の前で講演活動をしていた女性たちにたいする強い非難が含まれていたに違いなく、娘たちに小説の副題でもある「女性の領域」とは何かを教え諭そうとした意図は明確であろう。[2]伝統的な「ピューリタン気質の北部人」[3]と称されたピアス牧師にとって、娘たちがこの小説の主人公のように公的な場に登壇して女性の権利を声高に訴え、結婚後も夫の意志に従わないような女性であってはならなかった。

ところが、次女のエリザベス・ピアスが示したこの小説への反応は、父親の期待とは正反対であった。ピアス家の末娘メアリは、姉の態度を友人に宛てた手紙にこう記している。「エリザベスはかなりこの本に入れ込んでしまっています。わたしのまっさらな頭に助言やら忠告やらを詰め込もうとするのです。彼女も女性講演家になってしまうのではないのかしら」。[4]メアリは自分の姉が「この本」に感化されて「女性講演家になってしまう」危惧を誇張気味に語っているが、この言及において重要なのは、公的な場での女性の講演行為を批判する『女性講演家』を読むときに、この小説を「男女の領域分離」の教義と家庭性の規範を訓示するテクストとして受け止めてい
ないない読者が存在したという事実である。

『女性講演家』は南部出身のアボリショニストであったグリムケ姉妹が北部での講演活動したことを契機に執筆され、[5]そのテクストは女性が公的な場で講演や演説をすることの禁忌を物語る。実際に

ヘイルは講演家として活躍したフランシス・ライトやエリザベス・オークス・スミスらを手厳しく批判しており、女性の講演活動について明確な不支持を表明していた[6]。そのような彼女のジェンダー思想は、とくに「男女の領域分離」を唱導する権威的な編集者として女性たちを公的な場から撤退させ、私的な「女性の領域」に滞留させたという定説としての保守的なヘイル像を強化していよう。しかしながら、ヘイルは女性が適切な教育を受け、社会の諸活動に「市民」として参画するヴィジョンを終生もち続けた人物であった。序章にて確認したように、現在ではこれまで考えられてきた保守的な家庭性主義者としてのヘイル像や領域のイデオロギー性の再考が迫られており、そのような動向におい て、本章は『女性講演家』が語る「女性の領域」の物語の深層にどのような政治的企図が埋め込まれているのかを検証していく。

ピアス父娘の事例が示すように、この作品はアンテベラム期のジェンダー規範に準拠した物語を装っていたために、家父長的な圧力や社会的批判を受けることはなく、むしろ歓迎された。だが、いっぽうで（エリザベス・ピアスのような）ある特定の女性読者のみに伝えることのできる政治的声明をも潜ませていた。その政治性についてここで提起してみたいのは、ヘイルが小説に表した「男女の領域分離」とは、じつは女性読者たち自身に「領域とは何か」を議論させるための教材そのものであったのではないかという疑念である。そして、その議論の過程には、結婚制度への懐疑をも示唆する「公的存在としての女性」という論点が含まれていた。

一．アメリカ初期演説文化と女性による講演行為

『女性講演家』は一八三〇年代のボストンを舞台にし、物語はのちに主人公マリアン・ゲイランドの夫となるウィリアム・フォレスターが自邸の書斎で物書きを終えた場面から始まる。まるで「隠遁者」のように書斎に籠もるウィリアムを従兄弟のエドワードが訪れ、女性講師による講演会に連れ出そうとする。しかし、ウィリアムは「女性が説教師になるようなご時世ならば、男はいつだって隠遁者になろう」（4）と皮肉を述べ、女性の講演行為にたいする嫌悪感を隠さない。従兄弟の説得にしぶしぶ講演会へ出かけたウィリアムであったが、登壇した講演家マリアンの「美貌と会話術」（32）にすっかり魅了されてしまい、彼女の講演会に足しげく通いつめ、やがて結婚を申し込む。だが、マリアンは講演家としての自己信頼と自負心を棄てることができなかった。彼女はウィリアムへの愛情を断ち切ろうとボストンを離れ、南部の都市チャールストンへ向かうのだが、この地で女性講演家に向けられた敵意と暴力に絶望し、病に伏してしまう。[7] そして自分を追ってきたウィリアムの求婚に応じ、もう二度と登壇はしまいと決意する。

ところが、マリアンは結婚後まもなく女性の講演にふたたび関心をもつようになる。彼女は一児をもうけ、しばらくは「妻として母として家庭的に、そして献身的に」（91）平穏な家庭生活を送るのであるが、ある狡猾な女性講演家の術策にのせられ登壇してしまう（105）。夫はマリアンから去っていき、彼女は衰弱の果てに死を迎える。最終の場面で、マリアンは今際のきわに見いだした「女性の権利」の本質について友人のソフィアにこう語るのだ。「わたしが主張してきたことはすべて間違っ

ていました。女性の真の誇り、真の自立は、神が女性に授けた場で達成できるということを。夫の幸せこそが自分の幸せであることを。〔…〕そのようなおこないによって、女性は自分の権利を得るのでしょう」(120)。

このように、『女性講演家』は女性の権利運動への反対を表明しつつ、主人公が自身の領域を逸脱して公的な場で講演活動をおこなうという夫への不服従と、そのために引き起こされた悲運を物語る。当時の女性読者に「真の女性らしさ」を教示するこのテクストは、「初期の反フェミニズム小説」とみなされてきた。[8] だが他方では、ヘイルがつねに女子教育の充実や女性の地位向上を訴え続け、その実現に向けてさまざまな活動に尽力した事実から、この作品は作者の意図が両義的で、単純な反フェミニズム小説ではないとの解釈もある。[9] たしかに、ヘイルをこの時代特有のフェミニストとみなすことは充分に可能であるが、ニーナ・ベイムやデイヴィッド・レノルズらが述べているように、当時、フェミニストが保守的なアメリカ社会において『女性講演家』という小説を女性参政権の支持表明として出版することは、「時期尚早」であっただろう。[10] だが、テクストが批判していると思われる対象そのものを分析の起点にすると、浮上する問題は変わる。じつはこのテクストは公的領域での女性のいいいいいいいいいいいいいいいい講演行為それ自体を批判してはいないのだ。この点に着目した読み方として、グランヴィル・ガンターは、テクストの批判対象となっているのは主人公マリアンの「自尊心」であると指摘する。「自尊心」は共同体への奉仕精神(リパブリカニズム)に対立する利己的な個人主義(リベラリズム)として、女性の講演行為から生じる領域の表象を通して描出されている。女性の取るべき行動が共和国理念の実現のためであれば、女性講演家という存在は是認されているとガンターは読み解くのである。また、キャロライン・レヴァンダーは、講演行為によって男性の領域に女性の身体が侵入することの政治的意味を検証している。ヘイルのテクストは女性の講演行為を批判するどころか、女性の身体を媒介に政治化しようとする男性性によって、女性が政治領域から排除されていくプロセスを暴いているという。[11]

以上のように、『女性講演家』をめぐる解釈はアンテベラム期の「男女の領域分離」に潜む矛盾を焙り出すが、ここで見逃してならないのは、女性による講演活動が問題視されてしまう歴史的背景である。アメリカ史における講演ないし公的な演説行為には、共和国という政体を護持する重要な役割があったことを思い起こしてみよう。とくに独立革命期の演説は主要な政治メディアであった。古代ローマの弁論術を模範とした政治家たちの雄弁な「声」は、新しい共和国の言語として「洗練されつつも洗練されすぎず、紳士の言語であって貴族のそれではない」ことが求められ、また、アメリカが「ひとつの独立した共和国政体」であることを人びとに認識させた。なおかつ、当時の演説ないし修辞的言説の目的は知的・道徳的権威を公的コンセンサスとして形成し、それを市民的行為として位置づけることであったため、個人の私的な信条は重視されなかった。[12]一九世紀初頭になると、白人エリート階級の「紳士たち」は建国の父祖たちから受け継いだ新古典主義的なレトリックによって演説文化を開花させ、「アメリカ演説の黄金期」を確立させたのだった。[13]

ところが、共和国理念のもとに社会や共同体の形成を担ってきた紳士たちの演説は、その聴衆が「一般大衆（コモンマン）」化されるにつれ、しだいに修辞的表現や演説内容だけでなく話者自身も平俗的になっていった。「下卑た民衆煽動からつましく崇高な類いのもの」にいたるまで、一九世紀半ばまでには洗練された雄弁術と庶民的な言葉が混在した多様なかたちの「声」が現れ、そのような事態をある外国人旅行者はアメリカの公的演説が低俗に堕したととらえ、慨嘆したようだ。[14]また、こうした演説の「民主化」を背景に、共同体が公的コンセンサスとして位置づけていた知的・道徳的権威は、一九世紀をつうじて演説者である個人が「私有する」ものとして移行していくことになる。[15]

このようなアメリカの初期演説文化において、女性はどのような状況に置かれていたのだろうか。一般的には、独立革命後から一八二〇年代まで、女性は公的な場で話すことを「禁じられて」おり、一八三〇年代に登場しはじめた女性講演家たちは激しく非難されたと考えられてきたが、こんにちの女性史研究では、新しい共和国にとって女性が「雄弁に話し、社会的に活動する」ことは期待されていたと認識されている。[16]キャロリン・イーストマンによれば、一八世紀末の北部社会では女子にたいする演説教育が男子と同様に実施され、各地域で少女たちが発表や演説をする姿はよく見かけられた。彼女たちのそのような行為は、将来的に女性が「市民」として公的に活動する可能性を大いに有していたのである。しかし、その後、女性の社会的な役割についての見解が急激に偏狭なものとなり、女性の弁論は「家庭の炉辺や家庭的な仲間内」に制限されるべきことが提言されるようになっていった。一八二〇年代までには、女性が公的領域で講演する行為はすっかり奨励されなくなってしまうのだ。[17]このような公私の領域によって急速に男女が差異化された背景には、どのような要因があったのか。それは、フェデラリスト党とジェファソニアン派のリパブリカン党に代表される政党政治による体制の強化や、白人男性の選挙権の拡大など、男性たちに有利な政治的民主化によって女性の政治参加が否認されていくことにあった。政党争いによって不安定化する社会では、女性の非党派的な思考が公正な愛国者として美徳となり、女性は間接的に政治的影響力を振るうことがよいとされたのである。これは独立革命期の女性が政治に直接的な関与を試みたことへの「反動」——ローズマリー・ザガリのいう「革命の反動」——として、女性を政治領域から排除するための方便となった。やがて、白人の男女を取り巻くこのような政治的状況は「男女の領域分離」の言説に絡め取られ、一八三〇年代までには、聴衆に向かって政治問題を公的に議論する女性は「真の女性らしさ」を失った男性的な人物とみなされるようになり、「悪意に満ちた攻撃」を受けることとなったのである。[18]

そのような状況ではあったが、一八三〇年代以降のアメリカ社会は多数の女性講演家を輩出していった。しかも女性による講演は政治領域への侵犯とみなされていたにもかかわらず、彼女たちは慎み深く道徳的であれば——つまり、「真の女性らしさ」を喪失しないかぎり——概して好評であったと報告されている。[19]しかし、彼女たちに求められた慎みと道徳性とは、パトリシア・ビゼルが指摘するように、その女性的な資質の「言外の意味」として意図された「身体的な慎みと性的モラル」にほかならなかった。壇上の女性たちは講演内容の政治性や修辞文言から垣間見える知性よりも、身体と結びつけられた女らしさを尺度に講演家としての資性を評価されたのである。女性が聴衆に受容されるためには、知性をひけらかさず「女性らしい道徳的な言葉づかい」を用いる貞淑な人物であることが求められた。いうなれば、女性講演家とは自分自身の性的貞操や道徳性を公的な場に進んで展示する者であった。[20]

二・誤読される女性講演家

『女性講演家』の主人公マリアンの夫となるウィリアムは、白人中流階級層に支配的な「男女の領域分離」と「共和国の母」の論理にもとづいて女性を判断する人物である。彼にとって、女性は「男性の伴侶となり、子どもや若者を教え導き保護する」妻あるいは母親であり、「男性につねに庇護と扶養を求める」(6)存在でなければならない。彼はそれ以外の女性の役割を想像することができないため、女性講演家とは「神から定められた領域を踏みはずし、〔…〕ぽかんと口を開けた連中の視線に身をさらされている」(5)〔強調引用者〕女性であると述べる。まさしく彼の発言は、アンテベラム期の女性の演説行為がその話者の話す知的かつ政治的な内容ではなく、身体性という基準によって評価されていることを示していよう。彼女たちは「話す主体」ではなく「話す女性という奇妙な異形」であり、「見世物」ないしは聴衆に読まれるべく展示されたテクストであった[21]。『女性講演家』では、マリアン・ゲイランドという女性講演家はまさにそのようなテクストとして、ウィリアム・フォレスターというひとりの男性聴者によって読まれる存在となっている。

ウィリアムは、女性講演家の存在価値を認めない。彼が想像するのは「女性の権利のことをまるで強奪されたかのようにわめき立て」(7)、「男のように粗野な女、荒々しい耳障りな声で公表する姿」(10)である。だが、従兄弟にマリアンの「珊瑚色の唇から発言される議論」(7)を聞きに行こうと誘い出され、当時の多くの白人男性がイメージしたであろう「ウルストンクラフト流」の女性講演家像は覆されてしまう[22]。彼は登壇するマリアンが「若く美しい女性」で、「物腰にはいくらか恥じらいがあったが、ゆったりと優美で」(11) あることを認め、次のようにマリアンを観察している。

彼女は自分が社会の定則のひとつに違犯していること、いわば、世界に長らく温存されてきた偏見に挑んでいることに気づいていた。〔…〕彼女の言葉づかいは品がよく澄んでおり、声は朗々と響き渡り、しかも耳に心地よい音色であった。

ウィリアム・フォレスターは称讃と哀れみの入り交じった感情で女性講師をじっと見ていた。彼女の美貌と高い教養を褒め讃えずにはいられなかった。彼女の意見とそれを公表するさまについては咎め立てをしたかったが。そして、彼は彼女のことを哀れんだのである。彼女は貧しさゆえに、あんなことまでして生活の糧を求めなくてはならないのか (11-12)。

ウィリアムは、マリアンには父親がなく、病身の母親を扶養しなければならないことを事前に知らされていた。彼女を哀れむ理由について、従兄弟にこう漏らしている。「彼女は本当にかわいそうなひとだ。つらい試練にちがいない——あんなに若くて慎みがあって——彼女ほど真に女性らしいひとが——あんなふうに人前にさらされるとは、つらい試練にちがいない」(30)。ほどなくすると、マリアンの「珊瑚色の唇」とそこから発せられる「声」、そして美しい身体から表現される「慎み」が誘因となり、「彼の蔵書と趣味よく整えられた書斎は放置」(32) されることになる。つまり、ウィリアムは書斎という私的空間を抜け出し、結婚という公的な制度によって新たに築かれる家庭にマリアンを取り囲んでいく。やがて、彼は自身の父権を確立するようになるのだが、たとえば、マリアンからある講演会への出席の許可を求められると、「ぼくはむしろ君が〔…〕わが家の暖炉を囲んで話してくれるのを聞きたいんだ」（62）と返答して妻の活動範囲を家庭内に制限し、妻がそれを破るときわめて冷淡な態度を示すのである。以降、マリアンがある慈善団体や女性の講演に関心を寄せるたびに、夫は家父長として妻の境遇を脅かすのだった。[23]キャロライン・レヴァンダーが論証するように、『女性講演家』というテクストは一九世紀中葉の公的演説という政治文化において、女性の身体性に結びつけられた「声」が規制されるべき対象として周縁化され、家父長的な男性アイデンティティの形成と強化が正当化される過程を暴くのである。[24]

たしかにレヴァンダーの分析は、読まれる「見世物」とそれを読む聴衆という関係性を通して女性講演家の身体性に執着し、その「声」を専有することによって成立する男性性の戦略を露呈させるが、セアラ・ヘイルにとって問題はそれだけにとどまらない。おそらく「声」を奪い取られる以上にヘイルが問題視しているのは、女性講演家という「見世物」がその身体性のためにつねに誤読され、反故にされてしまう女性の知性や政治的姿勢である。マリアンの講演行為を哀れむウィリアムの第一印象は、完全に誤読であるといわざるをえない。第一に、マリアンは母親の扶養と生活の糧のためだけに講演家になったのではなく、幼少時代に寡婦であった母親の労働状況が男性のそれと比して「不正の極致」（16）にみえたことが発端となっている。彼女は教養と知性の涵養に励み、「裁縫以上の何か」（17）ができる女性の能力を社会に示すため、啓蒙主義的な男女の平等と女子教育の必要性を高唱しようと決意したのである（25）。第二に、ウィリアムはマリアンを慎みある「真の女性らしさ」の具現者としてみなしているが、じつは彼女は「美しく、才能があり、教養があり〔…〕そして評判がよい」(23) ことを自負してやまない人物である。彼はマリアンの真意と自負心を見抜けずに講演会に通い続け、その誤読をますます膨張させていく。

来る日も来る日も、彼はミス・ゲイランドの美貌と会話術に魅せられて、彼女の世界で過ごした。彼は彼女が声を与えている美しい思想と感情を――それらを彼自身の筆記録だと思い込みながら、熱心に耳を傾けた。毎夜、彼は講演室に出入りし、その意見を注意深く聞いた。数か月前であれば耳を塞いでいたにちがいなく、どこぞの女が感化院送りの狂人のような演題をわめきちらしていると公言していたかもしれない。彼は耳を傾けていた。あのひとは病身の母親を扶養して生活する必要性があるから女性らしい繊細さや感情を犠牲にしているのだと想像し、それを思うと涙がこぼれ落ちてしまいそうだった。(32-33)

ウィリアムの誤読のゆえに、知的かつ政治的であるはずのマリアンの訴えは、ウィリアムの耳には「数か月前であれば耳を塞いでいた」意見として、テクストでは一切かき消されてしまっている。彼はマリアンの「美貌と会話術」――美しい身体と「声」――に魅了され、彼女が病身の母親のために「女性らしい繊細さや感情」を犠牲にしていると思い込み、「涙がこぼれ落ちて」しまうほど熱心に傾注する。ウィリアムはマリアンの真実の動機を誤解したまま、彼女の知性と政治性を「美しい思想と感情」に置き換えて、それを「彼自身の筆記録」に刻銘していくのである。もちろん、これはウィリアムに限ったことでなく、ほかの聴衆もまた「女性講演家の申し分のない美貌を称讃のまなざしでじっと見つめ、女性たちを代弁する彼女の雄弁な訴えに聴き入っていた」(43) ように、彼らは彼女の容姿と声のみに注目する。通常、講演者は一時的であっても話者として発言しているかぎり、主題にかんする知的権威を掌握できるものと考えられているが、当時のアメリカ社会では、女性の身体と「男性的な知性」を兼備する女性講演家は受け入れられなかった（というより、存在しないことになっていた）ため、[25]女性であるマリアンには自分の知性と発話の権威を担保できないことが示唆されている。おそらく、ヘイルは女性講演家の身体こそが女性の修辞言論や政治表明への注視を消散させる原因であり、知的権威を獲得するさいの障壁だったことを認識していたのだろう。しかし、ヘイルはその障壁を等閑視することなく、廉直にも教育によって克服しようとしたのである。彼女が取り組んだのは、「読むこと」の実践であった。

ヘイルは自身の雑誌にしばしば「女性が読むこと」の有用性を論じている。それによれば、昨今の「不完全な女子教育制度」により少女たちは「学びへの愛着ではなく自己顕示という自尊心を吹き込まれ」、教育課程が修了すると「本を投げ出し、〔…〕目もくらむような流行りものの世界へ」遁走してしまっている。そこで、ヘイルはそのような教育上の「欠陥を補う」ために「体系的に読むこと」を助言し、とくに「知力の組み立て」(mental composition) という読み方の実践を推奨した。[26]

どんな作品でも読むことは判断力の向上へ導いてくれます。何度も立ち止まって推論し、言外にある特定の趣旨や意図を探るのです。読み終えたら、全体の視野やその道徳的な基調、感情の方正さ、文体の特徴をよく考えてみましょう。こうして知の心(mind)が知識の貯蔵庫に加わっていくと情の心（heart）はよい影響を受けて、さまざまな機能や情緒が力強い行動を呼び起こし、判断力を成熟させ、情の心の進むべき方向を正しく導いてくれるのです。[27]〔強調引用者〕

さらにヘイルの指導は「文章の組み立て」（written composition）へと進み、とりわけ「ありふれた本」を選ぶように薦め、読後には「あらゆる主題や論点について、自分の見解や意見、感情を書き留める」ことを指南する。[28] つまり、ヘイルにとって「体系的に読むこと」とは、読者が書かれた内容の意味を構築し、論点にたいする自分の意見を記録するまでの一連の作業のことを指す。ヘイルのねらいは、その作業をつうじて読者が判断力を養いながら、みずからの意見を組み立てるという個人的な討論の実践にあった。ニコル・トンコヴィチが指摘しているように、女性が「読むことのプロセス」に参入することは、ある特定の問題について女性が思考や意見の自己表明を私的に試行できることであり、いわば、女性が私的領域に身を置きながら、書かれたテクストを媒体として政治的な発言力を構築するという公的活動の可能性を意味したのである。[29] そこで、ヘイルが読むことの実践的テクストとして『女性講演家』を提案したと仮定してみよう。この作品は表面上、女性による講演活動を批判しながら、じつはヘイルは副題である「女性の領域」について、アンテベラム期の女性読者に私的な行為としての討論の場を提供したのである。

三．実践的テクストとしての『女性講演家』

興味深いことに『女性講演家』の副題が私的な家庭空間を明示しているにもかかわらず、このテクストには模範とされるべき家庭生活の具体的描写はいっさい登場しない。マリアンの友人ソフィア・グリーンはこの物語の「真の女性らしさ」を体現する女性であるが、彼女によって営まれる家庭――家庭性の規範にもとづき、幸福であるはずの私的空間――ですら描かれていないのである。ソフィアは家庭婦人の立場からマリアンにたいして夫への不服従を諌める役割を務めるものの、結婚する以前にはマリアンと同じ女子セミナリーで「臆病で引っ込み思案の少女」（20）として過ごし、文学研究者のジョエル・フィスターが指摘しているように、多くの聴衆を惹きつける講演家のマリアンに比べると、当時の読者にとって「生彩のない（カラーレス）」[30] 人物であったかもしれない。とすれば、おそらく、模範的な家庭生活やそれを切り盛りする理想的な家庭婦人を手本として女性読者に提示することが、この作品におけるヘイルの主たる意図ではない。むしろヘイルが強調しているのは、登場人物たちによって議論される領域論である。ウィリアムがマリアンに求婚するとき、ふたりが「女性の領域」をめぐって意見をぶつけ合う場面があるが、それはまさに女性読者が私的に討論する実践の場といえるだろう。

> 「女性が人前で発言をすることに――偏見と呼びたければそうしていただきたい――非常に根深い嫌悪を感じます。自分の領域にいればとても敬愛される女性が、自分に不相応の領域を求めて家庭から離れてしまうなんて、僕には耐えられない。僕にはまったく出過ぎたこと（uncalled

for）のように思えるのです」。〔強調引用者〕
「まあ、出過ぎでいるとおっしゃるのですか。殿方にとってはいつもそれが重荷なのですね。出過ぎている、と。家庭という後宮に囚われた厚化粧のお人形、家事にあくせく勤しむ卑しい女、女性がそれ以上のことを望もうとすると、そう言われてしまうのです。しかるべき女性の領域！そんなものどこにあるのでしょうか。キッチン、それとも洗濯場かしら。あるいは〔…〕揺りかごのそばに座って、夫の意のままにおとなしく頭を垂れることかしら。そうだとすれば、なんて横暴で不合理なことでしょう。それとも、もっと高邁にも、活気のない生活や軽薄な娯楽を求めて日々暮らすことが、女性の領域なのでしょうか。わたしはそうは思いません。そんなふうに女性は生きるべきだと、神が意図されたとは思えないのです。あなたにはおわかりにならないでしょう。殿方にわかるはずがないのです」。（38-39）〔強調原文〕

続けてウィリアムは「殿方」に反発するマリアンに、「女性の領域は男性のそれとは違うのです。〔…〕女性の社会的な権利、慣習的な権利は等しく尊ばれるものであっても、それは同じではないのです」と断言して次のように主張していく。「仕事の喧噪や騒ぎで疲弊した」男性には家庭の幸福が必要であり、その幸福は妻によって決定される。女性には母親として「幼子の心を鍛錬し導くという純粋で神聖な仕事」があり、家庭での仕事が女性の「高尚で栄誉ある特権」である、というふうに（39-40）。こうしたウィリアムの主張にたいし、マリアンも応酬する。

「もっとも高尚で、もっとも栄誉があるとおっしゃるのですか！　殿方の女中、つまり召使い（サーヴァント）になることが。主人（マスター）の帰宅に備えて家をきちんと整えておくことが。〔…〕子どもを養育して世話をし、お父さまがおうちに帰ってきたらお行儀よくするのですよと教えることが。栄誉ある特権、まったくですわね！」（40）。

マリアンは夫と妻を「主人」と「召使い」の関係にとらえたうえで、「女性の領域」がキッチンや洗濯場といった現実の家庭空間として家事労働および育児をおこなう具体的な場であると述べる。それにたいし、ウィリアムは家事や育児を女性に与えられた「特権」として神聖視し、「女性の領域」を家庭外で疲弊した男性に幸福をもたらす場とみなす。このように、テクストはふたりの対照的な見解をわかりやすく提示し、女性読者にジェンダー化された領域の概念を再検討する機会を与えているのである。これがヘイルの提唱する「読むこと」の過程において、「男女の領域分離」について「自分の見解や意見、感情を書き留める」訓練であった。[31]

さらに、ふたりの「女性の領域」をめぐる議論において着目すべきは、「出過ぎた」（uncalled for）という表現である。アンテベラム期のアメリカ人が「領域」をどのようにイメージ化していたかについて、たとえば、キャロライン・ハワード・ギルマン（Caroline Howard Gilman, 1794-1888）が一八三八年に編集した『女性のための一年の記録と主婦の備忘録ノート』を取り上げてみよう。[32]その口絵には「女性の領域」を表す図像が描かれているが、ここに図示されているように、領域（スフィア）は「球形（スフィア）」のイメージによって把握されていた。七分割された「女性の領域」は統制のとれた球形として視覚化され、それぞれの枠内に主婦が裁縫、調理、掃除、洗濯、庭の手入れといった家事労働をつとめて優雅にかつ無表情にこなしている。歴史家で建築家でもあるドロレス・ヘイデンが指摘するように、子どもたちに本を読み聞かせている中央の図像を除くと主婦はつねに孤独であり、そして、主婦たちに課した「苛酷」で「不快な家事労働」の現実はけっして描出されていない[33]。代わりにこの図像には整然とした秩序や世間的な体裁（リスペクタビリティ）があり、まさにそれはウィリアムの理想とする家庭空間だといえる。ならば、「出過ぎた」（uncalled for）状態にいる女性講演家のマリアンとは、美しく秩序ある

ギルマン『女性のための一年の記録と主婦の備忘録ノート』（1838 年）口絵

領域（スフィア）／球形（スフィア）には「不必要な」(uncalled for) 存在であり、ウィリアムのような「真の女性らしさ」の礼讃者にとって、彼女こそがその秩序を脅かす人物ということになろう。はたして、当時の女性読者はこの図示された「女性の領域」をどのように眺めたのだろうか。多くの女性は、このような上品かつ無表情な主婦像を理想的なモデルとして無批判に受け入れたかもしれない。しかし、この図像にソフィア・グリーンに体現される「生彩のない」主婦像を見いだす読者がいたとすれば、その主婦像とは対照的な「出過ぎた／不必要な」女性であるマリアンにたいして、同調的な反応を示した女性も存在したのではないだろうか――たとえば、本章の冒頭で紹介したエリザベス・ピアスのように。

　マリアンは結婚後も夫に服従せず、「自分自身で思考し、行動する権利を侵害することや、大切な意見を犠牲にすることができなかった」(83) ために、悲劇的な死が与えられている。しかし、ヘイルにとって、みずからの職業をみずからの意志で遂行しようとする自立心の旺盛なマリアンこそが、自己形成のモデルとして読者に期待した女性像だったのではないか。講演家という職業について独身時代のマリアンがウィリアムに語っている場面へ立ち返ってみると、ヘイルは女性たちがマリアンのように知性を育み、職業を得て社会で行動することの本来の目的や意義を伝えようとしているように思われる。

> 聴衆を目の前にしたとき、わたしはたんに他人や本から学んだ意見を模倣しているのではありません。わたしが語る言葉のひとつひとつは、わたしの**本心** (heart) から、**女性の地位を向上したい**という願いから命じられているのです (35)。〔強調引用者〕

まさにマリアンは、（ヘイルが構想する）「読むこと」の実践によって知性と政治的発言力を獲得し、「情の心（heart）の進むべき」正しい方向へ導かれて講演家になった。ヘイルの小説は表層的には領域を逸脱する女性講演家への批判を装ってはいるものの、その深層は職業を得て自立を目指すマリアン・ゲイランドという女性像を読者たちに提示することであったのである。その女性の自立という問題について、ヘイルは父や夫のない家父長不在の状況にこそ、マリアンが講演家として自立を達成しうる可能性を示唆しており、さらには、結婚という制度のために女性の活動領域と政治的意見が制限され、その自立が阻まれることを暴き出してもいる。こうした描写は物語の背後にある「夫の保護下にある妻の身分」（coverture）という現実を女性読者に向き合わせ、女性が結婚をしないという生き方についても私的に議論させたのかもしれない。

さて、マリアンが美しい「女性の領域」を乱す「出過ぎた」存在であるならば、彼女の死後に女性講演家という「不必要な」要素が払拭されたその領域は、ウィリアムの期待する「真の女性」ないしパトリシア・オッカーのいう「普遍的女性」（「白人、中流階級、たいていはプロテスタントで、既婚もしくは結婚を希望する女性たち」）[34]で埋め尽くされることになる。だが、はたしてそのような空虚ともいえる普遍的なアメリカ人女性像が、小説家セアラ・ヘイルの待望するアメリカ共和国の女性市民の姿なのかと問われるのなら、否定しなければなるまい。自身の職業を「女性編集者」（editress）と称したヘイルが、たとえば「女性作家」（authoress）や「女性医師」（doctress）等の女性名詞化した職業名を好んで使用したことはよく知られているが、[35]それによって彼女は職業における女性のプレゼンスを顕在化させ、女性も男性に劣らず公的生活の重要な存在であることを認識していたのである。「情の心」である「本心」がマリアンを女性講演家（lecturess）として「正しく」導き、そこから「女性の地位を向上したい」との願いを湧出させたのであれば、その願いはまさにセアラ・ヘイル自身の偽りなき願いであったのだ。『女性講演家』第三章に掲げられたエピグラフに目を向けてみると、その文言はじつは自伝的テクストで繰り返し使われている作家自身の表現である。「わたし自身の性である女性とわたし自身の国家の信望を高めたいという願いは、思い起こすかぎり、もっとも幼い頃に抱いた心からの思いでした。S・J・ヘイル夫人」[36]（23）。

このようにして、ヘイルはその身体性のために消し去られた女性講演家の知性や政治的声明を問題化するにあたり、読者個人の知力を私的かつ実践的に鍛錬させる素材として提起した。しかも、女性の講演活動を否定する表面上の身ぶりのために社会的批判を受けることなく、領域にかんする議論を巧妙にテクストのなかに再現してみせた。おそらく、ヘイルは「自分自身で思考し、行動する」多数の「マリアン・ゲイランド」という公的存在としての女性——「女性市民」（citizeness）——が萌芽する可能性を信じたのである。

セアラ・ヘイルがアメリカ独立革命期の啓蒙主義的な「理性」や「知性」にヴィクトリアニズムの「女性らしさ」を接ぎ木することで、男性とは異なる知的で慎み深い女性像を創り上げようとしたとすれば、スーザン・コンラッドのような一九七〇年代のフェミニズム研究者にとって、それは「知性と真の女性らしさとの仰々しい統合」を試みた「メアリ・シェリーの怪物のごとく滑稽な」女性像だった。コンラッドによれば、ヘイルは当時の女性読者たちに「自分と社会の釣り合いをとりながら、中道を進む」よう説得し、「学者女との非難を受けることなく良識的に会話をし、インテリと呼ばれることなく知的な」女性を模範とすることを提唱したが、けっきょく提示されたのは「愚鈍な美女」と「学者女」の単純な対比だけで、その中道的な女性像を描写することはできなかったと解釈する。[37]

コンラッドが言及している「愚鈍な美女と学者女」とは、ヘイルが創作した短編物語のことである。その題名のとおり、それぞれが知性にかんして両極的なあまり、莫大な資産を有しながらも結婚による幸福を得ることのできない姉妹についての寓話となっている。[38] たしかに、この物語には「知的でもあり慎み深さもある」女性は登場しない。コンラッドが指摘するように、ヘイルは知的中道の「真の女性」像を提示することはできなかった。だが、その提示の不可能さの背後には、彼女の別の企図があったとも考えられないだろうか。この小品には模範として期待される「真の女性」の代わりに、コンラッドが読み落としていると思われる第三の女性像として「ミス・ホートン」という端役の女性が登場する。この女性には姉妹の愚行を見聞する役割が割り当てられ、さらに結婚の否定を結論づける役目も果たす。ミス・ホートンは姉妹の不幸な結末を傍観し、「あの姉妹が夫として手にするのが、ひとりは陰気な守銭奴、もうひとりは馬鹿な浪費家にすぎないなんて、独身でいることのほうが『至福』にちがいない」との「訓戒」を得て、「一度として結婚の誘惑に負けることがなかった」(146)。女性の知性について議論しているはずの物語において、結婚をしない女性の生き方が「至福」であるという別なるメッセージは、端役の女性登場人物を媒介して目立たぬように伝えられてはいるが、この密やかな声明を特定の女性読者に届けること自体がヘイルの企てであったと読むこともできるだろう。

　はたして、『女性講演家』を読んで深く感化されたピアス家の次女エリザベスは、マリアン・ゲイランドのような講演家となったのか。それは否である。彼女はけっして急進的な女性の権利運動家として活躍することはなく、また、女子教育を推進する運動にも直接的に加わることはなかった。だがエリザベスは、女性が「社会に少なからぬ影響力を行使できる」存在であることから「女子教育の重要性をますます確信し」、日曜学校で子どもたちに聖書を教え、本を配布するなどの慈善活動に参加し、ライシーアムにも出席した。さらに、奴隷制や南北戦争といった政治問題について「熱意を込めて自分の考えを述べた」〔強調引用者〕という。自身の政治的見解を公表する行為は日記や家族に宛てられた書簡のなかで完結してしまったが、エリザベスは——ヘイルが女性読者たちに「読むことのプロセス」に参入してほしいと期待したように——まさしく自己の思考や意見を私的に表明し続けたのである。そして、おそらく女性が結婚をしない生き方についても、「愚鈍な美女と学者女」のミス・ホートンのように私的に議論したかもしれない。エリザベス・ピアスは八七歳で亡くなるまで生涯独身を貫いたのだった。[39]

第三章　ボーディングアウトする女、家庭にしがみつく男

——（反）ボーディングハウス小説の場合

一八五七年、英国人ジャーナリストで諷刺漫画家のトマス・バトラー・ガンは『ニューヨークのボーディングハウス生理学』という見聞録において、次のように述べている。「五〇万人以上の人間が西側世界のこの都市〔ニューヨーク〕に住んでいるといわれている。これまでに〔ニューヨーク人の〕誰もがボーディングハウスの住人であったし、いまもそうであるし、もしかしたら、これからもそうであるかもしれない」[1]。すでにその一五年ほど前には、若きジャーナリストであったウォルト・ホイットマンが「ニューヨーク・ボーディングハウス」という記事のなかで、アメリカ人を「ボーディングハウス国民」と評している。都市部の人びと、ことにニューヨーク市民であれば階級・年齢・性差にかかわらず、多くがボーディングハウスと呼ばれた賃貸共同住居での生活を経験した[2]。そして、ガンとホイットマンが声をそろえて主張したのは「ボーディングハウスは家庭にあらず」であった[3]。

ボーディングハウスが都市に普及したのは、まさに「家庭性の黄金時代」のさなかであった。ヴィクトリアニズム特有の道徳観に立脚し、秩序ある家庭を形成することが白人中流階級の不文律だった時代にあって、とりわけ「男女の領域分離」を教義とする者たちの眼には、雑多な人間が共棲するボーディングハウスは否定すべき存在として映っていたはずである。当然ながら家庭性を提唱したセアラ・ヘイルは、家庭と対照的に布置されるボーディングハウスの存在に批判的であった——少なくともそう見えた。彼女は当時の人気作家T・S・アーサー（T. S. Arthur, 1809-1885）によるボーディングハウス批判の物語を『ゴーディーズ・レディーズ・ブック』誌に掲載し、自身も一八四六年に発表した『ボーディングアウト』という小説のなかで、ボーディングハウスに寄宿する一家に降りかかる災難や悲劇を描いてみせている[4]。

だが、小説家としてのヘイルがボーディングハウスを小説によって否定しようとすることについては、やはり検討を要するといえるだろう。前章で検証したように、彼女の小説テクストには通俗的な教訓を平凡な文体で説きつつ、その裏面では批判しているはずの対象とはまるで異なることを伝えようとする逆説性がある。このパラドクス的な語りこそ、ヘイルという女性作家の大きな特徴であるとするならば、本章ではボーディングハウス批判という手段で披露される家庭性の概念を基軸としながら、その批判の真意として、ヘイルの小説のなかに一九世紀アメリカの中流階級文化における性差領域の交差性がどのように描き込まれているのかについて検証してみたい。そこには、「女性の領域」であるはずの家庭に男性が執着する必然性と、小説家ヘイルの思想の根幹をなすリパブリカニズムへの回帰がみえてくるだろう。

一．ボーディングアウトする白人中流階級

血縁関係のない者を「寄宿人（ボーダー）」として個人の家屋に住まわせ、賃料を徴収する商売がボーディングハウスの始まりであるとすれば、このような間貸し行為は、ニューヨークのような人口流入の多い海港都市においては、すでに一八世紀末期から顕著であった[5]。だが、ボーディングハウスという形態が完成し、急速に各都市に浸透していく主要因は、ジャクソン時代のいわゆる「市場革命」に突き止めることができる。産業技術の躍進によって誘発された都市工業化が移民を含めた大量の就労を求め、また、自足的な農村経済にも機械集約化の波が押し寄せて生産体系が変化すると、国家規模での

労働人口の再分配が開始されていったのである。短期間に若年人口が殺到し、深刻な住居不足に直面したニューヨーク、ボストン、フィラデルフィアなどの高密度都市において、ボーディングハウスという賃貸借の共同住居は、労働者や移民たちに当座の居住空間を供給した。[6]多くの場合、職種や出身地、あるいはエスニシティを同じくする者どうしが同一のボーディングハウスで共同生活を営む傾向にあった。[7]

しかしながら、ボーディングハウスの重要性は都市部における住宅不足解消に貢献した点にあるばかりでなく、それが疑似家庭的な機能をもっていた点にも見いだせる。ボーディングハウスは、やがて自身の家庭を築くことになる(と思われる)人びとに、一時的な住宅環境を貸与すると同時に、主として個人経営者である「女主人」が母親的役割を果たすことによって、「代理家族」という役割を寄宿人たちに提供したのである。[8]また、マサチューセッツ州ローウェルのようなニューイングランド地方の綿紡績工業地域では、労働者として送り込まれる若い女工たちのために、個人ではなく企業によって建設されたボーディングハウスが多く存在した。工場内における工場長と女性労働者のあいだにパターナリズム的関係が形成されていたように、ボーディングハウス内における管理人夫婦と女性労働者とのあいだにおいても、やはり擬似的な親子関係がみられたと報告されている。[9]

この一過性と代理家族という特徴のために、ボーディングハウスは都市生活に不慣れな新参の労働者や移民たちのみならず、しだいに階級やエスニシティの社会的階層を縦断し、白人中流階級の生活のなかにも波及していくことになった。[10]すでに一八三〇年代には、ボーディングハウスは中流階級の都市における新たな生活の場として受容されていたが、とくに好んで転居したのは若い独身の男女であった。両親の監督や庇護、また、来たるべき結婚生活のなかで課せられる「家庭の義務」を免除された若者たちは、ボーディングハウスという場にて「生活環（ライフサイクル）」上の猶予期間として青年期の解放感を享受することができたのである。[11]

ローウェルの女工たちが寄宿するボーディングハウスにせよ、中流階級出身の男女が青年期に経験するそれにせよ、女主人という母親的存在（ローウェルの場合は父母的存在）が寄宿人の管理者として機能するかぎり、ボーディングハウスは都市に蔓延する社会的無秩序や悪弊から若者を保護するという大きな社会的役割を担っていた。[12] この点にこそボーディングハウスにおける「代理家族」としての社会的意義が見いだされていたのだが、やがてボーディングハウスは公衆衛生を改善しようとする住宅改革者たちを含め、とくに家庭性を掲げる人びとによって批判の対象となってしまう。

というのも、そもそも「社会的悪弊から若者を保護する」という役割が与えられる以前、初期のボーディングハウスは感染症発生の温床として認識されていたのである。「船乗りや下層移民、無法者の盛り場」とされた当時のボーディングハウスは、一七九〇年代末期に各海港都市を襲った黄熱病をはじめとして、多くの深刻な伝染病が潜伏する現場だと考えられていた。[13] そのため、一八二〇年代にニューヨークがふたたび黄熱病の災厄に見舞われたときも、感染拡大の原因はボーディングハウスの劣悪な衛生環境にあるとされ、ボーディングハウスの不衛生なイメージはさらに助長されていった。ゆえに、ボーディングハウスを非難するさいに公衆衛生の改善を説くことは非常に有効な手段となったのだが、他方でその批判のレトリックは当時の道徳規範までも包摂しながら展開していくようになる。たとえば、ボーディングハウスという環境は寄宿人である若い女性の「正常な感覚を鈍らせる」や、「女性のみが寄宿するボーディングハウスは売春宿である」といった言説が横行し、ボーディングハウスは病毒という不衛生さだけでなく、道徳的頽廃という不健全さまでも容易に居住空間に侵入させる社会悪と認識されたのである。[14]

このように、ボーディングハウス批判の主要手段が衛生面から道徳面へとシフトするいっぽうで、白人中流階級のあいだでは、ボーディングハウスでの暮らしが「持ち家と劣らず体裁のよい」[15]生活様式であると自負する風潮も現れるようになる。とくに、資産（プロパティ）としての家屋が所有できるにもかかわらず、それを放棄してボーディングハウス生活をあえて選択する――当時の用語で「ボーディングアウト」する――富裕層の行為は、「家庭礼讃」が歴史的に類をみないほど強固に鼓吹されていた時代においては、じつに興味深い社会現象であった。かれらはこぞって家庭という私的空間を離れ、とくに最上位に格づけされた「高級ボーディングハウス」という「公的な家庭（パブリック・ホーム）」へ向かったのである。[16] また、ボーディングハウスを選択する中流階級層には、自身の家庭を所有するには経済力が未熟な新婚夫婦や、「理想的家庭（ホーム）」を形成する必要のないとされた寡夫や未亡人なども多数を占めていた。[17] しかし、そのような人びとの存在があったとはいえ、「家庭礼讃」や「男女の領域分離」を標榜する当時の家庭性主義者たちにとって、金銭を媒介として成立するボーディングハウスは商品市場に属し、ヴィクトリアニズム的な道徳規範が中流階級に要請した「理想的家庭」と対極にある存在だった。そのため、ボーディングハウスは基本的に否定されなければならなかった。冒頭で示したガンやホイットマンのような男性ジャーナリストたちも断言したように、ボーディングハウスはあくまで家庭の「代用物」であって、それは「断固として家庭にあらず」の空間だったのである。[18]

二．ジャンルとしての（反）ボーディングハウス小説

一九世紀のボーディングハウスを都市文学という視点から研究するデイヴィッド・ファフリクによれば、「ボーディングハウス」とそれに関連する語群は、とくに一八四〇年代から五〇年代の小説や雑誌などの紙面にあふれていた。[19] なるほど、一八五〇年代に出版された小説に限定してみても、ホーソーンの『ブライズデイル・ロマンス』（一八五二年）やメルヴィルの『ピエール』（一八五二年）といった正典作家たちの作品から、ファニー・ファーンの『ルース・ホール』（一八五四年）やマリア・カミンズの『点灯夫』（一八五四年）等の女性作家による大衆小説にいたるまで、明示的・暗示的の差こそあれ、ボーディングハウスという他者どうしの生活空間がテクストのなかに描き込まれている。[20] ゆえに、ファフリクが「ボーディングハウス小説」というジャンルを提示し、それを視座に一九世紀アメリカ社会を分析する試みは、文学テクストが都市化する社会に示した反応を知るうえで、きわめて意義深い。そこには、社会的実践かつ文学的表現としての「ボーディング」という行為が、人種・階級・ジェンダー・エスニシティの交錯する雑多で「アメリカ的」な空間を産出してきた痕跡が見いだせるだろう。[21] そのように、ボーディングハウスというテーマや活字がアンテベラム期アメリカの出版物に横溢していた状況で多く書かれたテクストが、ボーディングハウスを批判する小説や物語、もしくはエッセイであった。

そうした作品において、作者たちは家庭生活を放棄してボーディングハウスに殺到する女性を主

人公にすえ、その利己心からなされる愚行を読者たちに説いた。そこに認められるプロットを追跡していくと、ひとつの類型があることがわかる。まず、家事労働に嫌気をさした若年の妻が、夫に懇願して一家ごと都市のボーディングハウスに移り住むことを提起する。そして移住後の生活体験を通して、妻はボーディングハウスを営む女主人の吝嗇や法外な賃貸料、粗末で不衛生な居住空間、同居する寄宿人たちの奇行といった「実態」を知る。ようやく妻は夫と子どもたちと独立家屋で営まれる家庭生活の重要さを学び、最終的には深い改心をへて理想の家庭へ戻っていく。[22] このような「妻の無知と愚行」から「改心」までのパターン化された展開が含まれる物語群には、ボーディングハウスへの明確な批判がみられる。[23] それを主目的とする小説テクストを他のボーディングハウス小説群と区別して「反ボーディングハウス小説」と称してみるならば、セアラ・ヘイルの『ボーディングアウト』は、その典型例といえるだろう。

じじつ、ヘイルの小説はボーディングハウスを単純に否定した平凡な道徳小説、あるいは規範小説という価値でしかなかった。[24] しかし、ヘイルの「パラドクス的な語り」を想起するとき、やはりこのテクストにおいても、その手法を通して浮上する家庭性という概念がきわめて曖昧で、多層的な意味をもっているのではないかという疑念は拭えない。典型的なボーディングハウス批判を装いながら、テクストには別の意図があったとすれば、それは何であったのか。まずは『ボーディングアウト』のプロットを追うことから始めたい。

三．『ボーディングアウト』のパラドクス的な語り

セアラ・ヘイルの小説『ボーディングアウト』は、ボストン郊外に理想的な中流階級家庭を営むバークレー家の妻ヘプシーが、従姉妹であり信頼する友人でもあるファニー・ジョーンズの熱心な薦めに心動かされて、ボーディングハウスへの引っ越しを熱望する場面から始まる。夫のロバートは現在の家庭生活の快適さとボーディングハウスの否定的側面を対比させて、移住を断念するよう説得を試みるも失敗に終わり、ヘプシーとファニーは「流行のボーディングハウス」を書きつけた一覧表を手に新居探しを開始する（25）。ここで読者は、ふたりの女性登場人物とともに、いわばボーディングハウスの物件めぐりを疑似体験することになる。しかし、何軒もの物件を内見する途上で、バークレー家のような中流家庭にはボーディングハウスがきわめて不適切な住環境であることを痛感せざるをえなくなる。その不衛生きわまりない屋内、狭苦しい部屋、子どもの入居不可といった物理的な環境条件もさることながら、強欲な女主人や飲酒好きの住人という道徳的な観点からみても、彼らにはふさわしくない（26-32）。もっとも、これらの描写は当時のボーディングハウスを中傷する常套手段であった。

いよいよバークレー一家は、マダム・ショートという女主人の経営するボーディングハウスに居を定めることになる。ここではじつにさまざまなタイプの人間が同居し、[25] その生活体験をつうじて読者に提供される知識とは、端的にいえば、ボーディングハウスには私的空間が存在しない点に集約されるだろう。たとえば、妻ヘプシーは他の住人と食卓をともにしないために、女主人から「当家の

あらゆる規則に明白に違反」した利己的な振る舞いと激しく非難され（74-75）、夫ロバートは深夜の隣人の騒音にひどく悩まされ（76-77）、末娘リトル・ファニーは「おうちに帰りたい」（83）とぐずりはじめてしまう（バークレー夫妻には娘のほかにふたりの息子がいるのだが、転居先が狭小なため別居を余儀なくされている）。つまり、家族の誰しもが、ボーディングハウスでの生活に大きな困難を抱え込んでしまうのだ。けっきょくバークレー一家は、マダム・ショートの再婚騒動を機に別のボーディングハウスへ移り住む事態に追い込まれるのだが、このような騒動の描写を通してボーディングハウスという外圧——より明確にいえば、ボーディングハウスにおける私的空間の欠如——に翻弄される家族の姿は、家庭生活の放棄という妻の背徳行為にたいして支払わされる代償であることが語られている。

バークレー一家の次なる新居は、紳士や御婦人らの集うホテル式の高級ボーディングハウスであった。ここでは毎夜豪華な食事が供され、与えられた部屋の快適な生活空間や上品な住人たちなどが、マダム・ショートのボーディングハウスとはあからさまに別世界として描かれている。[26] ヘプシーは華美な装いに身をつつみ、婦人方の「親睦の夕べ」に参加したり、ピアノのレッスンを受けたりと、その「お上品な社交生活」にすっかり魅了されてしまう（105-107）。ただし、一家がこのホテル式ボーディングハウスへ引っ越す直前に、末娘がマダム・ショートのボーディングハウスで百日咳にかかり、病身になってしまったことがヘプシーにとって唯一の心配事であった。

伝染病の発生とボーディングハウスの言説上の結びつきにかんしてはすでに触れたが、このテクストにおいても、末娘を冒す感染病の描写はボーディングハウスの不衛生さを強調するメタファーとなっている。さらに「百日咳」は、外部領域から「病い」が居住空間の内部に侵入してくることに抵抗できないボーディングハウスの可侵性や脆弱性を、端的に示す象徴的な表現であるといえるだろう。[27]

ついには、私的な家庭生活を放棄して「公的な家庭」を選択した代償が、夫の事業の破綻および末娘の死という二重の悲劇となって、社交に明け暮れる妻の前に立ちはだかることになる（109, 113-114）。しかし、夫妻の友人であるカレブ・フラッシュの援助により、ロバートは「ある大規模綿紡績工場」の監督職を得ることができ（126）、そして一家は「将来有望な息子たち」と「節酒、秩序、家庭の平穏」（128）の調和する家庭を取り戻すことによって、小説は締め括られる。

以上のように『ボーディングアウト』のプロットをたどっていくと、たしかに、このテクストはありきたりなボーディングハウス批判の小説として類型的な枠組みをもち、表面上は妻が夫の意に従わずに家庭の管理を投げ出し、ボーディングハウス生活へ逃避することの愚行とその禁止を唱えているようにみえる。また、家庭の主婦（ハウスキーパー）／家庭の守り手として不完全な主人公が、最終的には救済されるという物語の結末も一般的なプロットに沿う。しかし、「家庭礼讃」の立場から描かれる「反ボーディングハウス小説」ならば、糾弾されるべき愚妻を支えるのは夫や叔母のような「身内」に限定される場合がほとんどであるが、『ボーディングアウト』の場合、妻へプシーの周囲にはつねにボーディングハウス生活のなかで得られた友人たちが存在し、機会あるごとに彼らから救援の手が差し出されるというシナリオに注視すべきであろう。たとえば、バークレー夫妻の陥った最大の窮地に惜しみない助力を与えることで、物語における最大の救世主的人物として位置づけられるカレブ・フラッシュは、マダム・ショートのボーディングハウスで知り合った同居人である。また、「高級ボーディングハウス」では、そこに居住する多くの婦人たちが激しい咳に苦しむ末娘を心配して、次々にバークレー夫妻の部屋を見舞い、幼い命を救おうと尽力する描写が挿入されている（110-111）。さらに悲劇の後には、かつてマダム・ショートのボーディングハウス仲間として登場した「主教(ビショップ)の未亡人」（マダム・バウンス）が、ひっそりと末娘の葬儀に参列していたことが語られているのである（119）。

このような人びとの善意に満ちた行為の描写には、どのような作者の意図があるのだろうか。それはテクストの表面を感傷的に装飾するだけの瑣末な挿話にすぎないと読むこともできようが、じつは、アンテベラム期の家庭という概念とその実状について、再確認を迫る重要な係留点であると考えられるのだ。

ボーディングハウスを否定する家庭性の考え方からすると、家庭とは、都市に横行する「偽善者」という道徳的頽廃を誘惑する者たちや市場の「汚れ」から、自己を守る避難所としての私的空間でなくてはならない（ヘイル自身、そのような悪徳や不衛生を伝染病にたとえて「弊風」と表現したことがある）[28]。ゆえに家庭は市場や都市空間から隔絶した郊外の立地が好ましく、敷地によって異質なものとの接触を未然に防ぎうる独立家屋であることが期待されていた。もちろん、そのような家庭の管理は母親によって包括的に担われるべきとするのが、家庭性の基本的教義であった。しかしながら、現実にはニューヨークのような都市部に暮らす人びとが土地および家屋を所有することはほとんどなく、多くのアメリカ人が居住空間を借り入れていたという当時の現実を踏まえるならば[29]、家庭とボーディングハウスが対立し合う二極的な図式には根本的な見直しが必要となろう。その両者の関係ついて、ベッツィ・クリマスミスは都市が出現したさいに「家庭」の意味が変化しうることを指摘している。当時、都市部の中流階級家庭のあいだでセンチメンタル化された「田園風の家庭」が理念として存在するいっぽう、現実の都市空間においては雑然と階級やジェンダーが交錯し、また、誰もが「見知らぬ者(ストレンジャー)」どうしの状況で都市における家庭は「移動、伝達、消費のネットワーク」へと組み込まれ、徐々に個人とコミュニティの関係性を構築していった。[30]

この「他と他をつなぐ連繋としての家庭」という見解は、当然のことながら、家庭性主義者のセアラ・ヘイルにとっては容認しがたい思考であったにちがいない。ところが、ヘイルが実生活において実践してきた数々の活動を考慮すると、じつは女性主人公のヘプシーを救援する人びとの行為は、ボーディングハウスという環境であったからこそ成立しうる相互扶助として、都市生活における個人とコミュニティの新たなる関係を見事にとらえているといえるのである。ヘイルのボストン時代を振り返ってみると、彼女自身ボーディングハウス生活に長く親しみ、また、彼女が手がけた運動のひとつである「ボストン船員支援協会」ではみずから会長を務め、当時劣悪な環境での生活を強いられていた下級船員やその家族のために複数のボーディングハウスを建設し、船員たちの妻や子どもたちの支援に積極的にかかわっていたのである。[31]

そのうえで、この小説が改めて奇妙であると思わざるを得ないのは、物語の最後にいたるまで、ヘプシー・バークレーが夫や末娘とは異なり、じつはボーディングハウス生活に不満や後悔を抱いていないという事実である。彼女には、日々の生活体験から生じるはずの後悔や学習という契機が欠けており、それゆえに改心に結びつく因果性が生じず、反ボーディングハウス小説の主目的である「ボーディングハウス批判」を成立させる女性主人公としては、充分な要素を満たしていないのである。たしかに、マダム・ショートのボーディングハウスにて隣人の騒音による不眠に悩み、また、ヘプシーが朝の食卓に顔を出さないという規則違反を犯して女主人に非難されようとも、そのことで気をもむのはつねに夫のロバートのほうなのだ(75, 77)。

このように、『ボーディングアウト』はボーディングハウス生活によってもたらされた二重の悲劇(夫の事業破綻と娘の死)を提示しつつも、他方では一家を救う友人や末娘を見舞う女性たち、葬儀で祈りを捧げる未亡人らによって編み込まれた、都市における人びとの互助的関係性をも再現している。つまり、このテクストはボーディングハウス批判という身ぶりにおいて、ボーディングハウスならではの都市的・共同体的利点を語ってしまっているのである。このようなパラドクス的な語りこそ、ヘイルのテクスト的戦略だとするならば、この小説においてその戦略が展開されている理由とは何なのか。その企てを探るために着眼すべき視点を、妻から夫のロバートに転じてみたい。

四. 混沌と化す「客間」、神聖化される「書斎」

この小説における登場人物のなかで、ボーディングハウスを忌み嫌い、ヴィクトリアニズムの道徳規範と理想的な中流階級家庭にもっとも執着するのは、じつは夫のロバート・バークレーである。ロバートはけっして毒舌家ではなく、当時の書評が解説しているように、むしろ「思慮深く、温厚な」[32]男性であるが、マダム・ショートのボーディングハウスに入居してまもなく、彼女に代表されるボーディングハウスの女主人像を一般化して「寄宿人を家に置くような女なんて、この世でもっともたちの悪い『たかり屋』だ」と言い放ち（73）、そして深夜の隣人の騒音に悩まされながら、かつての「ささやかな家庭の幸福を思いめぐらしていた」（78）。自分の私的な空間（プライベートネス）と安息への侵害を受けたロバートは「家庭の幸福」へのノスタルジアを募らせ、マダム・ショートのボーディングハウスから新居となるホテル式高級ボーディングハウスへ移り住むにあたり、今度こそふたりの息子を迎え入れたいと決意する場面でその心情を吐露する。

> ロバートは、息子たちのジョンとチャールズも呼び寄せなければと心に決めていた。というのも、このところ、親としての義務を怠っているという心痛にロバートは苛まれていたのである。そこで彼はこう説き続けてきた。ふたたび息子たちと一緒に暮らせるようになれば、炉辺の夕べの時間は格別な魅力を醸し出してくれるだろう――以前の生活がそうであったように。（98）

ロバートは父親として、息子たちにたいして痛感せざるをえない「親の義務不履行」というばつの悪さを、ふたたび家族で囲めるであろう「炉辺の夕べ」（evening fireside）への夢想に回収させている。ボーディングハウス生活によって喪失した家庭という私的空間にたいする彼の固執は、このように「炉辺」という家庭的安堵感をうながす凡庸な用語を通して喚起されており、[33] さらに、妻が嬉々として通うホテル式ボーディングハウスでの「親睦の夕べ」（evening sociable）（105）と鮮明な対照をなしている。

しかし、なぜ妻ではなく、夫のロバートが「女性の領域」であるはずの家庭に執心するのか。従来の「男女の領域分離」の概念では夫の家庭への執着が把握しにくいため、「ジェンダー化された家庭内分離」という視点からアメリカン・ルネサンス期のテクストを分析するミレット・シャミアの議論を援用してみたい。通常の領域論に立脚した場合、母親が支配する母性的家庭空間のなかで、父権および男性性が奪取されうることは、これまでの研究において議論されてきた。[34] だが、シャミアの論点に従うと、まるで逆に母性的家庭空間のなかで父権および男性性の回復がみられるのである。これは「公的領域／私的領域」という二分された構造をそれぞれ男女の空間として割り振るのではなく、家庭という私的な領域内部そのものを「女性的空間／男性的空間」に性差別化する見方であり、「家庭空間を分断するプロット」のことである。[35]

この観点に立つと、「客間」という妻の領域と「書斎」という夫の領域が新たな対立項となる。アンテベラム期の白人中流階級の男性にとって、客間やキッチンが男性性を剥奪されかねない空間であるならば、書斎は彼の家父長的支配の最たる象徴空間であった。というのは、彼らにとって書斎は、書籍や書棚、高価な卓上調度品などによってその階級生活を確認する現場であるとともに、他の家族構成員からの「隠遁（リタイアメント）」を実現し、自己を内省するための快適な孤独を享受する私的な空間としても機能していたからである。ゆえに書斎という領域は、白人中流階級の男性にとって自己を主体化する特異な場とも解釈されうるのだ。[36] ロバートは妻のボーディングハウス熱を沈静させようとしたさい、自邸について以下のように述べている。

では、君は何の未練も感じないと言うのかい、この使いい勝手のよいい家（convenient house）をあっさりと手放してしまえるなんて。ここにはじつに快適な暖房設備があって、浴室も完備してある。それに書棚いっぱいに本が並んだ書斎があるからこそ、きみは読書に没頭し、知識欲を満たして、気分も晴れやかになるというのに。それから、君の友人たちがゆったりできる小部屋や予備の部屋の使い勝手のよさ。広々とした中庭、周囲のみごとな景色。この家にはこんなにもあらゆる利点があって、君がそう所望したから、ぼくが手に入れたというのに（13）〔強調引用者〕

このように、妻が手放したいと考えているバークレー邸の夫からみた「あらゆる利点」が、男性性の主体化・私的安息・家父長的権威を保証する「書斎」のみならず、設備面から小部屋にいたるまで「使い勝手のよい家」として次々と列挙されていく。そのいっぽうで、女性が管理・支配する客間やキッチンについての言及がまったくないのは、その女性的空間が夫にとっては「利点」ではないからだ。もし一家がこの家庭生活を放棄してしまえば、（物語において実際にそうなってしまったように）夫の私的安息や父権は奪われてしまうだろう。そして、それを奪おうとしている人物とは、ほかならぬ妻ヘプシーなのである。

女性が家庭の主婦としての任を放棄し、その空間の秩序や男性性を侵害する主体に豹変することの脅威は、『ボーディングアウト』のテクストにおいては、バークレー邸の屋内で家財のオークションセールが開かれる場面に如実にあらわれる。オークション開催の旗が掲げられ、「群衆」がバークレー邸のキッチンや客間に押し寄せるという場面では、群衆のなかにヘプシーとファニーがボーディングハウスめぐりをしたさいに出会った女主人たちや、「下層階級、最下層階級の人びと」の姿までも認められる（64-66）。

「二五セント！」と競売人が叫ぶ。「たったの二五セントですよ！　さあ、どうして、どうして、本当はその六倍の値がしますよ。ウェッジウッドのコーヒー沸かし器です――美味しいコーヒーを保証しますよ。さあ誰が値をつけますか――」。その競売品は一ドルに達したところだ。ミス・ジェマイマが半音上がった金切り声で「一ドル二五セント！」と叫びあげる。〔…〕「一ドル三〇セントですか？　一ドル四〇セント――四五セント――五〇セント！」ミス・ジェマイマがひとりで競り値を上げていく。「一ドル五〇セント！　まだまだ競り上がります――さあ、どうですか、どうですか――はい、一ドル五〇セントで、ミス・ジェマイマ・ウィザースプーンに落札です。これはじつにお買い得！」と、競売人は叫ぶ。[37]（65）

高値をつける者であれば誰であるかを問わないオークションという場は、複数の階級が錯綜する混沌状態を作りあげ、競売人の声が響くバークレー家の家庭空間は、いまや、ボーディングハウスの女主人や「古物商」の人びとがひしめく店先となり、そこに狙い目の商品群と化したバークレー家の数々の家財や生活物品が散乱し、無秩序と化す。このように、家庭空間がその相反するはずの市場性に蝕まれ、私的領域であるはずの家庭にとって異物であるヒトとモノという外的な「汚れ」にまみれるありようが、まざまざと表現されている。だが、このような混沌とした状態においても、唯一、書斎だけが「誰の侵入も受けず、そのドアには鍵がかけられていた」（69）。オークションが開催されているあいだ、テクストから不在であったロバート・バークレーが、市場の「汚れ」からも女性支配からも逃れられる自身の書斎、すなわち、隠遁の場としての私的空間へと身を潜めていたことは確実であり、夫の領域の不可侵性が見てとれる。

ほどなくして、彼の束の間の逃避は、ボーディングハウスへの転居という妻の願望と愚挙によって破られることになる。それは、理想的家庭を取り戻さないかぎり、聖域としての書斎で維持できたはずの男性性を、永久に回復できなくなるかもしれない不安を予兆しているようにもみえる。また、ロバートの家庭観において確認すべきは、自邸を手放す以前に交わされた夫婦の会話において、ロバートが中流階級特有の社会的体面(リスペクタビリティ)を保持するために、多大な金銭的犠牲を払っていることを妻に語る場面である。「君はこの階級にかかる費用がどれほど甚大か、まるでわかっていないようだね。借金をすることもめずらしくない。高い教育費や大喰らいの使用人たちの食費、それに、なによりにもまして、立地がよいほどに重くのしかかる地代がある〔…〕」(35)〔強調引用者〕。ここで彼のいう「立地」とは、かならずしも不動産の優劣についての言及ではない。当時の中流階級層が究極的に所望したのは地所そのものよりも、むしろ「家庭の快適さ」であり、その快適な家庭空間を生みだすために必要な立地や家庭内設備・家具類の充実や利便性は、彼らにとって購入すべき対象であった[38]。ゆえに、ロバートはボーディングハウスを「快適な家庭も、気立てのよい女主人も、感じのよい下宿人たちも、まったく揃うはずのない共同住宅」(14)〔強調引用者〕であると非難し、「使い勝手のよい」(convenient)という語彙をたたみ掛けることで自邸の「利点」をヘプシーに説得したのは、ボーディングハウスと好対照な自邸が、まさに自分の属す階級にとって不可欠な社会的体面と「家庭の快適さ」の双方を有していたからにほかならない[39]。

このような夫の発言をみると、アンテベラム期の中流階級家庭が「女性の領域」という白人女性の専有空間ではけっしてなく、むしろ夫の男性性や家父長的権威、そして私的安息を満たす男性のための領域だと認識できる。ロバート・バークレーという具体例にみられるように、対象物としてのボーディングハウスよって照射された理想の家庭とは、まさに私的空間にたいする中流階級男性の幻想を一手に引き受け、その欲望を具象化したものとして、一種の呪物と化しているといえるだろう。

五．リパブリカニズムへの回帰

テクストのパラドクス的な語りを通して焙り出されていくヘイルの戦略が、理想的家庭を呪物として崇拝する白人中流階級の男性の暴露にあったとすれば、ヘイルが「日々積み重ねられし罪」（113）として処断し、贖わせようとする人物の照準も、やはり夫に向けられているのだろうか。子どもと資産を失い、みずからの父親としての義務に不誠実であったことを認めるロバートの告白には、そのような罪の意識が見いだせる。

ぼくの敵は、ぼく自身だったのだろうか。〔…〕最初に商売をはじめ、所帯をもった、あの慎ましくささやかな店――卑しくても、心地のよいアパートメントの建ち並ぶところにあった、あの店――を続けていれば、こんな不名誉を被らずにすんだものを！　愚かにも、大きな屋敷や高くつく生活の営みにこだわり、そのような暮らしを支えようとして、商売で大きな危険を招くような野心をもったりしなければ、いまこうしてボーディングハウスで暮らすことなどなかったはずだ！〔…〕いつのときだったのか、質素であることを置き去りにして、誤った一歩を踏み出してしまったのは——その質素さのなかで、ぼくは幸福であることを学んだはずなのに。だが、いまはもう、わが娘は逝ってしまい、ぼくは破産してしまった！（114-115）

物語が最終場面にさしかかるにあたり、バークレー夫妻のこれまでの過去があきらかになる。経済的に豊かではなくとも、「心地のよいアパートメント」の一区画にあった「慎ましくささやかな店」と「所帯」が、ふたりの出発点であった。彼が自責する対象はふたつあり、ひとつはボーディングハウス生活という、いわば「商品化された家庭」の消費行為に甘んじてしまったこと、もうひとつは「大きな屋敷」をもちたいという愚かしい野心があったことである。この告白においては、あきらかに後者の行為のほうが罪深く、しかも、彼が切望してやまない郊外のかつての自邸をさして、高くついた生活のあり方や、その肥大した中流階級家庭を支えるために「商売で大きな危険」を招いたという私欲追求の過ちが率直に語られていく。家庭と市場の両領域の明白な共犯関係、いわば家政（エコノミー）と経済（エコノミー）の語源論的な同一性の意味について、ヘイルは妻ではなく夫の懺悔を経由し、その男性的ペルソナに鋭く指摘させているのである。

ロバートが放置してしまった「質素さ」に幸福の源泉を突き止めようとするとき、わたしたちは否応なくセアラ・ヘイルの中心的思想が息づいているさまを読みとることになる。そこにはヘイルの思想教育の原点であったリパブリカニズム――共和主義的な質素さとニューイングランド的価値観――への回帰がみえる。彼女が男女の知的平等を重視する啓蒙主義的イデオロギーから、しだいに本質主義的な男女の差異とヴィクトリアニズム的な道徳性の強調へ傾斜していく過程については、すでに第一章にて確認した。だが、ここで再確認したいのは、小説家としてのヘイルの根幹にはやはり質素さや市民的倫理観の涵養を趣意とするリパブリカニズム、もしくはニューイングランド的価値観があるのではないかという点である。

ヘイルのニューイングランド的な質素さへの信頼は、『ボーディングアウト』の前年に出版されたハウスキーピング小説からも読みとることができる。ハウスキーピング小説は次章にて取り上げるが、これは『ボーディングアウト』の対となる作品とみられており[40]、その内容は、流行と上流志向の追従者であった妻がニューイングランド的価値観に支えられた穏和な叔母に導かれて流行を追うことをやめ、家庭の幸福は簡素な美徳にあることを学ぶという教訓物語である。そのような共和国理念にもとづくニューイングランド的な質実や美徳が、少なくとも両作品の書かれた一八四〇年代におけるヘイルの思想の根幹をなしていたのであれば、じつのところ、ボーディングハウスの存在そのものは彼女にとって直接的な批判対象ではなかったといえる。夫のロバート・バークレーの半生に表現されているように、リパブリカニズムの実践（簡素さに幸福を見いだす行為）はリベラルな私欲追求（中流階級家庭の「衒示的消費」）にまさる。これを提言することが、このテクストにおけるヘイルの真意であったならば、小説『ボーディングアウト』はボーディングハウス批判という目的において、アンテベラム期に浸透した領域思想にもとづく理想的家庭や「真の女性らしさ」を助長しようとする作品ではないといえるだろう。ヘイルは夫に不服従の妻を描きながら、じつは白人中流階級の男性と家庭性イデオロギーの結託を注意深くえぐりだし、そのうえでリパブリカニズムの定立を試みたのである。

第四章　分断された家庭、創出される良妻

——ハウスキーピング小説の場合

料理下手なアイルランド出身の料理婦、ベッドメイキングができない小間使いのオランダ人少女。ハリエット・ビーチャー・ストウは、『レディーズ・ブック』誌に寄稿した「ある主婦の試練」（一八三九年）という物語において、彼女たちが引き起こす幾多の「小事件」に嘆くアメリカ人主婦の姿を描いている。彼女たちは中流階級家庭に雇われた家事使用人であるが、ブリキのロースターや戸口の呼び鈴を知らず、アイロンがけも食器洗いもろくにできず、客人をまともに客間に通すことさえできない移民女性である。語り手である「わたし」は、同様の境遇にいるはずの女性読者たちを巻き込んで「わたしたち主婦」という立場に立ち、ついに次のような疑問を呈するにいたる。「わたしたち主婦はどうすればよいのでしょうか。奴隷の召使いでも呼べばよいのでしょうか、それとも、家庭をあきらめろというのでしょうか、手間のかかる家具を手放し、食べ物は一袋分だけ、ポリッジ鍋とソーセージ一本を入れて、いっそのこと夫のもとから自立して、テント住まいでも始めたほうがよいのでしょうか」[1]。

じじつ、アンテベラム期の女性誌や家庭小説には、ストウの描くような家事使用人と悩める「女主人（ミストレス）」の物語が散見される。使用人たちは知性や作法や常識に欠け、たいていの場合、「ブリジット」や「ノーラ」という名のアイルランド人移民としてステレオタイプ化された[2]。また、これらの物語は、中流階級家庭の若い主婦たちにとっては家庭管理読本としても有用であった。そのような物語について、ブレイン・マッキンリーはとくに「有能で忠誠心に富む使用人を確保し、訓練し、管理する」ことの重要性が教示されている作品群に着目し、それらを「ハウスキーピング物語」とジャンル化してその社会的役割を分析している。これらのテクストは、どんなに家庭管理が不得手な新米主婦であろうと、正しく使用人を管理すれば「慈悲深く、家族愛のあふれる」家庭を築くことができると読者に諭し、そしてその教えには、「男性的価値観の支配する冷酷な市場」と対置される女性たちの「キリスト教的な家庭」こそ、激変する外部社会に抗する緩和剤として機能しうることが含意されていた。つまり、物語の女性主人公たちによる「管理の行き届いた中流階級家庭」は、一九世紀をつうじてアメリカ社会に衝撃を与えた諸問題――「デモクラシー、都市化、移民、商売」――を「緩和」する、いわば「上品な媒体」であった。(3)

マッキンリーの研究は、これまで看過されてきた物語群のなかに、家庭性と社会をつなぐ積極的な意義を見いだすものとして注視に値する。しかし、そこには家庭管理という概念およびその実践に内包されるイデオロギー上の根本的問題点が追求されておらず、また、物語の「教訓」とテクスト上の「女性の領域」の関係性が単純化されてしまっているために、以下のふたつの論点を付加する必要があるだろう。第一に、アンテベラム期北部の中流階級社会における白人女性が、家事使用人の「女主人」となるさいに付随する問題である。メアリ・ケインが議論するように、彼女らは「女主人」になることによって伝統的な共和国理念に背反し、同時にヴィクトリアニズムが求める「真の女性らしさ」から逸脱する不安をも抱え込んだとするならば、(4)これらの物語や小説はどのようにしてその不安を解消し、自己形成の可能性を提示したのだろうか。第二に、まさにハウスキーピング物語が「男女の領域分離」を教化しようと、女性こそが家庭の守り手であり主権者であるという家庭性の「教訓」について語れば語るほど、テクストはその意図に反して、男性と家庭の強固な癒着を開示してしまう問題である。(5)

このように「女性の領域」をめぐって矛盾しあう二点が結節するテクストとして、セアラ・ヘイルのハウスキーピング小説『家庭管理の物語』（一八四五年）を取り上げてみたい[6]。従来、この小説はたんなる「女性のための道徳的小話」[7]として、つまり、典型的なハウスキーピング物語として読まれてきたにすぎない。だが、領域論の矛盾に焦点を合わせてみると、テクストは女性読者に「女主人」（「よき家庭の主婦」）としての模範的自己像を提示しながら、自分の領域である家庭を管理せよと説くいっぽうで、他方では「男女の領域分離」が隠匿しようとしていたことを露呈させてしまうのだ——すなわち、家庭は主婦たちの領分であると規定しながら、その領域に執着していたのは妻ではなく夫であったという事実を。はたして、これが意味するところは何なのか。本章はこの問題点を検証するにあたり、家庭性が規定する「男女の領域分離」への信奉が浮上させてしまうジェンダーと公私空間の関係性について、ハウスキーピング物語に埋め込まれた「家庭内分離」というテクスト上の争点を読み解くものとする。

一．危機に立つ「女主人」——アンテベラム期の家事奉公事情

アンテベラム期のハウスキーピング物語には一定のプロットがあり、そこに登場する人物たちはそれぞれに明白な役割をもっている。家事の苦手な若妻と彼女を悩ます家事使用人たち、「賢明な助言者」であり「作者の代弁者」でもある夫、そして、若妻に家事を指南する年配の女性である[8]。まずはヘイルの小説プロットを追い、次に当時の家事奉公にかんする社会背景を概観してみたい。

『家庭管理の物語』の主人公メアリ・ハーリーは、北部の都市部に暮らす中流階級家庭の白人主婦である。彼女には家庭管理の能力がなく、結婚後の「家事の義務」をすっかり使用人たちに丸投げし、しかも使用人たちの雇用と解雇を平然と繰り返していた。家事使用人たちの不誠実や無能さもさることながら、メアリは家事という「骨折り仕事」(96, 110) を避け続け、「流行」と社交に明け暮れてしまったため、しだいに一家の秩序や平穏が掻き乱されていく。このような状態を憂慮した夫のウィリアムは妻に説教をする。

健康な既婚女性であれば、誰もが自身の家庭を守るべきだ。家庭とは神聖な仕事場であって、女性にはその場から退く権利などないのだから。それはいわば結婚の誓約なのだ――それは女性という人格に尊厳を与えるものなのだ (39)。

このような夫の「教訓」にもかかわらず、妻はますます家事を嫌悪して「流行」に熱を上げていくと、使用人たちの放埒ぶりが悪化し、一家は破産の危機に見舞われてしまう。低落した家庭生活を「改革」(109) するため、ウィリアムは叔母のルースをニューイングランドの田舎から呼び寄せ、妻に家政教育を施すよう頼み込む。ルース叔母の寛大な指導のもと、徐々にメアリは家庭を管理する主婦としての役目に覚醒し、いかに自分が流行に囚われた「奴隷」であったかを反省する (141)。もはや彼女はかつての軽薄な若妻ではなく、「精神的で道徳的な優雅さ」(139) のある「よき家庭の主婦」[9]へと変貌する。そして、ハーリー家の家庭の幸福が予見されて、物語は終幕する。

このような展開において読者が目にするのは、妻の家事への無関心につけ込む「無教養で粗野で図々しく、ときに詐欺師的」な使用人たちの態度である。しかし、妻が雇用者としての責務を放棄していること、また「女主人」として文化的・社会的に優越した地位にあることから、ハウスキーピング物語で非難の的となるのは、むしろ女性主人公の愚行であった。[10] 家庭管理ができずに諸々の「流行」に執心する妻の愚かさは、もちろん、当時の「真の女性らしさ」を礼讃する家庭性イデオロギーや中流階級的な価値観とは相容れないものであった。

アンテベラム期北部の白人社会において主婦が家事使用人を雇用しようとするとき、彼女たちが恐れたのは「愚行の妻」という不面目に陥ることばかりではなかった。彼女らにとって「女主人と使用人」という雇用関係じたいが、まさに「真の女性らしさ」からの逸脱を示すものだった。というのは、他者を自邸に雇い入れることは、家庭空間を市場空間から分離させようとする「男女の領域分離」の見地からすれば、神聖な家庭の内部に市場的価値観を侵入させることと同義であり、さらに、女性が雇用者となって被雇用者の「上役(ボス)」として振る舞うことは、「女性らしからぬ」所為とみなされたのである。[11] また、共和国アメリカの女性たちがみずから「女主人」となって使用人階級の形成に加担することは、理念上、容認されることではなかった。家事労働にたいする金銭的報酬を期待されない主婦にとって、家事を請け負う他者に賃金を支払うことは、「不名誉」を受けることに等しかったのである。[12] それでもやはり、都市部の主婦たちが中流階級にふさわしい家庭生活を維持するには、家事使用人の存在が不可欠であったことは事実である。彼女たちは白人中流階級の女性はどうあるべきかという自己像を規定しようとするうえで、ヴィクトリアニズム的なジェンダー規範から逸脱する不安と、雇用関係を形成することで生じる共和国理念への背徳感を抱えるという二重の危機に直面したのである。

「市場革命」以前、とくに一八世紀後期から一九世紀初期における家事奉公の現場では、「家事手伝い」(help) という奉公の慣習があった。若い白人女性が自分以外の家庭の主婦のもとで家事労働の補助的役割をつとめ、その対価として家事全般にかかわる知識を教授されていたのだが、この慣習は労働市場の出現とともに衰退し、代わりに女性労働者が賃金で雇用されるあり方が主流となって、「家事使用人」(domestic) が登場するようになる。だが、白人男性が「雇われ者」であることの依存的・隷属的性格を「自由労働」という言説によって否定できたのにたいし[13]、家事使用人については、まさに賃金に依存し雇用者に隷属するがゆえに、アメリカ生まれの白人女性にとって「下品で卑俗で、不適切」な職業とみなされるようになっていた[14]。そこで、その労働市場の穴を埋めたのが移民女性たちである。とりわけ単身渡米したアイルランド人女性は、雇用先ばかりか当座の住居も必要であったため、彼女たちにとってアメリカ人女性が嫌忌した「家事使用人」は好適の職業といえた。やがて、一九世紀中葉までには、北部の都市部における家事奉公は多くの若いアイルランド人女性が担うことになる[15]。

このようにして家事奉公は女性が従事する労働においてもっともありふれた職業形態となり、白人中流階級家庭の主婦と労働者階級の移民女性は、「女主人」と「家事使用人」という雇用関係をつうじ、家庭という場において階級的にも民族的にも異質な女性どうしの体験をぶつけ合ったのである。家庭性の時代に生きる白人女性たちは、家庭空間に侵入する「異質なもの、他者」を排除しながら、自身の領域を保護・管理することが期待されるいっぽう、まさにその領域内に家事使用人という他者を雇い入れて監督した。ほどなくして、そのような雇用の実践は彼女らの「女性の務め（ウーマンズ・ビジネス）」となったのである。(16)

二．白人中流階級家庭の「良妻」をつくる

このような家事奉公事情を背景に、北部の白人女性たちは「女性らしさ」の規範や共和制イデオロギーに背くことなく、どのようにして家事使用人の上位に立ち、彼女たちを管理する「女主人」としての立場を正当化しえたのだろうか。もとより民主主義を標榜する共和国アメリカにおいては、奉公という概念とそれにともなう階級差の問題や、賃金労働とそれが示唆してしまう依存性および隷属性は、当然のことながら、社会が抱える矛盾であった。しかし、その矛盾を克服する論拠となったのも、同じくアメリカ社会が掲げる平等と階級の流動性という力点だった。

家庭性を提唱した代表的な論者のひとり、キャサリン・ビーチャーは『家事要法』（一八四一年）のなかでこう述べている。「この国では、子どもたちが幼い頃より隷属を〔…〕不名誉や堕落の最たるものとして嫌悪するように教育されて」いるため、「使用人という用語とその職分が、多くの人の考えでは、ほぼ奴隷と同じ」だとみなされている。そのような見解を改めさせようと、ビーチャーは「あらゆる階級において労働に貴賎はない」と説く。(17)これは「君主制国家や貴族的社会」では「すべての地位や階級が所与のものとして固定されている」のにたいして、階級差別を否定するアメリカ

社会の民主性を謳ったものといえる。ビーチャーは「すべての物事が動き回って変化しています。貧しき者が裕福になり、富める者が貧困に沈むことがあります。労働者の子どもたちがその才と進取の気性によって、知性や富や身分において高潔な人となることもあります」と述べ、労働者階級から中流階級への上昇の可能性を是認する。[18] さらに、このような階級間移動について、より具体的に議論したのはセアラ・ヘイルであった。彼女はビーチャーと同様に、アメリカ人主婦たちが家事使用人を雇うことなく家庭管理すべきことを理想としていたが、主婦の現状を重視してアイルランド人女性の雇用を認めざるをえないとした立場から、『ゴーディーズ』誌において移民女性たちを優秀な家事使用人にする訓練施設の必要性について訴え、彼女らの階級的向上を積極的に呼びかけている。[19]

また、「平等」という観点から、家庭内労使関係の不平等や階級差別を法的な「契約」によって解消できるととらえたのは、キャサリン・マリア・セジウィックやハリエット・ビーチャー・ストウたちであった。[20] たしかに、労働契約は雇用者と被雇用者の双方にとって法的な主体性を保証するが、それは「感情も人間味もない」ものであったため、「冷ややかな」契約上の関係は、彼女たちのテクストにおいては感傷的・母性的愛情による「家族のような温もりのある」母子的関係によって上書きされる必要があった。[21] 使用人が母性的な女主人の庇護にあれば、その隷属性は不可視化され、また、小説の女主人は使用人にたいして慈悲深く寛容に接することで、「共和主義らしからぬ」かつ「女性らしからぬ」雇用者となることを回避し、むしろヴィクトリアニズム特有の感傷的・博愛的な母親として存在しえたのである。バーバラ・ライアンが「隷属の感傷的ヴィジョン」と呼んだのは、まさに両者のこのような関係性であった。[22]

では、セアラ・ヘイルのハウスキーピング小説には、白人中流階級の女性たちと家事使用人との関係性はどのように描き込まれているのであろうか。ヘイルの『家庭管理の物語』は、読者である白人女性たちに向けて、ニューイングランド地方の伝統的な家庭性と「当世風」のブルジョア的価値観を折衷させた、いわば「近代的な（モダン）」良妻になりうることを教え諭す物語である。(23)

ヘイルの小説の教訓は明快である。中流階級家庭の主婦は家事や使用人管理等の家庭の義務を果たさなければならず、さもなくば、「よき家庭の主婦」という名誉ある称号が剥奪される恐怖に見舞われるという内容となっている。主人公メアリ・ハーリーの場合、その主婦の座を脅かしたのはホプキンス夫人という家政婦である。この家政婦はハーリー家に出入りする数多くの使用人のうち、もっとも特異な人物として登場し、その「容貌はきわめて男のよう」であり、「家庭の管理はさておき、船の操縦が適任かとみえた」(45)。「ぎらぎら輝く指輪」(46) のような贅沢な所持品からして使用人の風貌を呈さないこの人物は、じつは高給取りの家政婦であり、ハーリー家に経済的破滅をもたらす悪徳の者であった。彼女の家政婦としての仕事は「食卓の段取りをみて、食材の質と量について指示する」(47) だけで、本人は労働をしない。しかし、社交に気を取られて使用人たちの状況を把握できないメアリは、すっかりホプキンス夫人に家庭の支配権をゆだねてしまうのだ。

女主人ホプキンスの居場所は客間であり、〔使用人の少女である〕ドーカスは彼女の指図された通りに動いた。じじつ、ハーリー夫人は家庭管理を放棄してしまったのだ (48)〔強調引用者〕。

客間は一家の主婦が自身の家庭的権利を行使する場として、女性にとって重要な領域であるが、メアリはホプキンス夫人に難なくその場を奪われる。ホプキンスの女性らしからぬ容姿と使用人らしからぬ奢侈な装いは、「真の女性らしさ」というヴィクトリアニズムに立脚したジェンダー思想と「簡素さ（シンプリシティ）」を美徳のひとつとして奉ずる共和制思想への侵犯をほのめかしもする。ホプキンスという人物は、一家の主婦が自分の義務を怠った場合、家庭という自身の領域から追放される可能性あるいはその恐怖を表象しているのであろう。

ならば、家事の技術や使用人の監督術を心得ない主婦は、どうすればよいのか。ヘイルは、メアリのようなまったく思慮に欠ける愚かな妻でさえも理想的な良妻になりうるような、ひとつの自己形成モデルを読者に提示する。ニューイングランド地方の伝統的な思想、すなわち、初期共和国の田園的・道徳的価値観をもつ年配の女性が、ハウスキーピング物語の型通りのプロットに沿って新米主婦を導くために登場するのである。ルース叔母はハーリー家を刷新するにあたって、家庭の無秩序の原因がメアリの家庭管理にたいする基本的な誤解にあることを即座に見抜く。メアリは「レディであれば、頻繁に外出しなくてはなりませんし、友人を迎え入れるのに着飾ることも必要です」と主張し、家事労働を請け負う使用人の必要性を訴え、「わたしにあくせくした骨折り仕事をさせないでください」と叔母に嘆願する（110-111）。すると、慧眼の叔母は「あなたは家庭管理と労働を混同していまず。それは違うのです」（111）と指摘する。じじつ、アンテベラム期の中流階級社会における「レディ」とは、実際に種々の家事をこなすのではなく、使用人の管理と育成に長けた女性のことであった。[24] そして、叔母によるハーリー家の家庭改革がはじまると、叔母は無用な家事使用人たちを一掃して最小限の人数にとどめ（115）、「屋根裏から地下室まで徹底的に清潔に」し（116）、食事の面においても質素だが「風味のよい」料理を夫妻に給仕し（117）、メアリに使用人への指示の与え方を教示する（118）。こうした家庭改革があくまでも穏やかに進められていくなかで、やがてメアリ自身も変化をみせるようになる。メアリは社交界とのつながりを断って熱心に聖書を読むようになり、息子を乳母に任せずに自分で世話をしはじめるのだった。ふたりの忠実な使用人のみがメアリの家事を手伝うことになり、メアリはいまや「よき家庭の主婦」として自己改革を遂げる。以下は、メアリが自邸に客人を招くさいの姿である。

ハーリー夫人は優雅にして簡素（elegant simplicity）な衣装を身につけており、それは、流行好きな彼女の友人たちでさえ認めるところであった。夫妻は雰囲気のよい、ささやかなパーティーを開くことで評判になり、そこでは濫費はなくとも惜しみもないもてなし（liberality without useless profusion）がなされた（139）。

女性文化史を専門とするフェイ・ダッデンは「優雅にして簡素」と「濫費はなくとも惜しみもない」という言葉の組み合わせに注目し、ここにヘイルの理想的な主婦像があると指摘する。道徳的優越感（「簡素」であり「濫費」がないこと）とブルジョア的顕示欲（「優雅」でしかも「惜しみもない」こと）の両方を享受できることが、アメリカ人主婦にとっては家庭管理における最大のアピールなのである。[25] ではさらに、その「簡素さ」がとりわけ共和制イデオロギー的な意味で語られていることや、そこへ「当世風」のブルジョア的価値観が混入されていることに着眼してみよう。共和主義的簡素さ（リパブリカン・シンプリシティ）とは、いわば「ニューイングランド人の遺産」としてブルジョア的な流行と消費に抗して併記されるとき、郷愁的にことほがれる価値観である。[26] ヘイル自身、ニューハンプシャー州生まれの愛国主義者であったが、物語のなかで自己顕示的な浪費にはしる「流行狂信者」（112）のメアリが批判されると、ヘイルが讃美する「簡素さ」はルース叔母の「質素で飾らない」家庭性（132）に見いだされ、さらに、それが田園的過去と初期共和制の伝統に根ざしている点に読者は気づかされる。たとえば、メアリの浪費癖を諫めるため、ルース叔母が共和国市民としての立場から蓄財の責務について説く場面がある。「わたしたちには富を築くことについても責任があります。誰もが他者への善行のために備えておくべきですし、将来のためにも確保しておく必要があるのです」（107）。そして叔母は、メアリと同様に浪費癖のあった隣人女性が「卑賤に陥った」という悲劇的結末を事例として、「簡素」と「浪費」を対比させる（107-108）。

しかしながら、ヘイルは初期共和国の啓蒙主義的なイデオロギーを自身の中核的思想としながらも、柔軟に時代思潮を汲み取ることのできる人物であった。伝統的なリパブリカニズムの価値観にヴィクトリアニズムが融和された思考を巧みに利用したヘイルの特徴を鑑みると、最終的に小説が提示した「女主人」像とは、「共和国の母」と「当世風のレディ」が融合した白人中流階級の理想的アメリカ人女性像ということになろう。「伝統」と「当世」のふたつの時代的・思想的交差を「近代的（モダン）」であるとするトマス・アレンにならえば、ヘイルの眺望する家庭性においては、その領域の中心に近代的な「よき家庭の主婦」の姿が出現するのである。

三　家庭空間を分断する

このように、セアラ・ヘイルのハウスキーピング小説は、アンテベラム期北部社会における白人中流階級の女性読者に模範的な自己形成モデルを提供することによって、家庭性や「男女の領域分離」を強化する典型的な物語であることが確認できる。だが、テクストはそのような明快な領域論を展開しつつも、ハーリー夫妻の「使用人問題」をめぐる家庭内不和に視点をずらしてみると、一九世紀のジェンダー的行動規範の矛盾という新たな問題点を浮上させる。そこには、ハーリー家の私的空間、すなわち、家庭という「女性の領域」に執着する夫ウィリアムの姿が示唆されているのである。通常、ハウスキーピング物語では夫が「領域」を正当化する役割を演じ、妻がその教訓的主張に従うという構図が配置されるが、ヘイルの小説テクストにおける白人男性の役割や身ぶりは、いったい何を意味するのか。前章で議論した（反）ボーディングハウス小説のように、このハウスキーピング小説においても夫による領域論的転倒を検証したうえで、テクストの意図を探ることにしよう。

家庭性は、女性（母、妻ないし主婦）の本来の場が家庭という私的空間にあるとする「女性の領域」を規定する。家庭とは、女性特有の道徳的優越性が夫に法的に従属するという現実とうまく調和している場であるため、家事の不得手なメアリが示した夫の説教への不服従は、当然のことながら、家庭的無秩序を引き起こす。だが同時に、ヘイルのハウスキーピング小説は夫の家庭領域への深いコミットメントをも表出させてしまうのだ。もちろん、ウィリアムは自分の領分が公的な経済領域にあることを自覚している。たとえば、メアリがナンシーという優秀かつ誠実な家事使用人への不満を不当にもまくしたて始める場面では、その場から逃げ出したくなった夫は「君のやりたいようにやりたまえ。僕の居場所は商売の場で、家庭は君の領分なのだから」(10)〔強調引用者〕と言い残して、自分の職場へと向かう。ところが、この場面に先立って、メアリがナンシーを解雇したいと夫に迫ったとき、ウィリアムは熱心に妻を諫止する。

> 正直で忠実な事務員を雇ったとき、僕だったらどんなに気に食わないことがあっても、目をつむっておくだろう。その人物のすぐれた点のほうが勝ると、しっかり判断できれば。〔…〕ナンシーの件についても、同じ基準を適用したほうがいい。もし本当に手に負えないほど厚かましいのであれば、彼女を解雇しよう。でも、そうでなければ、ぜひとも彼女には留まってもらいたい(9)。

このように、ウィリアムは「市場的効率性」の論理を家庭管理の判断基準にすることによって、妻の領分である家事使用人の解雇問題に関与する。夫の家庭への介入は、おそらく、妻の効率的管理力が家庭の経済的・道徳的危難を救うという彼の信念を示しているのだろう[27]。だが、妻の激しい反論により、優秀な使用人は解雇されてしまう。妻の見解によれば、ナンシーが解雇に値するのは、彼女には「金曜の夕べ」におこなわれる講演会に通い、ときおり母親を見舞うといった「ありあまる特権」(8)が与えられ、また、「高い賃金」(10)が支払われている点にある〔強調原文〕。しかし実際にはナンシーの賃金は高いわけではなく、母親への訪問も年に二週間をあてがわれるだけであり、メアリの利己性は多分に強調されている。

ハーリー家の使用人問題はさらに続く。悪徳家政婦のホプキンス夫人がやってくる以前に、ブリジットというアイルランド人料理婦を雇う体験が語られる。ブリジットは「数珠玉を数えながら自分の罪業を告白し、〔…〕ミサにはいつも出席して、徹夜祭(ウェイク)の集会に招待されたときにもかならず顔を出した」(29)と描写されるように、典型的なアイルランド移民の使用人として登場する。多くのハウスキーピング物語と同様に、彼女の粗雑な作法と料理下手、飲酒癖、ハーリー家で催される同郷人との「ちょっとした飲み騒ぎ」(35)といった失態の数々がコミカルに描き出され、アイルランドの文化的背景を「野蛮」とみなす具体例となっているのだが、ブリジットが台所で「恐ろしい破壊行為」におよぶほどの泥酔状態で発見されたときには、ウィリアムは彼女を警察へ突き出し、さらには「六か月間におよぶ矯正院」送りに処すのであった(43)。主人の仮借のない態度は、ホプキンス夫人にも向けられる。彼女の異常な家計濫費や、書斎の机から金銭をくすねるといった盗癖が露呈すると、ウィリアムは「なんの前置きも弁明の余地もなく、まったく実務的に(in true business style)」その家政婦を解雇する(82)〔強調引用者〕。

夫によって家庭空間に持ち込まれる実務的態度は、すぐれて市場的な価値をともなう。そのため、使用人を雇用する、指導する、解雇する等の家庭内管理活動は、家庭とは対立的に置かれた領域、すなわち、市場経済という男性的領域における活動を模倣するものとして把握することができよう[28]。ではヘイルのテクストにおいては、夫の家庭内における市場的価値は何を意味するのか。あきらかにハーリー家では、妻ではなく夫が――ウィリアム自身の言葉によれば――「家政婦の詐欺行為、料理婦の二枚舌」（102）から家庭という聖域を救済するのだが、そのさいに行使されているのが夫の実務家的手腕である。これはつねに夫に不服従であり、ホプキンス夫人の解雇についてでさえ不同意であった妻をも圧倒する力をもち、いうなれば、家庭内係争に判決をくだす家父長的権威として機能する。女性の影響力ないし妻の家庭内主権が卓越するとされる家庭空間において、ハーリー家ではなぜ男性的価値観が優勢なのか。それを確認するために、前章と同じくミレット・シャミアの「ジェンダー化された家庭内分離」[29]という視座を導入してみたい。

「男女の領域分離」は、「家庭的、私的、女性的なもの」と「市場経済的、公的、男性的なもの」がそれぞれ対立しあう領域として社会をジェンダー的に分断する概念であるが、これに加えシャミアが根拠とするのは、家庭空間内を妻の領域である「客間」（「親密性、社交性、顕示」を表す女性的空間）と夫の領域である「書斎」（「隠遁、孤立、知的な嗜好」を表す男性的空間）とに重層的に区分する思考法である。シャミアは近代の「私的であること／私的自由の礼讃」（プライバシー）を基軸に、私的領域という概念がどのように「ブルジョア階級化」されたのかを精査する。それは「領域」やそれを支える「家庭性」とは別の「リベラルな個人主義」という視点から把握しようとする議論であり、「個人」はその自己のあり方を家庭という場によって画定されたと解説するものである。そうなると、「家庭性は近代的主体を形成する」という議論に行き着くが、ここで注意すべきは、「家庭性」が「親密性」に基礎を置くのにたいし、「リベラルな個人主義」においては「所有」という概念にもとづいて男性的主体が形成され、しかも、その「彼」は（自己）所有を脅かすいかなるものにたいしても、確固たる

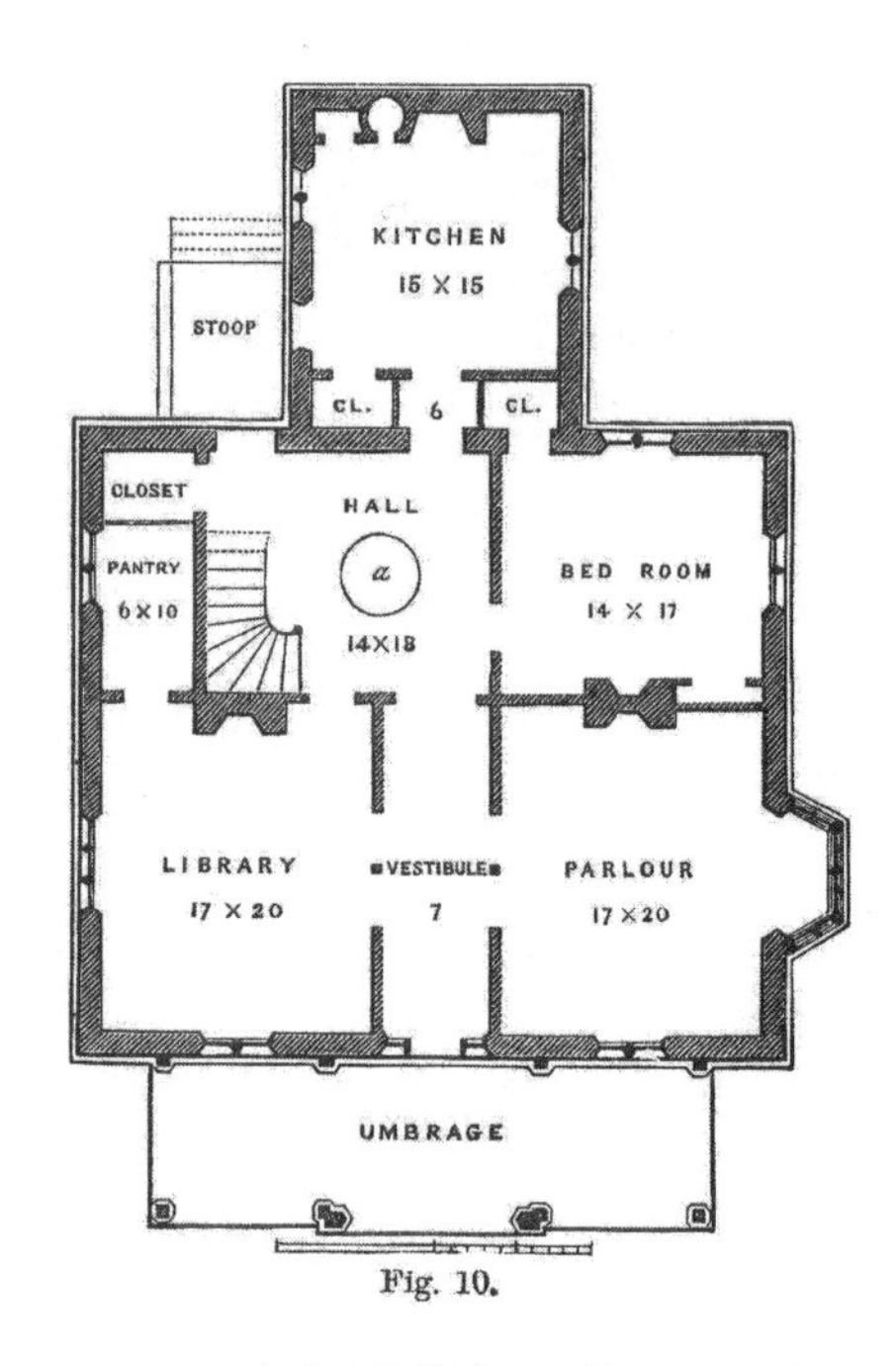

Fig. 10.

ニューヨーク出身の建築家アンドリュー・ジャクソン・ダウニングがアメリカ人向けに例示したヴィクトリアニズム建築の平面図

自由（ないし放任）を要求している点である。[30] こうして、有産者として（外部社会の）市場における「経済的自由」を享受しているブルジョア階級は、自身の内的領域としての家庭のなかにも個人的な自由志向を生じさせる。つまり、個人主義を確立させる家庭内の「個人的自由」とは、一家の法的所有者かつ主人である白人中流階級の男性のみが専有できたのである。[31]

シャミアは、アンテベラム期北部社会における中流階級家庭の一般的な個人住宅にも注目する。そのヴィクトリアニズム建築の平面図[32]を眺めてみると、家庭空間内に「統一と調和」をもたらそうと「客間」と「書斎」がシンメトリーに配置されているのがわかる。しかし、その外見上の男女両領域の平等性は、じつは家父長的支配力が優勢であることを物語っている。というのは、女性的な領域である「客間」とは、妻が他者との親密性を高め、ブルジョア的顕示欲を示しうる社交の場を指しており、その客間の機能が充実すればするほど、妻がつねに誰からも「可視」される状態となって、女性の私的空間や自由は消失し、同時に夫の「私的自由」が確保されるようになるのだ。したがって、「客間」と「書斎」のシンメトリー的統一と調和とは、妻の領域である「客間」の充実によって中流階級家庭としての役割（「世間体」「上品さ」「快適さ」等々）が果たされていると見せかけながら、裏面では夫の「隠遁や孤立」を可能にし、男性は「私的自由」をもつリベラルな個人として妻の家庭内権威を凌駕しつつも、それを隠蔽している状態にあるといえる。[33]

ハーリー家について、ここからふたつの事実が推察されるだろう。ひとつは、夫ウィリアムには家庭における自分の私的自由を確保したいという欲望があること、もうひとつは、それを達成するために、家庭内不和を調停して「統一と調和」をはかる必要性があることである。「親密性、社交性、誇示」を表現すべきハーリー家の客間は、妻の家事嫌悪により「冷たく陰気な」（114）空間となっているため、妻の「客間」と夫の「書斎」の平等な対称性による家庭内の統一と調和は成立されておらず、客間の機能が果たされていない。だからこそ、家庭管理の無能な妻に効率的管理力を教授するため、男性的な市場的価値が夫によって家庭内に持ち込まれざるをえないのである。また、家事使用人たちの雇用と解雇が繰り返されるごとに、夫が「使用人を頻繁に変えると、僕たちは気むずかしい人間だと思われてしまう」（9）と懸念するのは、「評判の失墜〔…〕そして、快適な暮らしの喪失」（38）という不安に由来するものとわかる。もし「評判」と家庭の「快適さ」が夫にとって決定的に重要な二要素だとすれば、彼はやはり世間体を維持しながら中流階級文化に生きる白人男性であり、また、ブルジョア階級として家庭内の「快適さ」、すなわち、個人的自由を享受する人物だといってよい。ウィリアムは「自分の家庭を快適かつ裕福にするために、家政婦はホプキンス夫人とは異なる資質をあわせ持つべきという結論に達し」(81)、妻の反対を押し切ってホプキンスを解雇する。アンテベラム期の快適な中流階級家庭とは主婦と使用人たちの労力により創り出されたものであるが[34]、まさにその快適さを要求したのは、自身の私的な領域を保証しようとした夫たちであった。つまり、家庭管理ができない妻は、夫にとって家庭内における男性的空間を脅かす存在にほかならず、ウィリアムにとって、メアリこそが（悪質な使用人たちよりも）自分の私的自由を奪いうる本当の脅威であるといえるだろう。

さらに、ウィリアムがルース叔母にメアリが聖書を読む習慣がないことを打ち明けたとき、彼は「妻に意味ありげな視線」をやって、「メアリは日曜日になると新聞を読むんですよ」(126-127)と発言する場面がある。夫の私的な「読書室」――まさにウィリアムが書斎として過ごす場――に妻が侵入することについて夫が第三者に暴露する行為は、妻は敬虔なキリスト教徒ではないとの非難というよりも、妻は夫の私的な書斎で新聞を読む習慣があることについての告訴として読めるだろう。夫の書斎に侵犯しその私的自由を侵食するような妻は、的確に家庭を管理できる良妻として再教育される必要がある――妻の私的空間が喪失しうる「客間」を正しく機能させ、けっして夫の領域で読書行為をするような女性にさせないために。メアリがルース叔母のもとで着実に「良妻」への道を歩んでいることを知ると、ウィリアムはこれから手中にするであろう「家庭の幸福な日々」（135）を予見することによって、もはや家庭における自己の私的自由を脅かす妻に慄くことはないという安堵感を露わにする。そこで、ハウスキーピング小説における夫の教訓的主張とは何かを改めて考えてみると、「ジェンダー化された家庭内分離」が解き明かすのは、それがけっして妻の家庭内主権の掌握と道徳的優越性を謳った単純な原理などではなく、じつは男性による家庭支配を実現させるための欺瞞的な教訓ということになろう。「よき家庭の主婦」になるとは、女性が外部社会での政治的な権利や法的な「自由」をもたないことと同様に、家庭においても結局はその主権を夫に譲渡せざるをえないことを意味する。究極的に、メアリはハウスキーピング小説の教訓――夫がもくろむ理想の「よき家庭の主婦」像――へと回収されてしまうのである。

こうしてヘイルは家庭性とジェンダー規範を強調する「男女の領域分離」を掲げ、小説においては「よき家庭の主婦」の模範例を提示しながらも、彼女のテクストはそのイデオロギーの内実を暴くにいたる。ハウスキーピング小説の領域論的教訓だとみなされてきた「夫の説教」とは、家庭空間における夫の私的領域と自由を確保し、それを正当化するための修辞的な便宜として、家父長としての権威を再主張するものだったのである。しかも、ヘイルのテクストの場合、妻メアリは「良妻」になること、すなわち、家庭内主権を断念し、私的空間や自由を失うことの代償に気づいていたのではないか。優秀な家事使用人であったナンシーを解雇したいとするメアリの行為は、彼女の「悪妻」ぶりを示す例のひとつであったが、ふたたびその解雇の理由を発言するメアリーに耳を傾けてみたい。

ナンシーにあらゆる特権を与えてしまっては、わたしは心穏やかでいられないのです。家庭に入ってから、あなたとあの使用人とのあいだに挟まれて、わたしはずっと惨めでした（40）〔強調引用者〕。

メアリの不満はたんに本人の利己性のみにあるのではない。引用箇所を含めテクストに三度現れる「特権」という言葉は、彼女がナンシーについて語るさいに用いられ、それは（使用人が保持する）講演会への参加の自由や自由労働による賃金の獲得など、中流階級家庭の主婦が手にすることのできない種々の「自由」を指す。歴史家のキャロル・ラッサーが論証しているように、使用人が自由労働市場を通して自立と主体性を確立していくいっぽうで、女主人たちは、そのような市場と使用人に頼らざるをえない自身の権威失墜に直面していたのである。[35] メアリは法的に自立する「夫」と自由労働者である「家事使用人」との狭間にあって、結婚という制度下における妻の法的不自由（依存）や、奴隷労働になぞらえる妻の家事労働という義務、そして、それに束縛されることに由来する「惨めさ」にさいなまれていた。[36] あの悪妻ぶり——夫を当惑させたメアリの家庭管理への無関心——は、ひとたび「良妻」となってしまえば完全に自由を放棄しなければならないと認識しているがゆえの身ぶりだったのかもしれない。

第五章　リベリア礼讃

――セアラ・ヘイルのアフリカ植民思想にみる男性性の危機・回復・依存

一八五四年四月一四日付のアボリショニズム新聞『フレデリック・ダグラス・ペーパー』には、セアラ・ヘイルが執筆した二冊の家庭料理本についての書評が掲載されている。評者は彼女のレシピを「時間と金銭の度外れな無駄遣い」〔強調原文〕だと酷評したのち、次のような所感を述べる。「セアラ・ジョセファ・ヘイル夫人は家事研究の片手間に、国内の一大家父長制度である奴隷制について薄弱浅慮な擁護本を書くゆとりがあったようだ」[1]。

じつは、この書評が真に批判したのは家庭料理本ではなく、ヘイルが一八五〇年代に出版した『ノースウッド』（一八五二年）と『リベリア』（一八五三年）という二冊の小説のほうであった。アンテベラム期において、ヘイルは奴隷制の即時撤廃をめざす急進的なアボリショニズムを否定し、奴隷制問題の現実的な解決策として、自由黒人や解放奴隷を西アフリカのリベリアへ「帰還」させる植民運動を支持していた。穏健な反奴隷制の立場を表明する二冊の小説のうち、ことに『リベリア』は多くのアボリショニストが反対したアフリカ植民地化構想を具体的に描出し、その利点を喧伝するプロパガンダ小説であった。当然のように、『リベリア』は植民反対派から批判されるか、もしくは意図的に無視された。なぜなら、彼らにとって植民運動による漸進的な奴隷解放など、まさに「時間と金銭の度外れな無駄遣い」でしかなかったからだ[2]。だが、むしろその意図的な沈黙は、『リベリア』の読者が当時のアメリカ社会に少なからず存在していたことを如実に物語る[3]。その後、この作品は文学研究からすっかり忘れ去られてしまうものの[4]、一九九〇年代以降、スーザン・ライアンやエイミー・カプランらのヘイル再読によって注目されるようになる。ライアンは、アメリカ黒人をアフリカに入植させようとするヘイルの植民地主義思想について、北米植民地入植からアメリカ建国までの歴史をアフリカで再演しようとする白人ナショナリズムであると解釈した。また、カプランはアメリカ黒人のアフリカ入植によって進展するアメリカの帝国主義的な膨張の根底に、ヘイルの家庭性イデオロギーを読み解いている。カプランによれば、一八五〇年代におけるヘイルの家庭性とは、リベリア植民事業を通して自由黒人と解放奴隷をアフリカへ送り出し、アメリカ合衆国を完全なる白人キリスト教国家とするために「女性の影響力」を動員しようとする思想であった。[5] だとすれば、ヘイルの家庭性にみるナショナリズムや帝国主義の思想は、現実にはどのように実現化されうるのだろうか。アンテベラム期のリベリア植民運動を支持するヘイルのテクストのなかに、白人女性たちの具体的な姿や行動はどのように描かれているのだろうか。

意外にも、小説『リベリア』には直接的に植民運動へ関与する白人女性の姿が描かれていない。むしろ、テクストは白人男性と黒人男性の男性性（manhood）を提示するジェンダー言説にあふれているといえる。ヘイルはつねに「女性の領域」と彼女たちの影響力の拡大に尽力し、それが小説を執筆する動機でもあった。ならば、なぜこのテクストは女性の活躍に焦点を合わせず、男性の男らしさの形成や回復の問題に終始するのであろうか。

たしかにリベリア植民運動とは、黒人たちに「自立」と新国家を与えることによって、彼らを「人間／男性」（a man）にさせる福音主義的な運動として、一九世紀的な「慈善」（benevolence）に満ちた社会改良の場であり、同時に、白人男性にとっては自己の寛容なる「男らしさ」を誇示する機会でもあった。[6] それゆえ、ヘイルのテクストは植民運動の推進という喧伝のために、ふたつの人種の男性性のあり方を忠実に提示しているのかもしれない。だが、ここではまず植民運動をつうじて完成されていく白人男性の男性性が、小説『リベリア』では喪失の危機から始まる設定のあり方に注目する。これを検証することは、(ライアンやカプランが問わずにいた)テクストにおける白人女性の不在の意味と、横溢する白人および黒人の男性性の意味を解き明かし、人種・階級・ジェンダーの交錯するヘイルのリベリア植民思想を探究する手がかりとなるだろう。そこで、本章はテクスト冒頭から表明される男性性の危機に着眼し、続いて白人と黒人の登場人物がそれぞれの男性性を追求する過程で、人種的な対照性と男性性の回復が露呈されていく構造の分析を試みる。そのような手続きをへて、その構造がじつは不可視の女性たちへの依存によって成立していたことを、アンテベラム期の植民運動におけるジェンダー問題のひとつとして提起してみたい。

一.ペイトン氏の「男らしさ」の危機 ——福音主義的男性性とリベリア植民運動

保守的な北部連邦主義者であったヘイルにとって、アボリショニズムが掲げる奴隷の即時無条件解放とは、南部の白人奴隷主を完全に否定している点で極論であり、国家の分裂を引き起こしかねない暴論でもあった。それは彼女が改訂版『ノースウッド』の序論で、アボリショニズムが「北部と南部の調和をひどく掻き乱しはじめた」と懸念していることからも理解できる。[7]

ヘイルはアボリショニズムに代わりうる穏便で漸進的な奴隷解放の方法を読者に提供するさい、リベリア植民運動と男性性の関係を語るジェンダー化された言説に依拠する。『リベリア——ペイトン氏の実験』は、主人公である博愛主義的な白人男性の庇護のもと、白人社会アメリカで人間性／男性性を否定されてきた黒人たちが、自由と国家を獲得することによって「ひとかどの男」（a man）となる道筋を明示する。「ひとかどの男」になるとは、植民事業の「成功」によって得られる黒人男性の「真の男らしさ」（true manhood）を有することであった。[8]

『リベリア』は、一九世紀初頭のヴァージニア州シダーヒルの大農園主、ペイトン家がふたつの危機に瀕する場面から始まる。ひとつは名門ペイトン一族の白人男性性の危機であり、もうひとつは黒人奴隷反乱のそれである。植民地時代より大土地所有者であった歴代の「高貴な」当主たちは、「歓待、寛容、真なる慈善」（6）によって知られてきた。だが、現在の家長である父ペイトン氏が急逝すると、家督を継ぐはずの長男や娘婿も次々と死去し、残された白人男性は末息子のチャールズのみとなってしまう。彼は家長として、母親や妻のヴァージニア、未亡人になり実家に戻った姉マーガレットとその子どもたち、そして数十名の黒人奴隷たちを扶養し、統率していかなければならない。ところが、その唯一の嫡男チャールズもまた病床に伏してしまっている（6-7）。

家長断絶の危機に直面したペイトン家に、奴隷反乱が起きるとの噂がもたらされる。[9]いつ襲撃されるかも知れぬ事態に、ペイトン家の黒人たちはマーガレットの指示のもとで武器を携え屋敷を守ろうとする（18-19）。農園監督として雇われていた白人男性はペイトン家の早馬を盗んで逃走してしまうが、その臆病な態度と対置されるのが、女性や子どもの勇敢な行動と黒人たちの主人への「忠誠」（fidelity）（22）である。つねに家族から信頼され、「判断力」（9）のすぐれたマーガレットは、幼い息子とともに毅然とふるまい（36-37）、また、奴隷たちはそれぞれが「おのれの忠誠を証明」（21-22）

しようする。黒人男性のネイサンは「死ぬまで」マーガレットに従うと断言し（19）、チャールズにもっとも忠実な黒人女性ケザイアは「わが子のために闘う雌獅子」さながらに脱出の場面での先導的な役割を果たす（37）。こうした危機のさなか、チャールズは家族への愛情を再確認し、奴隷たちの「忠誠」に報いるため、彼らを解放しようと決意する（33-35）。

やがて反乱の危機が去って自身の健康も回復すると、主人公は奴隷を解放し、彼らを「自由で自立した人間」（53）にするため、一連の「実験」を開始する。その動機となる奴隷たちの「忠誠」はヘイルの植民思想を実践する契機ではあるものの、より重要なのは、危機に瀕して奴隷たちが「忠誠」を表明せざるをえなかったそもそもの原因である。それは、ペイトン家における家父長制の機能不全である。その状況はまさしく「自立者」であるはずの白人男性（主人）が、擁護すべき「従属者」（白人女性、黒人奴隷、子ども）に依存しているという、人種的にもジェンダー的にも転倒した構造にほかならならず、しかも、チャールズは自身の男性性が「従属者」に奪われる恐れがあることを自覚している。ペイトン家の防衛に無力であった彼は、姉や妻に向かって「僕がここで不甲斐なく横たわってなんていなければ、君たちはみな震えて泣き叫び、僕にしがみついていただろうに」（22）と皮肉まじりに語っている。実際に女性や奴隷に「しがみついて」いたのは、主人のほうであったのだ。

このように主人公の「男らしさ」の危機から始まる『リベリア』は、黒人男性に男性性が付与される物語であるだけでなく、アンテベラム期における白人男性の社会的・文化的男性性について再考をうながすテクストとしても読むことができる。一九世紀の「真の男らしさ」をめぐる議論については、とりわけE・アンソニー・ロタンドによる「独立独行の男らしさ」（self-made manhood）[10] の議論を中心に多くの研究者によって検証されてきたが、主人公チャールズを同定する男性性は、彼がリベリア植民運動に関与するという点で、福音主義的なプロテスタンティズムに立脚するものと考えられる。なぜなら、ヘイル自身が「序文」のなかでリベリア植民を「慈愛という純粋な動機」（iv）から萌芽したものと語っているように、植民運動を含むさまざまな社会改良や慈善活動に従事した男性たちには、「慈愛」ないし博愛精神を中心的特徴とする男性性、すなわち、「福音主義的な男らしさ」（evangelical manhood）が認められるのである。

クライド・グリフェンによれば、福音主義的な男らしさとは、アンテベラム期の白人男性が社会改革に従事する「大義」を「正義への揺るぎなき自信」として示す男性規範である。これは、たんなる自己の博愛精神の表明のみならず、賛同者たちを組織化する統率力や、自己の価値観の有益性を世に知らしめる説得力をも意味した。また、このような福音主義的な解釈においては、彼らの男性性は都市労働者の男性にみられる「野卑」ないし（過度な飲酒などによる）「粗暴」との対比によっても表現された[11]。

歴史的にみれば、この種の男性性は元来「感情の発露、謙遜、神への服従」を特徴とした。アメリカでは一八世紀前半の「第一次大覚醒」時代にその端緒があり、これは回心や救済を求めるさいの「感情的で直感的な」精神のあり方を重視する男性規範であったため、アメリカ独立革命時代の「合理主義、自制、中庸」を特徴とする「啓蒙主義的な男らしさ」（enlightened manhood）とは区別された。また、「神と自己との主従関係」を強調した福音主義の白人男性たちは、実生活ではそれを「自己と妻との主従関係」へと横滑りさせることによって、家長という主体が「自立者」として他の「従属者」

を扶養することの根拠とした[12]。福音主義者にとって、神への従属者（サブジェクト）が現実には主体（サブジェクト）として表出するという転倒した関係は「自立」を裏づけ、アンテベラム期においても、それは男性性の指標であり続けたのである[13]。

『リベリア』のペイトン家が所在する南部社会では、植民地時代より「名誉」や「支配力」という男性的資質が重要視されていた[14]。それらを誇示するために「自己主張」や「攻撃性」がさまざまな場面で競われたが、そのような南部白人の男性性の気風のなかで、バプティスト派の牧師たちは暴力の否定によって自己の「名誉」を示し、独自の男性性を規定した。さらに彼らは、とりわけ（「理性なき男」とみなされた）労働者たちの「粗暴」に抗して「自制」を強調するようになり、これに啓蒙的なジェントリ階級の男性たちが共鳴する。合理性や自制を「気高いふるまい」とみなしていたジェントリたちを取り込むことによって、南部における「福音主義的な男らしさ」の概念が発展していったことを鑑みると[15]、ペイトン家の「高貴な」当主たちにみられる「歓待、寛容、真の慈善」（6）の精神は、このような福音主義的な文化背景から現れたジェンダー的特徴といえるだろう。

しかし社会全体からみれば、「福音主義的な男らしさ」はけっして社会・文化の中心的規範ではなく、革命時代に理想とされた「啓蒙主義的な男らしさ」とともに、一九世紀前半には周縁的な価値観となった。社会が自由土地所有による独立自営経済から資本主義的な市場経済へと移行し、「自立」の意味が変化していったのだ。とくに都市部では、多くの男性が農業から離れて賃金労働に従事し、「雇われ者」という男らしからぬ境遇を正当化するため、市場経済に即した新しい男性像が模索された。たとえば、ニューイングランド地方の若者が、「大望」（ambition）という男性的自己理想を抱いて農村を去り都市へと向かったように、都市における「自立」とは、私有地で自営する徳目ではなく、職場での生産性と報酬額によって評価される指標となった[16]。

男性規範の中心が市場社会に比重を移すいっぽうで、別の要因も「福音主義的な男らしさ」を脅かしていた。福音主義のプロテスタンティズム自体が、「女性」と結びついていったのである。一八世紀末期から、一八三〇年代まで続く「第二次大覚醒」と呼ばれる信仰復興運動のなかで、福音主義の主たる信仰回心者は女性であった。福音主義は平信徒の宗教体験を認め、世俗の宗教権威や教会ヒエラルキーに抵抗し、ジェンダー・階級・人種に不問な平等主義を掲げた。そのため、「慈善」の名のもとに宗教的使命感や道徳的責任感を負った女性たちは、社会全体を改良（もしくは改革）しようと、伝統的なジェンダー規範から逸脱することなく公的活動に取り組むことができた。男性主導の教会や慈善団体を活動母体とした場合でも女性のネットワークが生まれ、福音主義的プロテスタンティズムが「女性化」されていったのである[17]。

こうして『リベリア』が執筆される一八五〇年代までには、「男らしさ」は職能や経済的成功で評価されるようになり、福音主義的な男性たちの「本領」ともいえる社会改良や慈善活動の領域に、多数の女性が進出した。彼らは自身の社会的権威の後退と福音主義的プロテスタンティズムの「女性化」にたいして、批判・肯定・黙認・危惧等々の多種多様な反応を示したようだが[18]、このような動向にもかかわらず、福音主義的な社会改良を「男の流儀」であると解釈し、男性たちが改良運動を主導した例もあった。歴史家ブルース・ドーシーによれば、その顕著な例とは、まさにヘイルの小説に唱導されるリベリア植民運動であった[19]。

リベリア植民運動は、アンテベラム期の社会改良運動のなかで白人女性の関与がきわめて稀薄な運動として知られている。女性たちの慈善活動は、たとえばアメリカ聖書協会（一八一六年設立）のように、局地的な活動や団体に女性が集い、それを発展させて国家規模の組織となる事例が多いが、リベリア植民運動は当初から国家中心的かつ男性的な事業として構想された。[20] 一八一六年にアメリカ植民協会（American Colonial Society）が設立されたさいには、牧師のほか多数の連邦議員や政治家が協会員として名を連ねており、また、慢性的な財政難に苦慮する植民協会は連邦政府の全面的な支援を必要とし続けた。つまり、非公式だった政府との関係は、実際には非常に密接であったのである。[21]

しかも、植民協会は地方支部の活動に支えられていたにもかかわらず、支部の発展に力点を置くことはなかった。協会は白人女性が植民運動で活躍できる機会をあまり提供せず、逆に白人男性には植民運動へ関与することこそ「真に男性的」な行為であると訴えた。たとえば、牧師たちはアメリカ独立記念日という祖国愛を鼓舞する機会に植民推進の説教と寄付募集をおこなったが、それは政治と愛国心と宗教権威が絡み合う「主として男性的な領域」を創出し、白人男性に「男らしさ」を問いかける場であったとされている。植民運動とは、黒人に人間性／男性性を獲得させ「ひとかどの男」になることを奨励し、同時に、白人男性には自身の福音主義的な男らしさ――グリフェンのいう博愛主義的な「正義」や、ドーシーが定義する「人格、同情心、有能さ、男らしき信心」――を立証する機会までも提供したのである。[22]

だとすれば、『リベリア』の主人公に降りかかる男性性の危機とは、市場原理的な男性性の主流化と福音主義的なプロテスタンティズムの女性化によって、中心性や権威を喪失しつつあった福音主義的な男性たちの危機を示唆しているといえる。それは、リベリア植民の推進という「男の流儀」で成し遂げられる運動をつうじて、自分自身の男性性を取り戻すための必要条件といってよい。主人公チャールズが奴隷解放の計画について、「僕はこの計画で成功することに、大きな期待を寄せています」（48）と姉に打ち明けるとき、彼の姿は自信に満ちており、以後、語り手は主人公を「チャールズ」とは呼ばずに、ひとりの成人男性として「ペイトン氏」と敬称するようになる（49）。このような呼称の劇的な変化は、男性による福音主義的な行為への帰依が、自己の男性性を取り戻すうえでいかに正しいのかを如実に示していよう。ペイトン氏は黒人に解放と自立を授けることで転倒していた主従関係を正常化させ、代々のペイトン家の当主が有した「歓待、寛容、真の慈善」（6）という「福音主義的な男らしさ」を回復するのである。

二．ペイトン氏の「実験」における男らしさのゆくえ

解放奴隷たちを自立させる「実験」は、ヴァージニアでの集団的農業からフィラデルフィアでの都市生活、カナダ移住を経て、最終的にリベリア入植へと展開していく。ペイトン氏はこれらの「実験」から、「奴隷たちが自分たちの善良な行為によって、自由とリスペクタビリティに到達したいと考えるかもしれない」（49）〔強調引用者〕と希望を抱く。ペイトン氏のような反奴隷制を主張する白人男性にとって、黒人による「自由」と「道徳的・社会的体面（リスペクタビリティ）」の獲得とは、黒人が白人中流階級的な価値観（「真の男らしさ」）を習得できるかどうかの指標だった。のちにハリエット・ビーチャー・

ストウは、黒人男性作家フランク・ウェッブの小説『ゲーリー家と友人たち』（一八五七年）の序文にて、「いま奴隷として俎上に載せられている人種は、自由、自治、向上の可能性があるのでしょうか」と問いかけるが[23]、彼女もまた黒人の人間性／男性性を「自由、自治、向上」といった白人中流階級の価値観でとらえようとしていることがわかる。ストウやヘイルのテクストにおいて期待される黒人男性の人間性／男性性とは、中流階級の白人男性的な「男らしさ」を複製したジェンダー・アイデンティティなのだろう。

では、奴隷たちの人間性／男性性の実現は可能なのか。ヘイルは『リベリア』において、黒人男性の男性性はアフリカの地で具現化するのであり、アメリカにいるかぎりは彼らの男性性は成立しないと主張する。彼女は語り手ではなく、登場人物である黒人みずからに「黒んぼは黒んぼでしかない」[24]（67）との発言を繰り返させることで、アメリカにおける自由黒人の社会的疎外や、黒人自身の国家創出の必要性を力説していく。そして、黒人男性の男性性がさまざまな障壁によって阻まれる状況とは対照的に、ペイトン氏は福音主義者として確実におのれの男性性を体得していくのである。

最初におこなわれた実験は、選出した黒人の男女にペイトン家の近隣にある農地を分け与え、その共同体での自主的な耕作労働を通して「自己信頼」（self-reliance）（56）を学ばせる試みだった。ネイサン、ケザイア、ポリドアの三名は相互扶助の精神を身につけながら見事な成果を上げるが、それ以外の黒人たちは「自堕落な生活」（58）に耽り、困窮の果てに「こそ泥や物乞い歩き」（69）をする始末であった。ペイトン氏は、南部社会で黒人を自立した農民に育てることは不可能だと結論づける。彼は実験の失敗を黒人たちの「生来の欠点」（69）に帰することはなかったが、黒人たちへの援助を控えると彼らが「浪費癖と不誠実によって近隣の厄介者」(59)になってしまうことを知る。ペイトン氏は「怠惰で役立たずの人間」を共同体に送り込んでしまったと自責し、そこでなされた「こそ泥や物乞い歩き」のような「悪事を取り除こうと真剣に努めた」(69)。こうして南部社会での農業実験は、ペイトン氏の使命感や人道的精神を発露させたところで終了する。テクストが主人に依存する解放奴隷たちの従属性と、ペイトン氏の慈善に満ちた男性性を対置させているのは明白だろう。

次の実験はフィラデルフィアでの都市生活である。ペイトン氏は北部社会で日常化する人種差別の噂を耳にし(48)、黒人たちに悪影響を及ぼしかねない都会の「誘惑」(72-73)を憂慮して、この実験に賛同しなかったが、家内奴隷であった黒人女性クララの強い希望とこれまでの忠実な奉公に免じて、クララとベン夫妻とその娘、そしてクララの弟アメリカスをフィラデルフィアへ移住させることにする。ベンがフィラデルフィア随一の上流階級家庭の御者としての仕事を得ることにより、一家は「こぢんまりとした心地のよい」(80)家庭を築きはじめ、アメリカスも召使いとして雇われながら講演活動をおこなっていた。彼らは自由黒人として、あたかも白人中流階級のような都市生活を享受していたのだが、ついに「試練のとき」(96)を迎える。ベンがリウマチで倒れて職を失い、飲酒に溺れ、一家は壮絶な窮乏状態に陥ってしまうのだ。

フィラデルフィアにおいては、ペイトン氏と黒人男性の対照的な男性性は南部での農業実験とは異なる手法で描き出されている。南部では、両者は――物理的にも、主従関係(自立と依存)の程度においても――身近な存在であり、それゆえに男性性の対照も明快である。しかし、都市での実験では、ペイトン氏はフィラデルフィアへの「年に一度の訪問」(96)をやめ、ベン一家も(元)主人への依存を断ち切って、白人中流階級の価値観とそれに即した生活様式を手に入れようと必死に努力していたため、物理的にも主従関係の程度においても両者は疎遠となっていた。このような状況において、両者の男性性はどのように表現されているのだろうか。

テクストから不在となっているペイトン氏の「福音主義的な男らしさ」は、それとは対極的な都市労働者たちの理性を欠いた「粗暴」によって照射されている。アメリカスが白人暴徒に襲われる場面は、一見ペイトン氏の男性性とは無関係と思われるが、消防団どうしの小競り合いに巻き込まれるアメリカスの窮状から浮上するのは、「良心」や「理性」のない「激高する群衆」(90)の姿である。その「狂暴で破壊的な動物のごとく、本能まかせの行動」(90)のために、彼は散々に殴られてしまうが、語り手は労働者たちによって引き起こされる「暴力という無法行為」(93)について、人種の観点から以下のように分析する。

> サクソン人はアフリカ人の怠惰で従順な性質とは異なり、強い情熱と飽くなき欲求をともなって、おのれを行動へ駆り立てる力強い活力や決然たる意志を抱いている〔…〕。これらの特質は、立派な目的に向けられたときにも、低俗な方向に掻き立てられるときにも絶大であるため、いったん箍(たが)がはずれてしまえば、無謀な計画に突き進む力にもなってしまう(94)。

語り手は、白人(「サクソン人」)のすぐれた特質(「強い情熱と飽くなき欲求」「力強い活力」「決然たる意志」)を黒人(「アフリカ人の怠惰で従順な性質」)との比較という常套的なレトリックで列挙しつつ、「箍がはずれて」しまう白人労働者については「無謀」にもなると断言する。つねに人権論化したアングロサクソニズムをはばかることなく主張するヘイルにとってでさえ、アンテベラム期の白人労働者とは、中流階級と並置されるときには徹底した批判対象となる群衆なのだ。彼らの「空っぽの頭脳と未発達な理性」（95）から生じる暴力によって、ペイトン氏の「真の男らしさ」はますます顕彰されていく。

他方で、ベンの男性性は無残に剥奪されてしまう。彼は生来「活力と大望にあふれた」（52）快活な混血人であり、フィラデルフィアでは「自立とリスペクタビリティ」の獲得のために懸命に働いた。そして妻クララも針仕事をしながら、品のよい調度品を揃え、自分自身も申し分なく装い、娘にピアノのレッスンを受けさせていた（78-80）。だが、ペイトン氏の妻によれば、それはベンの賃金には見合わない生活態度であり、クララが白人中流階級の生活を物質的に模倣することは、「愚行と濫費」（80）であるとして戒める。しかしクララたちはその態度を改めることなく、ベンは健康を害して職を失い、「救いようのない酒乱」（107）となって廃人と化してしまう。男らしさの核心であった「自立」が過度な飲酒で侵蝕されるような事態は、男性性の完全なる喪失を意味し[25]、まさにベンは男らしさを失ったのであった。さらに壮絶な貧窮が一家を襲い、町の宣教師リンゼー氏らによって一家の悲惨な状況が発見されたときには、生まれたばかりの赤ん坊は餓死してしまうのである（106）。一家は教会や慈善団体から援助を受け、ベンが材木割りの仕事を得ることで生活を持ち直すものの、もはやベンは「大望」（109）を取り戻せず、信仰心も失って世を疎む人間となった。ベンたちの不幸について、サミュエル・オッターーやセアラ・ロスにしたがえば、彼のような黒人男性は「自立」や「大望」を追求したがために「罰せられ」たということになる。[26] しかし、テクスト自体は黒人による「自立」「大望」「自由とリスペクタビリティ」への追求をけっして否定せず、ネイサンやケザイアの例にみられるように、むしろ肯定していることを考慮すれば、ベンとクララの苦難の原因は（それを「罰」と呼ぶのかは別として）、彼らが忠告を受けても「愚行と虚飾の一切」（97）を断念しなかったことにあるだろう。ここでテクストが注意深く諭そうとするのは、黒人たちはそれらの価値観や人間性／男性性の獲得を期待されているにもかかわらず、アメリカの白人社会では絶対に実現しえないという訓戒である。むろん、その背後には、黒人はアメリカを去って自分自身の国家を求めなければならないという、ヘイルら白人植民派がほのめかす黒人との共生の拒絶がある。黒人男性が男性性を獲得できなければ、彼らが自身の新国家を建設することは期待できないが、彼らがアメリカ社会にて男性性を獲得し市民として生きることになれば、ヘイルの切望する白人キリスト教国家は成立しない。ゆえに、テクストでは黒人男性はアメリカ社会にいるかぎり男性性を否定され続けるか、あるいは男性性が実現しそうな瞬間に社会からの転落を強要されることになる。この袋小路について、厭世家となったベンがリンゼー氏に語る場面がある。

俺はいまだって善良で立派なものさ（good and respectable）。月に二〇ドル稼いで、女房が御婦人みたいに着飾っていたときと、まったく変わりはしない。で、それが何だっていうんだ。〔…〕たったいま、俺たちの横を通り過ぎていったあの黒人の男をごらんよ〔…〕、あいつは必死に金を貯めこんでいやがる。あいつには少なくとも二万ドルもの資産があるんだが、それが自分や子ども何の役に立つんだ？〔…〕〔あいつらは〕黒人の輪のなかに入ろうとしない、かといって白人はあいつらと付き合おうとはしない。〔…〕あいつのブリュッセル織の絨毯だのピアノだのが、いったい何の役に立つのか知りたいものだね。やつらは駄目になるまでやり続けるのかもしれんな。俺と同じ、誰もが忌み嫌う黒んぼでしかないのに。（110）

ベンは現在の慎ましい生活が、かつて相応の賃金を受け取り、妻が「御婦人」のごとく着飾っていた頃の生活と同様に、体裁がよい（「善良で立派な」）ことを理解している。彼は黒人が経済的富裕（自立）と階級的上昇志向（リスペクタビリティ）のために努力することの無益さを悟り、「二万ドルの資産」をもつ黒人男性一家の事例をあげる。彼らがどんなに富を蓄積してリスペクタビリティを物質的に体現しようとしても、それは彼らの孤立を高めるだけでしかない。彼らの白人中流階級的な生活実践が無意味であるのは、その一家が「俺と同じ、誰もが忌み嫌う黒んぼ」にすぎず、けっきょくは「駄目になる」運命が決定づけられているからである。だが、このような悲観を抱えながらも、ベンは節制と勤勉を守り続け、低賃金と重労働にもかかわらず「稼いだ金を妻に持ち帰った」（113）。ベンは慎ましい生活に「善良で立派な」ことを見いだす精神性や、実際に賃金を家庭にもたらす経済的自立といった白人中流階級的な価値観をすでに身につけていたのだ。しかし、そこへ到達していても、彼がアメリカ社会の黒人であるかぎりは「真の男らしさ」を確立することはできず、テクストは黒人みずからに「黒んぼは黒んぼでしかない」と復唱させるのである。

第三の実験として、カナダへの定住が計画される。しかし、この計画は実際に黒人たちが送り込まれることなく頓挫してしまう。というのは、ペイトン夫妻がカナダの黒人コミュニティを訪問したさいに、主人公は彼らに南部黒人と「同様の緩慢」や「労働への嫌悪」（122）を認め、解放奴隷たちをヴァージニアからカナダへ移動させたところで、何の利点もないと判断したからである。カナダの黒人たちはペイトン氏に会うと、彼が「ゆったりとした威厳のある動き、堂々としつつも恵み深き気配」（123）のなかにその男性性が表れていることを感じ取る。両者がたがいの資質を認識しあうこの場面は、南部社会における主人と奴隷の主従関係を反芻しているかのようにもみえる。

以上のように、南部での自営農業、フィラデルフィアでの都市生活、カナダへの定住は、黒人の男性性の確立という点では成果なく終わる。だが、主人公がペイトン家の家長に受け継がれてきた「福音主義的な男らしさ」を回復させたのは、まさにこれらの「実験」の成果といえる。ペイトン氏は黒人奴隷の解放と自立を支援する慈善の行為を通して「男らしさ」を示し、そして黒人という他者に依存される「主人」となりえた。それとは対照的に、解放奴隷たちの現実的な自立はペイトン氏の男性性回復の代償に供せられてしまったのだ。

三．「依存」の構造——テクストから消された女性たち

黒人たちが自立やリスペクタビリティといった男性的資質を有しているにもかかわらず、アメリカ社会で「ひとかどの人間」になることを拒絶される不合理は、小説の舞台がリベリアへ転ずると一気に解消に向かう。ペイトン氏の奴隷のなかでは、ケザイア、ポリドア、そしてネイサンの息子ジュ

ニアスが第一移民となってリベリアへ入植することになり(143)、彼らはアフリカ大陸のキリスト教化というペイトン氏ら植民推進派の大義を背負って、「雄々しく」(manfully)植民活動を遂行していく(161)。ペイトン氏はジュニアスからの手紙によって、「アフリカでは、アフリカ人は存分に成長することが許される——ひとりの人間(a man)となるのだ」(179)と確信する。ペイトン氏に後押しされたベンとクララもまたリベリアに入植すると、ベンはふたたび「大望」と「活力」を取り戻し(228)、精力的に自分の土地を開墾する。ペイトン氏はベンが「リベリア人」(a Liberian)としての自負を抱きはじめたことを知り(228)、ついに長きにわたって取り組んできた奴隷解放と黒人の自立という問題について、その解決をみる。また、彼自身の福音主義者としての男性性については、アフリカでの伝道に生涯を捧げる決意をしたジュニアスによって維持されることになる(143)。ジュニアスの伝道は「ペイトン氏の寛容を通して」(231)続行されることになり、その活動とともにジュニアスに内在化した心的な主従関係によって、ペイトン氏はおのれの男性性をアフリカの地から保証され続けるのである。

こうしてベンやジュニアスたちは「リベリア人」となって植民活動に従事していくが、その新しい国民の呼び名は、アメリカ黒人がアメリカの白人社会から隔絶したリベリアにおいて、はじめて「アメリカ人」として主体化したことを示す。(27) 彼らの話す英語や家庭生活の風景はアメリカの中流階級のそれらを忠実に模したものであり、とくにケザイアはリベリアの「アメリカ人」の役目をほかの誰よりも模範的に演じている。彼女はペイトン氏の奴隷のなかで、女性でありながらもっとも知的で男らしく(ネイサンによれば、彼の知るかぎりケザイアは「このなかでいちばんいい男」である）（58）、アメリカ社会では黒人は「黒んぼでしかない」ことを理解しており、主人の植民計画にいちはやく賛同した人物である。彼女はキリスト教信仰の先鋒として、柵囲いと庭のある家屋を建て、現地人の子どもたちを養子にし（168, 208）、キリスト教学校で現地人の女性や子どもたちに英語の読み書きと裁縫を教える（216-217）。このように、アフリカの日常生活におけるアメリカ的な「家庭性化／文明化（ドメスティケーション）」[28]は、家庭や学校という場からアフリカをキリスト教化する植民者の使命として、きわめて女性的な価値観と結びついた行為を通して達成される。その行為者であるケザイアはアメリカ社会では男性的な人物として描かれていたが、アフリカにおいて母親かつ女性教師となることによって、みずからの女性性を獲得するのである。

こうしたケザイアの母親的な教育活動をつうじて浮上するのが、植民運動と白人女性たちの関係性である。既述の通り、リベリア植民事業への白人女性の関与は希薄であったといわれ、その根拠として、彼女たちの活動が子どもたちの教育や学校運営に限定されていたことがあげられている[29]。しかし、家庭性の時代においては、限定的とみえる教育分野へのかかわりこそ、女性が「男女の領域分離」の規範に抵触せずに、福音主義的な慈善活動を政治的に実現させる手段のひとつでありえた。とすると、なお疑問に残るのは、そのような手段を熟知していたはずの家庭性主義者ヘイルが、なぜ教育活動に従事する白人女性たちを描かなかったのかという点である。おそらく、ふたつの理由が考えられる。

ひとつは、女性による事実上の政治介入をテクストで正当化することができなかったためである。たとえば、一八二九年にヴァージニア州で設立された植民協会の「フレデリックスバーグおよびファルマス女性支部」(Fredericksburg and Falmouth Female Auxiliary) を取り上げてみよう。歴史家エリザベス・ヴァロンによると、この事例は、穏健な奴隷解放を支持した南部の白人女性たち――彼女たちは奴隷たちの「女主人」として自身が奴隷制の当事者であった――の精力的な活動を示しているが、その活動は協会への献金ばかりでなく、著名政治家の妻たちの入会促進、さらには「活気のない男性支部」の立て直しにもおよんだ。つまり、彼女たちが家庭の領域を超えて、まさに男性の領域へと踏み込んでいたことは誰の眼にもあきらかだった。[30] おそらく、そのような既存の社会的認識から生ずる批判を回避するべく、(政治的だと臭わせる) 白人女性の存在をテクストから完全に消し去る必要性があったのだろう。ゆえにテクストの語り手は、「現地人の子どもたちのためのキリスト教学校」が「不撓不屈のロット・ケアリー」によって「社会の主要な目的のひとつ」(168) として設立されたと述べるに留め、その設立を支えたはずの女性たちについては言及していない。[31]

もうひとつは、テクストから白人女性たちの存在が消失しているのは、彼女たちの現況を忠実になぞったものだという点である。初期の段階では、アメリカ植民協会という組織にとって彼女たちは不可欠な存在であったが、ヘイルが『リベリア』を執筆していた一八五〇年代前半には、もはや不要となっていた。

リベリア植民運動のような国家的規模の社会改良において、アメリカ植民協会がもっとも重要視したのは、協会の機関誌である『アフリカン・レポジトリー』誌が掲げるように、組織の「道徳的な正しさと慈善」を証明することにあった。そのため、男性指導者たちが運動の推進のために「道徳的で慈悲深い」白人女性たちの賛助を募ることは必須であった。[32] 一八三〇年代初期に植民協会がアボリショニストから激しい非難と攻撃を受けるようになると、指導者たちはリベリアの植民地化が「国家的な慈善活動」であることを強調し、協会活動の正当性を白人女性たちの価値観（道徳性と慈善）にますます依存するようになった。じじつ、フィラデルフィアに設立された植民協会支部の女性組織（Philadelphia's Ladies' Liberia School Association）の研究事例は、そのような女性的価値観をもって組織の結束を図ることが、外部からの攻撃のみならず協会内部のセクト的な分裂を防ぐとして、男性指導者たちから重視されていたことを示している。[33]

ところが、一八四七年のリベリア独立以降、植民協会は植民運動の中心拠点というよりも派遣エージェントとなり、さらに政府からの支援によって首都モンロヴィアに領事館を設立すると、白人女性たちの「道徳的で慈悲深い」尽力は不必要になってしまう。彼女たちは植民運動における役割を失い、協会の機関誌から女性の活動にかんする記事が消えていった。[34] このような植民運動の歴史的背景に目を向けるならば、小説『リベリア』における白人女性の不在とは、「女性の領域」の越境にたいする批判を回避しようとする作者の意図に加え、彼女たちの役割の消失をまさしくテクストからの消失として反映させているとも考えられるだろう。

リベリア植民運動とは、指導的立場にあった白人男性たちが自由黒人や解放奴隷、そして白人女性という人種的・ジェンダー的な他者を利用することによって植民地化を正当化および遂行する政策であり、また、アメリカ国内で脆弱であった福音主義的な白人男性の男性性を再生させる手段として機能した。言い換えれば、ヘイルのテクストにおける（実際に活躍していたはずの）白人女性の不在ないし消失は、福音主義者の男性たちの活躍や、その男性性の回復が白人女性の道徳性や慈善に依存していたという事実を浮かび上がらせるものであった。危機に瀕していた男性性が黒人男性との対比から上首尾に回復していく『リベリア』のテクストは、その構造において、まさに作家みずからが抹消した白人女性の活動に依存することから出発している。社会改良の場における女性たちの主体性を見せ消しにするという、この見えざるものへの依存こそが、男性性回復の根源なのである。

描かないことによって白人女性の存在を描出するヘイルの戦略は、『リベリア』出版時より二〇年前の時代であれば不要であったにちがいない。『ゴーディーズ・レディーズ・ブック』誌に吸収合併される以前、ヘイルが編集していた『レディーズ・マガジン』誌の一八三三年六月号には、リベリア植民に賛同する白人女性たちの「道徳的で慈悲深い」活動が率直に言及されている。

> 「アメリカ植民協会は、その成功の多くを女性の善意と影響力に負っているのであります。女性たちの援助がなければ、協会を持続することなどほぼできなかったでしょう」と、シンシナティの雄弁な慈善家であるフィンリー氏は述べています。「男たちがほぼ絶望して〔…〕計画をご破算にすると危ぶんだとき、ヴァージニアの慈悲深き姉妹が、植民協会に一万二千ドルの遺贈を申し出たのです。〔…〕アフリカの運命は、われわれ自身の国家と同様に、アメリカ人女性の影響力に大きく左右されるでしょう」〔…〕。
>
> 女性の領域は、善行という女性の力を行使するべく、キリスト教の愛智によって絶えず拡大しているのです。[35]（強調引用者）

この興味深くも「女性の領域」と題された短い記事において、ヘイルは白人女性の存在を顕在化させない小説『リベリア』の作品戦略とは完全に逆の態度をみせる。彼女はあからさまにアメリカ植民協会における「女性の慈善と影響力」を称讃し、福音主義的な「善行」を通して「女性の領域」が着実に拡大していることを意気揚々と語る。注目すべきは、植民協会が経済的に行き詰まり、「絶望して」いた男性たちが計画を断念しようと危惧していたときに、「ヴァージニアの慈悲深き姉妹」が現れて「一万二千ドルの遺贈を申し出た」という挿話である。女性たちはまさに植民運動という政治活動において、もっとも現実的かつ主体的な行為者であったのだ。「雄弁な慈善家」であるフィンリー氏が宣言しているように、植民協会と男性指導者たちは精神的にも経済的にも、まさしく「女性の善意と影響力に負って」いたのである。

『リベリア』という小説は、植民運動における黒人の男性性の形成を呼びかけながら、その内実は白人男性の「福音主義的な男らしさ」の回復と再生をもくろむテクストであった。さらに、読者が植民運動にかかわった白人女性たちの過去を知るとき、そのような「男らしさ」の再生が女性たちへの依存のうえに達成されていたことをも解き明かしているのである。

第六章　共和国の娘たちへのクロニクル

――『女性の記録』における家庭的歴史の語りと「女性市民」の形成

一八五三年、ニューヨークのハーパー・アンド・ブラザーズ社から『女性の記録』という題名の女性伝記集が刊行されたとき、女性の権利運動を支持していたキャロライン・ドール（Caroline Healey Dall, 1822-1912）はひどく当惑した。この金箔押し革装丁の八折判で九〇〇頁を超える大著はセアラ・ヘイルによって編纂されたのだが、ヘイルは女性参政権に強く反対する人物だったからだ。ドールは、ヘイルが女性の地位向上の論拠として「等しき自由」ではなく女性の「生来の優越性」〔強調原文〕を掲げ、「神学的態度、道徳性、ふと漏出する感化力」という基準によって過去の女性たちを評価していることに抗議した。[1] だが、おそらく、ドールをもっとも憤慨させたのは、いわゆる女性の権利をめぐる「婦人問題（ウーマン・クエスチョン）」について反目しあうヘイルが、自分とまったく同じ主題に取り組んでいたことだった。それは、女性を伝記として歴史のなかに記録するという主題である。[2]

アメリカでは独立革命期から南北戦争期までに、一五〇人以上もの女性作家たちが三五〇冊以上の「歴史」にかかわる作品を生み出していた。[3] 一九世紀をつうじて「歴史」が学術分野として公的に制度化されていくなか、女性による歴史記述は主として伝記やエッセイなどの「非学術的」な形式に制限されたが、なおも彼女たちはそれらを利用して「過去」を学ぶための教育機会とし、女性読者に模範となる女性像を提示して自己形成の契機を与えようとした。とくに「男女の領域分離」が自明とされたアンテベラム期社会においては、中流階級の白人女性たちによる歴史記述は、私的な存在とされた彼女ら自身の思考を公的に表明する手段となり、また、喫緊の社会問題を過去の事実との類推によって議論し、世論を形成する政治的な媒体でもあった。[4] そのようなテクストにおいて展開された論争のひとつに、女性の市民性（citizenship）の問題がある。「完全な市民権」を付与されぬままアメリカ市民となった女性たちは、歴史記述を通して「市民であること（シチズンシップ）」の意味を問い続けていた。[5]

たとえば、アンテベラム期の女性の権利運動家たちは市民権を要求すべく、女性の理性・知性・自制・自立といった資質を過去に見いだし、それによって女性が男性と等しく「選挙民」として相応しいことを証明しようとしたが、それ以前にも、ジュディス・サージェント・マレイ（Judith Sargent Murray, 1751-1820）やハナ・メイザー・クロッカー（Hannah Mather Crocker, 1752-1829）らは、男女の知的平等や女性の自立性についての見解を示すことによって女性の権利や市民性を論じた。[6]また、女性の権利を擁護・要求する者たちに限らず、その運動を否定した女性たちも歴史を介して女性の市民性を語った。[7]つまり、女性たちは女性の権利をめぐる賛否にかかわらず、過去の女性たちを掘り起こして歴史に記録し、女性と「市民性」の関係性やその意味を追求してきたのである。

そのような女性の歴史記述の系譜において、セアラ・ヘイルの『女性の記録』（初版一八五三年）は、女性が政治領域から退き、男女の平等ではなく差異を強調した「領域」と家庭性を讃美する点で、きわめて保守的な伝記テクストとして評価されてきた。しかし、市民性の概念に着目してこのテクストを読んでみると、ヘイルは女性が法的・政治的権利を付与されずとも重要な「市民」としての役割を演じ、また、現実的にそのような女性たちの社会的輩出を意図していたのではないかと考えることができる。ヘイルの描いた女性たちは、当時の規範的女性像――育児・家事・消費といった閉域的な活動に従事するヴィクトリアニズムの「真の女性」――とは大きく異なっていたのである。そこで、本章では保守的な「家庭的歴史」（domestic history）とみなされているヘイルの伝記テクストに、女性が市民という新たな公的役割を獲得しうる可能性を検証してみたい。じつはそこに、女性が一個人としての成長と充実を目指して「母親であること」や「妻であること」さえも否定しうる革新的な思想がもくろまれていたとすれば、「完全な市民権」を放棄せざるを得なかった一九世紀の女性の市民的行動ないし「市民性」について、わたしたちはその再考を迫られることになるだろう。

一．「女性の領域」から市民社会へ——『女性の記録』の評価をめぐって

初版の『女性の記録』が出版されると、いくつかの文芸誌に書評が掲載された。そのなかでも『パトナムズ・マンスリー・マガジン』誌の書評は、当時の「婦人問題」と女性の「知性」について、男性たちのごく一般的な反応を伝えている。

ヘイル夫人は世界を美貌で魅了した、のではなく、啓蒙の光で照らした輝かしき女性人類の網羅的解説書を出版したのだが、それはおそらく意図せずして、「女性の権利運動のご友人たち」の頭を撫でてあげることになっただろう。ヘイル夫人の大号令でアマゾネスたちの巨大軍団が召集されたわけだが、こんな所業は歴代のカリフといえどもできはしなかった。ヘイル夫人は、科学、芸術、戦争、宗教、著述、慈善等々、人生のあらゆる過程で女性が活躍してきたと提示してくれるのだが、われわれ男性陣のひねくれ者のご同輩は疑問を呈してしまうのだ。なんだかものすごい数の女がいるけれど、このなかにひとりでも天才はいたのだろうか、と。(8)

おそらく男性と思われる評者は、著者ヘイルの「ご友人たち」である女性の権利運動家と「男性陣」というふたつの敵手の存在をほのめかしながら、女性の知性をめぐってあからさまに嘲弄する。ヘイルの伝記作家イザベル・エントリキンは『女性の記録』が「多くの人びとに好意的に論評された」と述べているが、当時の書評をみるかぎり、この大著は酷評されたといってよい。[9] このような批判を受けた『女性の記録』とは、一体どのようなテクスト的存在であったのだろうか。

『女性の記録』はヘイルの著作のなかで、もっとも野心的な大冊である。初版の出版からわずか二年後の一八五五年に改訂版が刊行され、さらに約二〇年後の一八七六年に増補版（第三版）が上梓されている。[10] 記録される対象は創世記のイヴから一九世紀半ばの「現代」の女性にまでおよび、一六五〇名分の伝記項目に二三〇個の肖像図版が添えられている。さらに巻末の「アメリカ人女性宣教師」の一覧を加えると、記録された女性は二五〇〇名にのぼる。この壮大な「歴史」に列挙された女性たちは四つの時代に区分され、第一期は「天地創造からキリスト誕生」まで、第二期は「キリスト誕生に続く一五〇〇年間」、第三期は一五〇〇年から一八五〇年までに死去した人物に焦点があてられ、第四期は一八二〇年代から一八五〇年代までの「現代に生きる作家や行動する者たち」（*WR* 563）が対象となっている。それぞれの時代区分の冒頭には、その時代の女性の特徴を述べた「緒言」（Remarks）が付され、さらにそれらを統括する女性史の解説として、巻頭に「序言」（Introductory Remarks）および「序文」（General Preface）がある。このように構成されたテクストにおいてヘイルが高らかに述べているのは、「神に任命された主体（エージェント）」である全世界の女性たちが「道徳的価値の真正なる進歩」によって「向上」を果たしてきたという歴史性である（*WR* x, xxxv）。ヘイルの『女性の記録』

はキリスト教の歩みとともに「進歩」してきた過去と現代の女性たちについて、「家庭的ヒロイズム」の視点から女性の「知性」や「偉業」を讃美し、道徳性や感傷といった「女性らしさ」ないし家庭性を中心思想として書かれた伝記テクストである。[11] しかも、このテクストは女性の権利要求のために「過去」が利用されるのではなく、女性が「妻として、母として、娘として」歴史的出来事とかかわってきたことを記述する「家庭的歴史」(domestic history)の典型例でもあった。[12]

『女性の記録』は、公然と女性の法的・政治的権利を否定し、男女の差異(領域分離)を基底とする本質的なジェンダー思想を支持したため、同時代のキャロライン・ドールやポーライナ・デイヴィスのような第一波フェミニズム運動を支えた人物たちによって厳しく非難された。二〇世紀のフェミニズム研究においても『女性の記録』はあいかわらず批判されたが、[13] 同時に、再読もされはじめる。これは、これまで確認してきたように、家庭性や領域の思想・言説にみる両義性あるいはパラドクス性が女性独自の多様な政治的活動を家庭から社会へと展開させ、白人中流階級の女性文化の形成や地位向上に結実したと肯定的に解釈されるようになったためであった。

ヘイルの数々の著作をいち早く再評価したニーナ・ベイムは、イヴの原罪から始まる『女性の記録』が福音主義的なプロテスタント信仰の歴史にもとづいて女性の「進歩」を語り、そして複数の女性の声を「現代史」の中心に「制度化」(歴史記述化)することによって、女性たちが発言することの正当性を告発したテクストであると読む。[14] また、メアリ・ケリーは『女性の記録』に登場する女性たちがヘイルの推奨する「影響力」以上に自分の能力を行使したという点で、この大著が市民社会に貢献した女性たちの「証左」であると評価する。[15] さらに、テレサ・アン・マーフィーは、家庭性に基礎を置く『女性の記録』という歴史テクストが、女性の権利運動によって要求される「完全な市民権」に抗して「家庭的市民性」を提示し、「慈悲深き影響力」によるプロテスタント国家の発展の議論によって、女性たちが法的・政治的権利をもたずに「政治的に意義深い」歴史的主体となりえたと解釈する。[16]

とくにマーフィーの「家庭的市民性」(domestic citizenship)という概念から『女性の記録』を読むことは、家庭性と女性の市民性の関係を再考する重要な機会を与えてくれる。たしかに、共和国市民の育成という女性の公的役割を担った「共和国の母」ないし「妻」は、けっきょくのところ「夫の保護下にある妻の身分」において称揚されたにすぎず、女性は市民であっても選挙民ではなかった。[17]だが、「家庭的市民性」の視点に立つと、当時の女性たちは選挙民ではなかったがゆえに「女性市民」になりえたのであり、彼女たちはそこに何らかの意義を見いだしていたのではないかと問い直すことができる。アンテベラム期の白人女性たちは「歴史」を振り返ることで、当時の市民社会とどのようにかかわっていたのか。また、「完全な市民権」をもたない女性にとって「市民」とはどのような意味があったのか。これらの疑問とともに『女性の記録』という伝記テクストと向き合う行為をつうじて、わたしたちは歴史的主体としての女性に付与された政治性を読み取りつつ、その時代の市民性そのものの本質を問うことになるだろう。

一八三七年、ヘイルがそれまで編集を務めていた『レディーズ・マガジン』誌が『レディーズ・ブック』誌（のちの『ゴーディーズ・レディーズ・ブック』誌）に吸収合併されたとき、その刷新された誌面において、彼女は「座談会」というタイトルの巻頭記事を掲載した。それは一六年後に刊行される『女性の記録』にみられるような、いわば「道徳的影響力」による女性と社会の進歩思想を要約した内容であったが、この巻頭のことばを締め括るにあたり、ヘイルは自誌の「目標」を次のように宣言する。

これこそがわたしたちの目標です——女性自身の道徳の精神と卓越した知性を前進させ、向上させること。やがては、その影響力が市民社会（civil society）を祝福し、美しくしてくれるでしょう。細心の注意をもってこの原則を守れば、何ごとも家庭生活にかかわる神聖な諸事を害するようなことはありません。創造主こそが、家庭に女性の帝国の笏を授けたのです。わたしたちはつねに家庭にいるのです。[18]〔強調引用者〕

ヘイルにとって、道徳的にも知的にも「向上」していく女性たちは、家庭に身をおきながら、みずからの「影響力」によって「市民社会」に何らかの重要な変化を与えることができる存在であった。そして、その模範となる女性たちとは『女性の記録』に書かれた人物たちであり、まさにその伝記テクストを開いてみると、そこには領域の逸脱も矛盾もなく市民社会に参加し、たんなる「影響力」以上の道徳的権威をもって現実に行動する多くの女性たちが存在していたのである。

二　母親であることの不当と苦しみ——家庭的歴史の「心情」の語り

『女性の記録』を特徴づける「家庭的歴史」という用語は、この分野を代表する作家であったエリザベス・エレット（Elizabeth Fries Ellet, 1812-1877）の著作に由来する。[19] その特徴を把握するため、エレットの女性伝記集である『アメリカ独立革命の女性たち』（一八四八年）を例として取り上げてみたい。

エレットの伝記集には、独立革命時代に活躍したあらゆる階層の「建国の母たち」[20] が登場する。テクストは「共和国の母」を象徴するメアリ・ワシントンにはじまり、歴史家のマーシー・オーティス・ウォレン、「共和国の妻」の鏡鑑ともいえるマーサ・ワシントンやアビゲイル・アダムズといった上流・知識人階級から、兵士としてアメリカ独立戦争に参加したデボラ・サムソンなどの庶民層にまでいたる。このテクストは、愛国者であり敬虔なキリスト教信徒である女性たちを提示することによって、女性読者に「アメリカの独立」という歴史を教え、アメリカ人女性としてのアイデンティティを鼓舞した。[21] エレットの描く女性たちはみな、（デボラ・サムソンの「男性的」な行為を除き）読者の思考や言動の模範となる人物であり、その価値基準は家庭性の概念によって判断されている。たとえば、ゆたかな道徳心と宗教心によって息子を養育したことで名高いメアリ・ワシントンは、すぐれた家庭管理力の持ち主であり、彼女のその領域は「家庭的美徳の聖域」であると記述されている。[22] このように革命期を「家庭的側面」（Ellet I: 22）から活写しようとする意図について、エレットは以下のように述べる。

幼き共和国の運命に降りそそがれた、女性の愛国心という大きな影響力の真価を見定めるのは、いまとなってはほとんど不可能です。〔…〕歴史は〔女性たちの成し遂げたことに〕正当な評価をしません。というのは、歴史は心情（heart）ではなく、むしろ知力（head）のはたらきを扱う

からです。（Ellet I: 15）

エレットは「知力」と「心情」という歴史記述における男女の差異を強調し、「心情」を重視する伝記の語りを通して、女性たちの愛国心が家庭的価値観と共感の力によって生み出されていくことを例証する。[23] これが「家庭的歴史」の語りの特徴だとすれば、ヘイルの『女性の記録』では、はたして「心情」はどのように表現されているのであろうか。

エレットとヘイルのそれぞれの女性の伝記は、同じ「家庭的歴史」の範疇にありながら、同時代の書評にみる評価は大きく異なっていた。『アメリカ独立革命の女性たち』がおおむね好意的に受け止められたのにたいし、『女性の記録』は（ドールが書評を寄せた『ユーナ』誌のように）女性の権利をめぐって真っ向から非難され、（『パトナムズ』誌のように）女性の知性をめぐって嘲笑され、あるいは、（『ニューイングランダー』誌のように）歴史記述をめぐって「重大な誤り」があると指摘された。[24] だが、『女性の記録』における「心情」は、じつはこの「誤り」にその例をみることができる。『ニューイングランダー』誌は「重大な誤り」の具体例として、ローマ帝国皇妃「ユリア・アグリッピーナ」を取り上げている。男性とおぼしき評者は、「ディオ・カッシウス、タキトゥス、スエトニウス」といった高名な史家たちの描くアグリッピーナ像を歴史の基準としているため、評者にとって、アグリッピーナの「人格は残酷と野心と肉欲によって示され、その生涯は姦淫と近親相姦と殺人によって穢れている」（*NE* 151）。ゆえに、ヘイルがアグリッピーナの「流刑」を「迫害」として語るのは「言葉の曲解」（*NE* 151）であり、ましてや、アグリッピーナの罪の数々をすべて「母性愛」や

「母親の心情」(mother's heart) へと帰着させてしまう記述は、この評者にとって「重大な誤り」でしかない (*NE* 151, 153)。評者は「ヘイル夫人が描く〔アグリッピーナの〕積み重ねられし犯罪について、読者はどのように思われるだろうか」と疑問を投げかけ、ヘイルのテクストを引用する。「〔…〕尊大な野心を抱きながらも、〔…〕〔アグリッピーナ〕には欠点を補えるほどの深い愛情があったのです。時代が産み落としたこの輝かしき独裁者、抜け目なき政治家は、それでも何より——*ひとりの母だったのです*！」(*NE* 152; *WR* 22)〔強調原文〕。続けて評者は、ヘイルが強調するアグリッピーナの母性に異議を唱える。

> ロッリア・パウリーナを殺害したことが母親の心情だというのか。顧問官パッラスを自分の臥所に招き入れたことが母親の心情だというのか。幼く無防備なブリタンニクスを陥れ、彼の知性の陶冶を妨げようと手をつくし、しだいに劣悪な生活環境に馴染ませて、彼が皇帝になることや、皇位に相応することも望まなくさせたのが母親の心情だというのか。自分の夫を毒殺したことが母親の心情だというのか。(*NE* 152)

評者を大いに悩ます「母親の心情」は、むろん、ヘイルにとっては「重大な誤り」ではない。むしろ、アグリッピーナを愛情のある母親に仕立てることが、「心情」によって歴史に女性性を付与しようとするテクストの意図そのものなのであり、歴史家メアリ・スポングバーグのことばを借用するならば、「歴史を女性化する」[25]行為として読むことができるだろう。

しかしながら、『女性の記録』の第一期「緒言」によれば、アグリッピーナを含むこの時代の女性たちを取り巻く状況は、長い歴史のなかでは発展途上にあり、彼女たち自身は「母性愛、信仰、熱意」（*WR* 18）といった資質をもつにせよ、「男性の支配下に」（*WR* 17）あったためにもっとも低い段階に置かれている。つまり、ヘイルは家庭性の提唱者でありながら、じつは女性の母性（マザーフッド）（女性が「母親であること」）をけっして理想としていない。彼女の理想とは、むしろ歴史のなかで低く位置づけられている「母親」としての女性性を克服し、究極的には「進歩・向上」にともなって出現する「女性市民」というあり方にある。ヘイルは一八六七年六月号の『ゴーディーズ』誌に「アメリカ生まれの男性市民（citizen）と女性市民（citizeness）には、教育を受ける権利があります」[26]〔強調引用者〕と主張し、「市民性」における男女の明白な差異を「シチズン」の女性名詞を使って強調したが、では、彼女にとって「女性市民」とはどんな女性なのか。この問いに即答するならば、それは『女性の記録』にはっきりと記されているように、教育を受け、社会で公的活動に従事する「女性宣教師や女性教師、女性編集者、そして〔…〕女性作家」（*WR* 564）といった職能のある女性たちである。だが、女性がそのような市民となるためには女子教育が必須であり、それを高唱するには、共和国市民の育成を掲げた「共和国の母」のレトリックを必要とせざるをえない現実があった。『女性の記録』の「序文」には以下のような記述がある。

母親の天賦の才や善良さは、息子たちを通して表明されます。それは、人間性をより高い基準に導く〔母親という〕源泉には気にもとめずに、教育の利点というすばらしい分け前を男性に与えるのです。女性のなかにはこのようなことを不当と感じ、女性自身の「解放」を求め、男性と平等に商業と政治の領域に入り込むための権利をめぐって争っているひとがいます。その試みはけっして成功しないでしょう。（*WR* xlv）

ヘイルは、一八四八年のセネカフォールズ会議以降、拡大の一途をたどると思われた女性の権利運動を牽制しているように見えるが、その身ぶりは女性参政権の支持派への単純な批判ではない[27]。ヘイルが「けっして成功しない」と指摘する対象は権利の獲得という「試み」であり、じつは女性たちが夫や息子のためだけの教育機会を「不当」と感じ、自己の「解放」を求めることについては否定してはいないのである。ヘイルは女子教育の必要性を訴えるさいに「共和国の母」イデオロギーに依拠するものの、「序文」に散見されるいくつかの表現は、はからずも「母親であることの特権」を「苦しみ」だと書き洩らしてしまう。「あなたが母親であるという特権を使って、息子たちを養育すべきです。〔…〕あなたの苦しみを通して、世界はより向上するのです。〔母親という〕私的な義務をひとつひとつ忠実におこなえば、公徳心が積み重なっていくでしょう」（*WR* xlvi）〔強調引用者〕。『女性の記録』の歴史は、女性が「母親であること」から始まる。女性はそのもっとも低く、「不当」で「苦しみ」の状態から脱却し、やがては妻という男性と対等な「助力者」（*WR* 17）の立場をへて、究極的には「女性市民」を目指さなければならない。これがヘイルの考える女性の「進歩」への道筋であるならば、『女性の記録』とは、女性の権利運動と別の方法で女性の地位向上を試みる指南書だといえるだろう。次にヘイルの目指す女性市民や市民性をさらに検証するため、テクストに記された女性の進歩の歴史を段階的に読み解いてみたい。

三　アングロサクソニズムと女性の市民性

『女性の記録』は、女性の道徳心と影響力がつねに世界の歴史的出来事や「諸国家の宿命」（*WR* xl）を左右してきたと強く自負するテクストである。これを読むうえで看過できないのは、その歴史が人種思想を支柱にして構築されているという側面である。エイミー・カプランらが指摘しているように、ヘイルのテクストには人種が「女性の領域」の中心に据えられ、白人でない者たちを「家庭性ナショナリズム」から排除しようとする特徴がみられる。[28] たしかに、第一期から第四期までの各時代における女性の状況や特徴を概観してみると、家庭性イデオロギーを基底とする「家庭的歴史」のテクストは、一九世紀における白人性の論理、すなわち、アングロサクソニズムの人種言説を中心に成立していることがわかる。

各時代を解説する「緒言」から『女性の記録』の歴史を追っていくと、第一期はキリスト不在の時代である。この時代の女性はイヴの原罪に「もがき苦しむ」さなかにあって、「生まれながらの〔…〕純粋な道徳感覚」（*WR* xl）しか持ち合わせていない。本来、女性は「男性の魂の助力者」となるべき存在なのだが、「母性愛、信仰、熱意」をもちつつも「男性の支配下」にあり、「肉欲の玩弄物〔…〕へと堕落して」いることが特徴としてあげられている（*WR* 17-18）。続く第二期は、キリスト誕生により女性は「福音」の力を得て、みずからの影響力を「認識する」時代である（*WR* xli）。男女は各々の領域でつとめを果たす（男性は教会を組織して神の言葉を伝道し、女性は子どもを導きながら家庭を「神の家」として運営する）ことによって、ようやく女性は従属的な立場を脱し、妻として夫の傍らに立つ「助力者」となる（*WR* 65-66）。また、ヘイルは聖ヘレナがキリスト教をローマ帝国にもたらした功績を称え、「ヨーロッパの大部分を異教信仰からキリスト教信仰へと変えさせたのは、まさに女性の影響力だった」（*WR* 66）と述べ、宗教における女性の歴史的な存在価値を強調する。

このように、第一期から第二期への女性の「向上」があきらかにされているものの、ここに収められた女性たちは、王妃や皇女、あるいは聖女といった人物たちで占められている。それにたいして第三期は、女性による社会の道徳的進歩と教育の向上が実質的な貢献に結びついて、女性の道徳的権威と行動力とそれにともなう評価が飛躍する時代である。多数のキリスト教徒の女性たちが「私欲なき慈悲深さ」によって「異教徒の姉妹たちのもとへ吉報を伝える使徒、もしくは、幼い子どもたちを正しき方向へ導く教師」となっている（*WR* 151）。このような時代においてもっとも注目すべきは、「新しい人種——アングロサクソン人女性にみる天賦の才の発展」（*WR* 152）である。第三期以前における女性たちの活躍の場は、多くの場合「南欧や西欧」の大陸諸国であったが、第三期では英国へ、そしてアメリカ合衆国へと移行する。

つねに道徳に息づく女性の力を示す笏は、いまやブリテン島を通り過ぎ、その地からわたしたちのアメリカ合衆国へもたらされました。〔…〕〔わが国ほど〕家庭に聖書が置かれ、安息日に福音が伝えられ、出版の自由がある国家は、ほかにはありません。〔…〕共和国市民の個人の自由が保障されている国家は、ほかにはありません。男性はキリスト教文明のより高尚な基準に達して、彼らの知性は女性の道徳的資質を理解するまでに引き上げられています。〔…〕人類が掲げるもっとも気高く神聖な使命において、妻は夫を助力するために前進するのです——いまなお暗闇に包まれた世界に福音の光を伝えるために。(*WR* 152)

元来アメリカにおけるアングロサクソニズムとは、共和制の礎を築く法制度思想の発展を歴史的に(ときには神話的に)とらえるための術語概念にすぎなかった。だが、一八四〇年代までには共和主義的な自治能力を生来的にそなえた唯一の人種として、アングロサクソン人の優越性を誇示する人種本質論的な意味が前景化されていった。[29] そのような人種観を考慮すると、ヘイルにおいてアングロサクソン人が世界を福音主義化することの正当性とアメリカ人女性の市民としての存在意義は、「気高く神聖な使命」のなかで融和していると読みとれる。それは皮肉にも、アメリカ人女性たちをきわめて有能な帝国主義者に仕立て上げることになったが、「共和国市民の個人の自由」を有する彼女たちは、いまや母性(マザーフッド)/母親であることを克服し、妻という「助力者」として慈善行為や教育活動に奉仕し、家庭外の社会へ進出する女性の姿へとイメージ化されていく。歴史家のキャスリーン・マッカーシーが議論しているように、女性がそのような活動に従事することは、公的奉仕を目的とする「共和国の母」イデオロギーの変形として「公的領域における共和国の婦徳(feminine valor)の力」を示し、「自立し、教養ある市民」として認められうる指標だった。[30] この差異化された市民性こそ、ヘイルの意図する女性市民の内実であった。

ヘイルにとって宣教師や教師という職務を担う女性は、「もっとも高尚な才能が発揮される場を勝ち取り、慈善行為という高潔な偉業にたずさわる女性たち」（*WR* 152）として、まさしくそのような市民性をそなえており、彼女の理想とする女性市民の具現化であった。たとえば、第三期にはヘイルの母親世代にあたる敬愛すべき著名な女性たち（エリザベス・エレットの伝記が射程とする「建国の母」たち）が数多く登場するものの、その「緒言」に名が掲げられる女性は、ヘイルと同世代のアン・ジャドソン（Ann Hasseltine Judson, 1789-1826）ただひとりである。ジャドソンは、バプティスト派の牧師であった夫とともにビルマへ伝道したアメリカ人女性宣教師として知られている。伝記テクストには「ジャドソン夫人の回顧録」や夫人をよく知る英国人男性の手記から抜粋された文章が掲載され、「天使のごとき女性の尽力と苦難」（*WR* 368）や「ジャドソン夫人の奉仕と天分」（*WR* 369）が記述されている。とくに一八二四年にビルマ戦争が勃発したさい、拘束された夫や英国人宣教師のために献身したことが強調されているのだが、じつはジャドソンには幼い子どもがいた。にもかかわらず、彼女の「母親の心情」や「母性愛」を喚起させる内容は——第一期のアグリッピーナに意図的に付与されたこととは対照的に——語られていないのである。ヘイルはジャドソンから母性／母親（マザーフッド）であることを剝奪し、代わりに「アングロサクソン人女性にみる天賦の才」の証明として「敬慕すべき女性宣教者（ミショナリー・ヒロイン）」という称号を与え、ジャドソンの項目を締め括る（*WR* 369）。

いよいよ第四期という「現代」の女性たちが「緒言」で語られる時機を得ると、ヘイルの文体に変化が現れる。ヘイルは、これまで自称するさいに用いていた「わたしたち」という代名詞（editorial "we"）を放棄して一人称単数代名詞を採用し、個人的見解を強く示すようになる（*WR* 563）。そして、

「現代」において活躍中の女性たちを伝記化する理由について、次のように述べる。「現代に生きる作家や行動する者たちに着目することが、わたしの目的です。女性たちはいままさに『善良な魂』に生命力を吹き込み、邪悪なものから人を欺く力を奪いつつあります。〈過去〉とは死者です。過去の教えは墓石のごとく、生きた声のようには説得力をもちません」（*WR* 563）。すると、第三期までに描かれた女性ひとりひとりの生涯がまるで訃報のような存在となり、第四期では伝記という歴史記述の枠組みが温存されたまま「生きた声」という新たなテクストとなって読者に再提示される。そのときに強調されるのが、「社会の高い水準」を成立させ、「じきに世界を支配するであろう」アングロサクソン人種、すなわち、アメリカ人女性の功績である（*WR* 563）。ヘイルにとって第四期という「現代」は、アメリカが全世界の女性の進歩を顕在化させ、その進歩がアングロサクソン人によって頂点に達しうることを例証する時代なのである。

教育を受けた女性たちの知性が、これほど高められた力であることを示すのに、さらにすばらしい例があります。新世界にやって来たアングロサクソン人は、わずか七五年で一国家を成しました。その当時は三〇〇万人ほどしかいませんでしたが、この人びとはいまや人口二三〇〇万人の偉大なるアメリカ共和国を形成しています。世界の運命は、まもなく彼らの手に委ねられるでしょう！〔…〕宗教は自由であり、そして、神が精神と真理において崇拝される場でつねに女性が感化している魂は、慣例や宗旨や社会階級によって拘束されることはありません。〔…〕いまや女性は、神によって男性に課される困難な労働に従う必要はありません——つまり、「地

上を征服する」という男性の労働に。（*WR* 564）

女性を社会的な側面（「慣例や宗旨や社会階級」）からみれば、女性の諸権利は制限されてしまっているが、女性を道徳的・精神的存在（「女性が感化している魂」）としてみなせば、女性はけっして拘束されてはいない。ヘイルはアメリカ人男性による「地上を征服する」という「労働」、いわゆる「明白なる運命」として展開される帝国主義的な行為を是認しつつ、女性には遥かに高邁な使命があることを次のように読者に諭す。歴史を通して自身の道徳的権威と知性を充分に証明してきた女性は、もはや男性と同様の「労働に従う」必要はなく、男性とは異なる方法でアングロサクソン人に課された「もっとも気高く神聖な使命」――アメリカが「善良な魂」と「福音の光」で世界を導き、支配するという使命――を果たす時代が到来したのである（*WR* 564）。この使命を担うのが「女性市民」であり、さらにヘイルは女性市民とは誰であるかを明確に読者に語ってみせる。「群衆のなかに分け入って大衆教育に尽くし、純真な信仰感情の育成に貢献するあらゆる活動において、アメリカ人女性は全世界の女性の誰よりも卓抜な活躍をしています。それは本書の『女性の記録』に所収されている、アメリカ人女性宣教師や女性教師、女性編集者、そして教育的で人生の指南役になってくれる数々の作品を著す女性作家の一覧だけで、一目瞭然に証明されるでしょう」（*WR* 564）。じじつ、第四期の伝記テクストの頁をめくれば、法的・政治的権利をもたずにして「影響力」以上に多大な発言力と実行力をもつ（と思われる）女性たちがその名を連ねている。教育者のキャサリン・ビーチャーやエマ・ウィラード、作家のリディア・マリア・チャイルド、キャサリン・マリア・セジウィック、エリザベス・

エレット、キャロライン・ハワード・ギルマン、E・D・E・N・サウスワース、ハリエット・ビーチャー・ストウ、キャロライン・カークランド、セアラ・ヘイル（ヘイルは自身を伝記化している）、詩人のリディア・シガニー、社会改良家のドロシア・ディックス等々。彼女たちのなかには実生活においても「母親であること（マザーフッド）」から脱却している例もあり、「影響力」以上の存在という点では、彼女たちはもはや「妻であること」からも克服しているといえるだろう。

女性が市民として活躍しうる公的領域の拡大のためには、家庭という「女性の領域」は必然だった。ヘイルが女性の権利運動に賛同しなかった理由は、この点にある。アンテベラム期のジェンダー秩序（「男女の領域分離」）を維持し、男性は政治的存在として政治への直接参加の権利をもち、女性は道徳的存在として「影響力」によって社会にかかわる。しかも、ヘイルが説くそのような言説の背後には、これら錚々たる女性たちの名が物語っているように、「何千もの女性たち」が「市民社会で行使できる能力」を着実に増大させていたという現実があった。[31] ヘイルの唱導する家庭性と差異化された市民性は、社会をジェンダー的に分離して堅固な「女性の領域」を築くと同時に、その領域から「何千もの女性たち」が市民として輩出されていくことを、まさに後押ししていたのである。

四．「母」でなく「妻」でなく、「女性市民」を記録する

セアラ・ヘイルはみずからを記録する伝記項目のなかで明言しているように、「女性の評価を高め、自分の国のために何かをしたいという願い」（*WR* 687）を長きにわたって抱き続けてきた。『女性の

記録』はそのような「願い」の実現を目指すテクストとして、女性が母性的な存在から「影響力」のある道徳的存在へ、そして、それ以上の道徳的権威と職能のある存在へと進歩していく過程を、伝記という歴史記述を通して描いている。第四期に登場する「現代」の女性たちは、自己の力を行使できる「自立し、教養ある市民」として記録されているが、では第四期のアンテベラム期とは、女性の進歩がすでに完了したことを意味する時代なのだろうか。

ヘイルにとって、たしかに第四期は「新しい人種」であるアングロサクソン系アメリカ人によって女性の進歩が頂点に達しうる時代を意味するが、じつはまだ「女性市民」は完成されていない。それが完成を迎える状態は、世界を「福音」によって統治しようとする国家的な企図が達成されるときと同期すると解釈されている[32]。そのため、ヘイルは世界の福音主義化に資する女性市民をさらに養成すべく、第四期「緒言」において女子教育の必要性を訴える。

> この『記録』の第四期は、若い人たちへの身近な手本や励ましとして、自分の努力に向かって開かれる何らかの方法を待ち受ける人たちにとって、それまでの頁で示されたあらゆる過去よりも、ためになることでしょう。〔…〕初等教育という利点が、男子と平等に女子にも与えられています。〔…〕世の中の意見はつねに女子教育に好意的です。個人の寛大さにより、**共和国の娘たち**を指導する手段がかなり施されているのです。その成果は目の前に広がっています——国家発展の驚くべき奇跡として。（*WR* 563-564）〔強調引用者〕

ヘイルは第四期の女性市民の伝記テクストが、「若い人たち」(「共和国の娘たち」)に向けて開かれていることを呼びかける。実際、『女性の記録』のおもな読者層は、第四期の女性たちと同じ時代を生きる白人女性たちであったが[33]、とくに第四期のテクストが「身近な手本や励まし」として真に対象としているのは、若い女性たちである。ならば、ヘイルの構想する「女性市民」の完成は、次世代の「共和国の娘たち」において期待されているといえるだろう。しかも、その期待には、「娘たち」が「母親であること」にも「妻であること」にも拘泥しなくてよいとの示唆がみられるのだ。

パトリシア・オッカーによれば、ヘイルには女性を母性的な存在としてのみ認識する見方について否定的な発想があった。ヘイルは母や妻という存在から切り離された「女性個人の成長」を重視し、ときには女性が独身であることの価値を論じていた[34]。たしかに、すべての女性を母親ないし妻とみなし、女子教育を夫や息子にたいする影響力の涵養という側面だけで理解しようとする「共和国の母」像は、「自立し、教養ある市民」の育成を目指したヘイルの理想的女性像とは大きく異なっている。ヘイルが「共和国の母」に立脚した教育観ではなく、じつは女性自身の個人的成長という点で女子教育を重視したとすれば、「共和国の娘たち」にとって第四期の女性市民像は「女性的」な道徳性に加え、教育・経験によって獲得された知力や実務的有能さという点でも、きわめて強力な模範であっただろう。たとえば、キャサリン・ビーチャー(Catharine E. Beecher, 1800-1878)はその最たる例のひとつといえる。伝記テクストには、ビーチャーが自身の教育を終えて「女性としてのおきまりの人生」を迎えようとしていたとき、「神意」により教育者の道へ進み、コネティカット州ハートフォードに女子セミナリーを開校するまでの困難や努力が語られている。読者は「愛国的なキリスト教徒の教育者」である「**ミス**・ビーチャー」〔強調引用者〕が、独自の教育システムを作り上げるうえでいかに有能であったかを知ることができる（*WR* 578-579）。また、女性医師のエリザベス・ブラックウェル（Elizabeth Blackwell, 1821-1910）についてのテクストも、女性の知性が「共感」という道徳的な女性性に還元していく例として、読者に非常に模範的な自己形成モデルを提供している（彼女もまたビーチャーと同様に独身であった）。医学という女性に「閉ざされた」分野で「改革」をもたらしうる「彼女の進取の気性と目標」（*WR* 584）が、つぶさに記述されているのである。

　ブラックウェルについての伝記テクストには、彼女が医学を目指してギリシア語、ラテン語、ドイツ語等の複数の言語を学び、ニューヨークの医科大学で学位を得ても、医師としての採用を拒まれ続けた苦境などが書かれている。テクストは「世界のどこかにわたしの居場所があるはずです。きっと見つかるでしょう」という本人のことばを記し、彼女の不屈の意志を伝えている。また、アメリカを離れて渡欧したとき、パリで男性医師から「男装せよ」との申し出を拒絶したという挿話は、女性がおのれの領分を越境しない「領域」の不可侵さを示唆すると同時に、医学分野（男性の領域）への女性参入の可能性を切り拓こうとする、じつにパラドクス的な事例として読むことができる。ブラックウェルは「小柄で、貴婦人のような洗練された物腰、たいへん物静かで落ち着きのある」女性であるが、男装の申し出には「憤然と」抗議した。つまり、テクストは彼女が自身の女性性を保持し、その「女性らしさに恥辱を与えることはなかった」（*WR* 585）と語ることによって、「女性の領域」からの逸脱を否定するのである。ところが、テクストは翻って、ブラックウェルが女性であるがゆえに誰よりも有能な医師となりえた可能性を即座に訴える。

女性は苦しんでいる患者への共感があるゆえに、生理学・医学に要求されるあらゆる知識を獲得することができないというのでしょうか。その共感を男性医師は感じることができないのですから、患者にとって女性のほうがより相応しい助力となるのではないでしょうか。神は〈女性医師〉（Female Physicians）というこの職業をお認めになっています。

神はヘブライ人の産婆たちのために「家を建てて」いらっしゃいます。〔…〕アングロサクソン人の女性たちが、男性たちによる科学的な知の悲しき隷従状態から解き放たれるときは、まもなくやってくるでしょう。（*WR* 585）

医師が女性であれば、男性医師には「感じることができない」患者への「共感」をもつことができる。他者との「共感」は、キリスト教徒である女性が「私欲なき慈悲深さ」という慈善の行為を実践するさいに求められる道徳的資質であるが、ヘイルは女性医師の「共感」が「男性の領域」である医学分野にその道徳性や女性性を与えることによって、その領域への侵犯ではなく、女性にしかできない市民社会への道徳的寄与を語ってみせるのである。

ビーチャーやブラックウェルのこうした例が示すように、第四期は母や妻になるという「女性としてのおきまりの人生」（*WR* 578）を拒絶し、女性市民として生きることが「神意」によって肯定化されるテクストとなっている。ヘイルは自己を語る伝記テクストにおいて、「示された模範と描写された女性たちが、社会の道徳的進歩を促進させるうえで着想や力となることを期待し」（*WR* 687）、そのような役割を負う者としてみずからを「女性の記録者（クロニクラー）」（*WR* 686）と呼ぶ。彼女もまた女性市民のひとりとして「共和国の娘たち」の手本となるべく、自分自身を伝記テクストに加えたのだった。[35]

セアラ・ヘイルの『女性の記録』が「共和国の娘たち」に向けられた歴史教材であったならば、はたして、次世代の女性たちはこれをどのように受け止めたのだろうか。この問いについて、一八八三年に出版されたフィービ・ハナフォード（Phebe A. Hanaford, 1829-1921）の『アメリカの娘たち』は、ひとつの手掛かりとなるかもしれない。この作品は、アメリカ独立から一世紀間にさまざまな分野で傑出した女性を取り上げた伝記集であり、ヘイルの『女性の記録』ときわめて親密な関係をもつテクストである。[36]

ハナフォードの「序文」は、アメリカ人女性の「愛国心、知性、有用さ、そして道徳的真価」を称えることから始まる。「新世界の女性たちは多くの例において完璧に教育され、見事なほどに道徳的にも知的にも発展してきましたが、これは旧世界の多くの人にとって、ひとつの驚異でしょう」（Hanaford 5）。ハナフォードはアメリカ人女性の「発展」の理由を「ヨーロッパ諸国の女性たちがけっして享受できず、また、アジアの女性たちが夢想することすらできない自由」（Hanaford 5）にあるとし、次のように述べている。

> アメリカ独立から一世紀ものあいだ、わたしたちの広大な大地に息づいてきた、数多くの女性たちの気高く有益な生涯の記録は、礼儀正しさと成長が偽りなき自由という聖なる法の定める

真の自由と、つねに調和してきたことを〔…〕きっと証明してくれることでしょう。(Hanaford 5-6)

自身が聖職者であるハナフォードにとって、「聖なる法の定める真の自由」が「偽りなき自由」として聖書に依拠した「自由」を意味しているのであれば、ヘイルが「聖書は女性の権利を保証し、女性の義務を解説する唯一の書物です」(*WR* viii) と述べたように、ハナフォードもまた女性の権利が合衆国憲法によるのではなく、キリスト教信仰において保証されると主張する反女性権利論者のようにみえるかもしれない (しかし、実際には、彼女は女性の権利運動を支持した人物であった)[37]。テクストの「序文」には、ヘイルが主張したようなアングロサクソン系アメリカ人女性の優越性や女性の道徳的な進歩思想がみられ、かつ、「序文」を結ぶにあたり、「どうかこの記録によって、国家が女性たちから受けてきた恩義や、世界が彼女たちに負うている尊敬と名誉の意義を、未来の男性と女性の心に銘記されますように」(Hanaford 6) というヘイルと同質の切望が示されている。つまり、過去の女性の偉業を顕彰する伝記が「現在」の女性読者に称讃を呼びおこすばかりでなく、未来の世代にも受け継がれていくことを期待する点も、ヘイルのテクストと類似しているのである[38]。さらに、ハナフォードが「セアラ・J・ヘイル夫人の称讃すべき書物」(Hanaford 24) を「おおむね正確で有益であり、すぐれた百科事典」であると発言するとき、彼女はあたかもヘイル流「家庭的歴史」の正当な嫡出子であるかのような態度をみせるのだが、その身ぶりはハナフォード本人によってただちに否定されてしまう。ヘイルのテクストは「頑迷で偏狭な見解を表明しようとして、台なしになっていることもある」(Hanaford 208) というのだ。

ハナフォードの伝記テクストは、ヘイルのように時代区分によって女性を配置するのではなく、「作家」「慈善活動家」「宣教師」「教育家」「芸術家」「医師」等の活動分野によって女性を分類している。それは、まさにヘイルが提示した女性市民の職能に相当するものであるが、初版の『女性の記録』からちょうど三〇年後の『アメリカの娘たち』の著者は、その職能ないし専門分野を拡充し、ヘイルによる模範的女性市民のほかに「社会改良者」「科学者」「演説家」「弁護士」「発明家」「実業人」といった分野の章を加えている。さらに各章をみていくと、「社会改良者」の章にはエリザベス・ケイディ・スタントンをはじめとする多くの女性の権利運動家たちの名が列挙され、ほかにも「説教師」の章にはキャロライン・ドール、「ジャーナリスト」にはポーライナ・デイヴィスらが含まれている。ハナフォードはヘイルの主張する道徳性や市民性を継承しつつ、(ヘイルのジェンダー思想を否定した)ドールたちによる女性の権利運動という「社会改良」については、「高潔にして寛大な行為」として評価したのだった (Hanaford 331)。

セアラ・ヘイルにとって「女性市民」とは、女性が母親かつ妻であることから切り離された存在として「自立し、教養ある市民」のことを意味した。しかし、そのような市民性は家庭性や道徳性というレトリックにもとづいて提示される必要があったため、ヘイルの革新的な女性像はつねに伝統的な女性性の背後へと追いやられ、見えにくい状態にあった。おそらく、ヘイルの『女性の記録』における真の目的とは、そのような不可視的な状況を第四期の「現代」ではなく後世において変革すること——革新的な女性市民像が目に見えるかたちで登場すること——だったのである。ゆえに、ハナフォードがヘイルの「頑迷で偏狭な見解」を是正し、女性の権利運動を「道徳的真価」として評価した態度とは、『女性の記録』に「示された模範と描写された女性たち」が、ハナフォードの「着想や力」（*WR* 687）の源泉となった証拠だと解せるだろう。フィービ・ハナフォードという三〇年後の「女性の記録者」は、ヘイルが世代を超えて期待した「共和国の娘たち」のひとりであったのである。

終章　切り貼りされる自己語り

一八七九年、ニューハンプシャー州ニューポートの名士にして郷土史家であったエドマンド・ホイーラーは、故郷の歴史書『ニューポートの歴史』を上梓した。その章のひとつである「文学」には、ニューポート生まれの作家たちの簡潔な評伝が列記されている。書籍の出版は、町の記念事業として一八七〇年に「住民たちが票決した」成果であったが、ホイーラー自身はそれよりも早い段階で、自著の「文学」の章にぜひとも「セアラ・ジョセファ・ヘイル」の項目を記載したいと考えていたようだ。[1] ニューポートのような小さな田舎町にとって、ヘイルは特別な存在であった。彼女は「わが町の作家のなかで一流」であるばかりでなく、「わが国で指折りの女性誌である『ゴーディーズ・レディーズ・ブック』誌の編集者」であり、「わが国のもっとも卓越した女性作家」であったからだ。[2] ホイーラーはヘイルの評伝を執筆するにあたり、彼女本人に下地となる過去の逸話を送るよう依頼した。もちろん、ヘイルは故郷の歴史書のなかに自分が作家として書き込まれることに異論などなかったが、彼女はホイーラーの依頼にたいして次のように返信した。

> ニューポートを去ってから四〇年になります――わたくしの愛着のある場所について、あれやこれやと聞き出そうとするのはおやめください。わたくしの記憶のなかにある場所をたどることはできないでしょう。記憶は記憶のまま留めさせてください。〔…〕
> つまり、親愛なる同郷のあなた（マイ・ディア・タウンズマン）、わたくしは自分の人生や家族の細々としたことに触れてほしいとは思いません。世間の人びと（パブリック）が知りたがっているのは、わたくしの著述歴にかかわることだけでしょうから、たぶん、あなたの本にはわたくしの本について紹介するのがいちばんよい

でしょう——もし健康の心配がなく、あと五年長生きできるのでしたら、わたくしの著述にかんする略歴(スケッチ)をお送りするのですが、いまのところは時間が少々厳しいのです——[3]。

このときヘイルは八〇歳であった。この書簡から一年九か月後、ヘイルはホイーラーにみずから執筆した伝記的スケッチ（つまりは自伝的記述）をニューポート史の原稿として送り、そのときの送付状にこう記した。「〔原稿〕には変更や加筆をしないでください。文章が多すぎるようでしたら、もちろん縮約しなくてはなりません。ですが、その場合にはわたくしが短くしますから、原稿を送り返していただきたいのです。あなたはわたくしの子ども時代の描写を依頼なさいましたが、近頃は手すきの時間がないのです」[4]。

ホイーラーとの書簡のやりとりは、じつに九年間におよんだ。そして完成した『ニューポートの歴史』の「文学」の章には、本人による記述とS・オースティン・アリボーン編集による作家事典からの引用が組み合わされて、「セアラ・ジョセファ・ヘイル」の評伝が構成されたのである[5]。それは故郷の歴史書のために新たに書き下ろされた略伝というよりも、これまでに何度か公表された自伝的スケッチに、子ども時代の回想談をつけ加えた内容であった。いうなれば、既存の文章をまるで糊とはさみで切り貼りしたような「自己語り」だったのである。

ヘイルは、当時、多くのアメリカ雑誌が他誌（とくに英国の雑誌）に発表された記事や作品を無断で転載してしまう状況に憤慨していた。ボストンで創刊された女性誌『レディーズ・マガジン』（一八二九年一月号）の巻頭言に、編集者であったヘイルはこう述べている。「本誌は寄せ集め(コンピレーション)ではありません。この国に出回っているような、あらゆる古新聞の切り抜きから作られる、たんなる『ごたまぜ』(“omnium gatherum”) ではないのです。掲載する作品は完全にオリジナルのものです」。[6] これは「切り貼り編集者たち」(scissors editors) への率直な非難であった。[7] 彼女のこのような編集方針は、一八三七年に『レディーズ・マガジン』誌がルイス・ゴーディーの雑誌に吸収合併されたのち、一八七七年に彼女がその職を辞するまで変わることはなかった。だが、自伝を書くという行為においては、ヘイルはまさしく「切り貼り自伝作家」だったといえる。もちろん、自伝という自己語りがテクストごとに矛盾した内容を書き込んでいるとすれば、それはいずれかのテクストが偽りを伝えていることになるだろう。しかし、ここで考えてみたい問題は次のような点である——複数点在する彼女の自伝的スケッチにおいて、本来ならば他者によって語られるべき伝記的スケッチさえ、なぜヘイルはみずから執筆(もしくは「検閲」)し、そして、その複数のテクストで(書簡をつうじてホイーラーを牽制したように)「わたくしの著述歴にかかわること」だけを繰り返すのか。

ヘイルはアンテベラム期において、初期共和制時代の啓蒙主義的理念とヴィクトリアニズムの道徳観に立脚した家庭性を提唱した作家である。本書がこれまで検証してきたように、彼女にとって家庭性とは、「市民社会」という公的領域に生きる(公的存在としての)「女性市民」を現前させる思想および言説だった。そこに、切り貼りされた複数の自伝的記述というテクストを突き合わせてみたい。それは厳選された物語のみを記録し、家庭性レトリックを通して慎重に「セアラ・ヘイル」という自画像を作りだした。そしてその自画像はきわめて世間体のよい(リスペクタブルな)女性像でありながら、作家あるいは編集者という職能のある者として、女性が家庭という私的空間から公的領域へ参入する姿をも正当化するものだったのである。ヘイルはそのような自画像／女性像を読者に模範として提示することによって、女性が領域から逸脱することなく、公的な存在となりうる言説や語彙を教示しようとしたのであった。

本書を締め括るにあたり、ヘイルの自己語りにおける家庭性とは何かを考えてみようと思う。それは、ヘイルという自画像に「真の女性らしさ」の規範や美徳を遵守させると同時に、じつはヘイル自身が考える公的な主体としての「女性市民」の姿をも出現させていたのである。

ヘイルが一八七九年に亡くなるまでに発表された自伝的スケッチは複数存在するが、ここでは三つのスケッチに焦点をあててみたい。最初のスケッチは、一八三七年に刊行された英米女性詩人たちの詩撰集『女性たちの花冠』にみることができる。このアンソロジーを編集したのはヘイル本人であり、彼女は自分の詩と自伝的記述を他の女性詩人の作品や評伝とともに掲載した。[8]第二のスケッチは、第六章で取り上げたヘイル編集による女性伝記事典『女性の記録』（初版一八五三年）である。ここに所収された「ヘイル、セアラ・ジョセファ」の項目は、『ゴーディーズ』誌の経営者ルイス・ゴーディーが自誌に寄せたヘイルの略伝からほぼ全文が引用され、その引用に本人による記述が組み合わされて構成されている。[9]そして、最後のスケッチが『ゴーディーズ』誌を退職するさいに綴られた惜別の辞である。ヘイルは編集者人生で最後となる一八七七年一二月号の編集コラムに、自分の経歴を掲載した。[10]

かつてヘイルは読者たちに女性作家の伝記を読む重要性について、次のように伝えたことがあった。「すぐれた人物たちの私的な経歴を夢中になって読もうとすることは、つねに求められています。伝記文学へのこのような情熱が正しく育まれ、方向づけられるのであれば、女性が知的にも道徳的にも向上するうえで非常に力強い影響力をおよぼすことでしょう」〔強調引用者〕。[11] だが、後世の伝記作家によると、ヘイル本人はけっして自身の私生活を詳細に語ることがなかった。[12] じじつ、いずれのスケッチにおいても作家・編集者としての自己の形成過程だけが扱われ、そこに共通して語られているのは次の五点に絞られる。(一)ヘイルの文学嗜好が母親の影響によるものであること、(二)少女時代の読書体験、(三)兄と夫による学問的指導が作家としての素地を作ったこと、(四)夫の死去により五人の子どもをもつ未亡人となったこと、(五)子どもたちの養育のために雑誌編集の仕事を引き受け、ボストンへの移住を決意したこと。これらは「家庭婦人」であったヘイルが文芸・出版界という公的領域へ進むことになった「出来事(イベント)」であるが、ニコル・トンコヴィチによれば、どのテクストもそれらを「記念化し〔…〕その物語を繰り返す」ことによって、作家・編集者としての公的なセアラ・ヘイル像を作りあげており、また、その自画像は『ゴーディーズ』誌によって生み出される理想的な女性像を「具現化」したものであった。[13] つまり、そのようにして作られたヘイル像は職能者かつ「真の女性らしさ」の体現者であり、まさに公的な存在であると同時に私的な存在でもあるのだ。女性の自伝テクストを研究するシドニー・スミスとジュリア・ワトソンが定義するように、一九世紀に書かれた女性の自伝というテクストは他者と共有するために「表象」された「自己語り(ライフ・ストーリー)」であった。[14] とすれば、ヘイルの自伝的スケッチは女性読者にどんな物語を伝えようとしたのか。おそらく、ヘイルは女性が家庭性の言説を正しく使うことによって、私的な存在であることの規範(「女性の領域」や「真の女性らしさ」などの教義）から逸脱することなく、公的な存在として生きることのモデルを提示したのであろう。まずは最初の自伝的スケッチ（一八三七年）からヘイルの「自己語り」を追っていくが、そのスケッチから第三のスケッチまでの四〇年間にわたる自伝的記述を眺めてみると、切り貼りされたスケッチのテクストから、しだいに男女の知的平等を掲げる啓蒙主義思想の影響が後退し、男女の差異を強調する家庭的・道徳的な価値観が前景化していくことがわかる。

第一の自伝的テクストにみるヘイルの自己語りは、「自分自身の〈略伝(スケッチ)〉を紹介するのはたやすいことではありません」（*The Ladies' Wreath* 383）という文章から書き出されている。これは、正規の教育を受けることのできなかった女性がいかに「知」を獲得していくかが語られ、啓蒙主義思想の影響がもっとも強いテクストとなっている。彼女が早熟な読書家となったのは、「石清水のように明晰な知性と、知識を人に伝えるすばらしい才能」（*The Ladies' Wreath* 384）をもった母親の影響によるもので、子どもの頃に読んだ本は、「聖書と『天路歴程』のほかに、〔…〕ミルトン、ジョンソン、ポウプ、クーパー、そして、シェイクスピアを何冊か」だった（*The Ladies' Wreath* 384）。最大の愛読書は、七歳の頃に読んだ英国女性作家アン・ラドクリフの『ユードルフォ城の怪奇』（一七九四年）である。「わたしが知っていた本のなかで、アメリカ人によって書かれたものはほとんどありませんでしたし、女性によるものは一冊もありませんでした。でも、ここに作品があったのです。これまでの読書体験のなかで〔…〕もっとも夢中になった本が女性によって書かれていたのです。どんなにうれしかったことでしょう！——わたし自身の性である女性とわたし自身の国家の信望を高めたいという願いは、思い起こすかぎり、もっとも幼い頃に抱いた心からの思いでした」（*The Ladies' Wreath* 384-385）〔強調原文〕。数少ない幼少期の挿話を語るテクストで特徴的なのは、父親の存在が消し除かれていることと、母親の明晰さが（知性に性差はないとする）啓蒙主義的な言説によって示されていることである[15]。また、幼い少女が女性作家を発見したときの無邪気な喜びは、女性がゴシック小説を読むことの「不適切さ」を相殺させているかのようにも思える。

さらに、ヘイルはダートマス大学の学生だった兄からラテン語や哲学を学び、結婚後は夫との勉強会で「フランス語、植物学、当時の最新の科学、〔…〕鉱物学、地質学」の知識を獲得していく。弁護士であった夫の指導による「ためになる読書」は「わたしの理性を啓発し、判断力を強化し、自分の知力に自信を与えてくれた」と述べている（*The Ladies' Wreath* 386-387）。そして、夫の死去によって五人の子どもが残されたとき、ヘイルは次のように決意した。

> どうやって子どもたちを扶養し、教育すればよかったのでしょうか。〔…〕わたしは巨万の富など一度も切望したことはありません——ですが、教育という利益を奪うことは子どもたちを「本当に貧しく」してしまうことです。そのことについて深く考え、ついにこう決めたのです。わたし自身が子どもたちの教育のために生計を立てよう、と。彼らの父親はそうしたはずなのですから。わたしはすべての俗世の苦労をその目的のために捧げることにし、どんな障害があろうと、神の摂理を信頼し、前へ進んでいこうとしたのです。（*The Ladies' Wreath* 387）

語り手は、子どもの教育を重視する「共和国の母」の教えを成就すべく、母親が父親に代わって金銭を稼ぐという「俗世の苦労」を「神の摂理」のもとに正当化する。一九世紀アメリカでは、女性が唯一の子どもの保護者となった場合、キリスト教信仰を通して公然と「作家として生計を立てる」と申し開きすることは、「世間体にかなっている」とみなされた。[16] また、ニーナ・ベイムが解説するように、女性作家たちは自身の作品が「真の女性らしさ」の価値基準――「文体は婉曲かつ上品で繊細、物語のテーマ選びは家庭的・社会的・私的であること、物語の調子は貞淑で品があり、道徳的で教訓的であること」――に適合するかぎり、批判されることはなかった。[17] そして、ヘイルは文筆業が自分にとって「最大の資源」であると確信し、詩集および二巻本の小説『ノースウッド』（一八二七年）を出版、その翌年に『レディーズ・マガジン』誌の編集者としてボストンへ招かれたことを語る。「雑誌は成功するのだろうかと、かなり不安になりましたが、〔…〕わたしは〔その招きを〕受け入れたのです」（*The Ladies' Wreath* 388）。現実にはニューポートのような小さな田舎町では、子どもたちを離散させて親類に預け、末息子だけを連れてボストンで就労するという事態は「スキャンダル」[18]であった――当然、その「スキャンダル」は自伝的テクストには表出されてはいないのだが。

ヘイルは、当時の文壇や学問領域が男性の領分であることを強く自覚するようになっていく。第一のスケッチからおよそ一五年後の第二のスケッチ（『女性の記録』初版一八五三年）では、母親の頭脳の明晰さを語る表現が消え、夫から学んだ学問分野の名称（「フランス語、植物学、〔…〕鉱物学、地質学」）が消える。そのように啓蒙主義的な知の表現が後退していくのは、女性が知的であることを誇示せず、男性の学問領域へ侵犯しないとする語り手の態度を表明しているのだろう。その啓蒙主義思想に代わって顕著になっていくのが、家庭性や道徳性を重視する「真の女性」的価値観である。

（第一のスケッチにもみられた）女性作家ラドクリフを発見したときの喜び（「どんなにうれしかったことでしょう！」）のあと、以下の文章が加筆されている。

女性の評価を高めたい、国のために何かをしたいという願いは、記憶するなかでわたしが最初に抱いた思いでした。こうした感情によってわたしは健全な影響を受け、明確な目標を方向づけることができたのです。わたしの文学への探求は、いかなる種類の利己主義をも超えた目的がありました。女性に与える女性の精神的影響力は、わたしの場合たいへん重要だったため、この最新作である『女性の記録』やそのほかの著作に着手したのです。わたしはこれが家庭教育（home education）の補助になってほしいと考えています。ここに描かれた女性たちの模範となる生き方は、社会の道徳的向上のための着想の源泉となり、力となることでしょう。（*Woman's Record* 687）

前章で触れたように、ヘイルは自分のスケッチが含まれた『女性の記録』を読む読者が若い女性であるだけでなく、この高価な伝記事典を購入する人物が男性（父親や夫）であることも意識していた。女性読者にはこのテクストを「家庭」で学習するように諭すとともに、男性（読者）にたいしては別のことを進言しているようにもみえる——社会の道徳性を高めることは女性の義務である。そのためには適切な女子教育が必要であるが、家庭という私的空間での教育はあくまでも私的な行為であって、けっして男性の（知的・学問的）領分を侵害するものではない、ということを。

『女性の記録』からさらに二五年ほどが経ち、ヘイルが八九歳のときに発表された最後の自伝的スケッチは、『ゴーディーズ』誌での最後の編集コラムとして書かれた。このテクストでは、もはや明晰な母親の教えや（兄や夫による）学問的知識の獲得という語りは完全に省かれ、「一八二七年に監督教会のジョン・L・ブレイク牧師から一通の手紙を受け取った」ことから始まる（"Fifty Years" 522）。『レディーズ・マガジン』誌の編集の仕事が「牧師」からの招聘であると述べることによって、ボストンでの文筆業があくまでも「神意」によるものだと強調されていよう。さらに、故郷ニューポートを離れるときの描写が続く。

セアラ・ヘイルおよび署名
『女性の記録』初版（1853年）口絵

わたしは夫が残してくれた大切な家でひっそりと暮らしていました。〔…〕このかけがえのない家庭を断念し、しばしのあいだ、ひとりをのぞいて子どもたちと離ればなれとなり、そして、わたしがひどく恐れていた世界へと向かっていったのです。（"Fifty Years" 522）

ヘイルが足を踏み入れるのを「ひどく

恐れていた世界」、すなわち、文芸・出版界という公的領域へ参入することは、やはりここでも「神の意志によって指名された、新たな義務と責任」として是認されている（"Fifty Years" 522）。だが、これまでのスケッチと異なるのは、ヘイルが「家庭を断念」して「子どもたちと離ればなれ」となった事実を隠蔽することなく、公的領域へ「向かっていった」ことを明言している点である。この最後のスケッチでは、語り手はそのコラムにつけられたタイトルの通り、自伝的要素を最小限にとどめ、ヘイルが「社会の道徳的向上」のために成し遂げた公的・文芸活動の数々を中心に、五〇年間の過去をふり返る。二段組み三頁にわたって執筆された最後の編集コラムには、「女子教育」「バンカーヒル記念塔」「女性医療使節団」等の項目がそれぞれ立てられ、市民社会でそれらの活動に尽力してきたヘイルの姿がひとりのアメリカ女性市民となって凝縮されているのである。そして、女性読者に向けて次のように述べている。

アメリカ女性（マイ・カントリー・ウーマン）のみなさんにお別れを申し上げなければなりません。半世紀におよぶこの仕事が、神に指名された領域にて女性たちのさらなる幸福と有能な生き方の恩恵になることを願っています。女性たちの前には、より高くすばらしい仕事への新たなる道が開かれています。それは五〇年前では未知なるものでした。女性たちにはそうした機会を向上させ、自分たちの誇り高き職分に誠実に心を傾けていってほしいのです。それが、わたしの偽りのない祈りです。（"Fifty Years" 523）

ヘイルにとって市民社会にたいする道徳的な女性の責務とは、女性が「誇り高き職分」を果たすことであった。それは家庭という「神に指名された領域」が社会へと開かれ、女性の活動が神への信仰のもとに公的な社会行為として正当化されていることであり、しかも、道徳的責務（「職分」）をもつことはもはや「未知なるもの」ではなく、女性の公的な存在を現前させることを意味したのである。これが若い女性たちに向けて、老齢となった女性作家が語る最後の言説であった。

　女性による自伝とは、ふたたびスミスとワトソンの定義を拝借すれば、そこに描かれた「経験」と「記憶」が「すでに解釈された事象であるゆえ、少なくとも一度は純然たる事実から剝ぎ取られた〔…〕歴史的事実と虚構（フィクション）が織り交ぜられた物語」である。そのため、自伝を読む読者は「ありのままに記憶された人生についての事実」を知るのではなく、「書き手が自分の人生を表象し、そこから引き出された複数の意味」によって「真実」をつかもうとする[19]。その意味において、セアラ・ヘイルの切り貼りされた自己語りは限りなく小説（フィクション）に等しい。はたして、彼女の読者たちがそこからどんな「真実」を読み取ったのか。それは定かではないが、ヘイル本人は自分の読者のなかから「女性市民」が誕生することを待望していたにちがいない。

　さて、ヘイルは一八七〇年にエドマンド・ホイーラーが編纂する『ニューポートの歴史』のための切り貼り原稿を送ったものの、実際の出版までにはかなりの年月がかかった。ホイーラーへの最後の手紙となる書面の結びには、こう記されている。「わたしの『惜別の辞』の写しを二部同封します。ひとつはあなたに、もうひとつは奥様に」[20]。ホイーラー夫妻は、『ゴーディーズ』誌に掲載されたヘイル最後の自己語りをどのように読み、ここから何らかの「真実」をつかんだのだろうか。やはりそれも定かではない。セアラ・ヘイルは『ニューポートの歴史』がようやく出版された一八七九年に、九〇歳というその長い生涯を終えた。

註

◉序章

（1）Mrs. H. W. Beecher [Eunice White Beecher], "The True Household," *All around the House; or, How to Make Home Happy* (1878), 1. ユーニス・ホワイト・ビーチャー（Eunice White Beecher, 1812-1897）は、アメリカ家政論の権威として知られたキャサリン・ビーチャー（Catharine E. Beecher, 1800-1878）や、『アンクル・トムの小屋』（一八五二年）の作者ハリエット・ビーチャー・ストウ（Harriet Beecher Stowe, 1811-1896）の義妹であり、自身も多数の家政にかんする著作を執筆した。

（2）Matthews, "*Just a Housewife*," 35.「家庭性の黄金時代」（the golden age of domesticity）とは、歴史家グレナ・マシューズによる呼称である。

（3）ヘイルによる「市民社会」および「女性市民」という表現については、以下のような記述においてみられる。Sarah Josepha Hale, "The 'Conversazione,'" *The Lady's Book*, 14 (January 1837): 5; "Editors' Table," *Godey's Lady's Book and Magazine*, 74 (June 1867): 557.

（4）Sarah Josepha Hale, *The Ladies' Wreath: A Selection from the Female Poetic Writers of England and America* (1837), 386. ヘイルの伝記的背景について、本書はイザベル・エントリキンやシャーブルック・ロジャーズによる評伝（Entrikin 1946; Rogers 1985）、ニコル・トンコヴィチ・ホフマンやヘイルのニューハンプシャー時代に限定され

たアーネスト・スコットによる略伝（Hoffman 1990; Scott, Jr. 1994）、および、ジェラルディン・エリスによる未出版原稿（Ellis no date）に依拠している。

（5）ルイス・ゴーディー（Louis Antoine Godey, 1804-1878）によって出版された女性誌は、一般に『ゴーディーズ・レディース・ブック』（*Godey's Lady's Book*）として知られているが、実際には何度かの改名をへている。ヘイル本人はこの雑誌を『レディーズ・ブック』と呼ぶことを好んでいたが、本書では『ゴーディーズ』誌と表記する。

（6）Finley, *The Lady of Godey's*, 22.『ゴーディーズ』誌の発行部数は同誌による公称数字である。Louis Godey, "Godey's Arm-Chair," *Godey's Lady's Book and Magazine*, 60 (January 1860): 85; "Circulation of the Lady's Book in 1864," *Godey's Lady's Book and Magazine*, 70 (March 1865): 286. Mott, *A History of American Magazines*, 581.

（7）Okker, *Our Sister Editors*, 1; Ellis, "Sarah Josepha Hale, Mr. Godey's Lady," 134-135, 138. しかしながら、一九世紀の女性編集者を「公的な権威」として認めず、女性というジェンダーと公的職業の不和を申し立てる議論は多い。たとえば、エレン・ガーヴィーは「女性編集者」（editress）という肩書きが「雑誌編集の専門性を矮小化した、お上品な」役割を表すにすぎないと批判し、スティーヴン・フィンクは「女性」（「真の女性らしさ」イデオロギー）と「編集者」（市場的価値）におけるアイデンティティの矛盾を強調している。Garvey, "Foreword," xiv; Fink, "Antebellum Lady Editors and the Language of Authority," 205-221.

（8）Okker, 1-2.「決定権」については、ヘイルの書簡やエントリキンの解説などから知ることができる。S. J. Hale to Mrs. Marian A. Fairman, July 13, 1839, Sarah J. Hale Notebook I, Richards Free Library, Newport; Entrikin, *Sarah Josepha Hale and Godey's Lady's Book*, 60-61.

（9）後述するバンカーヒル記念塔の建設支援のほかに、ボストン船員支援協会の設立（一八三三年）、ジョージ・ワシントンの邸宅マウント・ヴァーノンの保存運動への支援（一八五五年〜一八六〇年）、女子大学として開学されたヴァッサー・カレッジ創立への貢献（一八六一年設立）、国民的祝日としての「感謝祭」の推進（一八六三年制定）などがあげられる。いずれの活動も、女性（読者）の共感・道徳心・愛国心を喚起させて展開したといわれている。Entrikin, 30-32, 39-41, 123-125; Rogers, *Sarah Josepha Hale*, 46-58, 88-111.

（10）ヘイルの訃報はオッカーより引用している。Okker, 1.

（11）Welter, "The Cult of True Womanhood," 151-174; Douglas, *The Feminization of American Culture*, 45-48; Conrad, *Perish the Thought*, 38-44.「（反）フェミニスト」というラベリングについて補足するならば、ヘイルの再評価以降、むしろ彼女は女性の地位向上に献身した「フェミニスト」として認識されることが多い。しかし、バーバラ・バーズとスーザン・ゴセットは、ヘイルのジェンダー思想について「フェミニストや反フェミニスト」といった問題よりも、「もっと政治的な意味合いのある文脈において把握されなければならない」との注意をうながしている。Bardes and Gossett, "Sarah J. Hale, Selective Promoter of Her Sex," 21.

（12）この時期にはニーナ・ベイム（Baym 1984; 1995）、メアリ・ケリー（Kelley 1984）、スーザン・コールトラップ＝マッキン（Coultrap-McQuin 1990）らの研究をはじめとする一九世紀のアメリカ女性作家論が続々と発表され、また、「掘り起こされた」女性作家や詩人たちの作品がラトガーズ大学出版より「アメリカ女性作家シリーズ」（Rutgers University Press American Women Writers series）として刊行されている。

（13）Cott, *The Bonds of Womanhood*; Baym, *Feminism and American Literary History*, 167-182; Bardes and Gossett, *Declarations of Independence*, 17-69; Ryan, "Errand into Africa," 558-583.

（14）McCall, " 'The Reign of Brute Force Is Now Over'," 217-236; Lehuu, "Sentimental Figures," 73-91; Tonkovich, *Domesticity with a Difference*; Okker, *Our Sister Editors*.

（15）Kaplan, "Manifest Domesticity," 444-463; Ganter, "The Unexceptional Eloquence of Sarah Josepha Hale's *Lecturess*," 269-289; Piepmeier, *Out in Public*, 172-208; Nelson, *Market Sentiments*, 21-39, 61-80. アリソン・ピープマイアーはヘイルが『ゴーディーズ』という雑誌テクストに女性の身体性を現前させる言説の「テンプレート」を提供したと議論し、また、エリザベス・ネルソンは、一九世紀の市場文化の形成と発展のなかに、ヘイルの道徳的・感傷的レトリックの戦略性を見いだしている。

（16）Delaurier, "The Radical Frances Wright and Antebellum Evangelical Reviewers," 171-230.

（17）Welter, 151, 162; Kraditor, *Up from the Pedestal*, 9-13.

（18）Smith-Rosenberg, "The Female World of Love and Ritual," 1-29.

（19）Cott, xxv, 201. ナンシー・コットの『女性の絆』（一九七七年）は、「フェミニズム運動出現直前の一九世紀のアメリカ女性史を『領域』論によって説明し、その後の女性史研究を方向づけた本」として位置づけられている。有賀、小檜山「アメリカ女性史研究の展開」一頁。

（20）たとえば、キャサリン・スクラーは、一九世紀アメリカの女子教育に尽力したビーチャーの家庭性が、民主主義国家の発展において「文化の統一化と女性のヘゲモニー」を促進させる手段であったという解釈を提示している。Sklar, *Catharine Beecher*, xi-xv.

（21）Norton, *Liberty's Daughters*, 155, 157-161, 163-169.

（22）Clark, Jr., *The American Family Home*, 9-11; Ulrich, *A Midwife's Tale*, 27.

（23）しかし、「共和国の母」という思想は（カーバー自身の表現によれば）女性の「最低限の政治的知識と関心を正当化した」にすぎず、女性の直接的な政治参加を否定したものであった。また、ジャン・ルイスは、初期共和制時代の女性たちが「母」のみならず「妻」としての重要な社会的役割も担っていたと論じている。Kerber, *Women of the Republic*, 285; Kerber, "The Republican Mother and the Woman Citizen," 119-127; Lewis, "The Republican Wife," 689-721.

（24）Matthews, 9.

（25）Epstein, *The Politics of Domesticity*, 8-9. たとえば、フランシス・コーガンの「現実の女性らしさ」("Real Womanhood")は、「真の女性らしさ」とは別の角度（女性が「生きていくための倫理」）から分析した研究の一例である。Cogan, *All-American Girl*, 4.

（26）Kerber, "Separate Spheres, Female Worlds, Woman's Place,"161.

（27）Brown, *Domestic Individualism*; Boydston, *Home and Work*; Merish, *Sentimental Materialism*.

（28）Lerner, "The Lady and the Mill Girl," 5-15; Carby, *Reconstructing Womanhood*; Tate, *Domestic Allegories of Political Desire*; *Peterson*, "Doers of the Word."

（29）Kaplan, *The Anarchy of Empire in the Making of U.S. Culture*, 24.

（30）Davidson, "Preface: No More Separate Spheres!," 445.

（31）Davidson and Hatcher, *No More Separate Spheres!*, 14.

（32）「感傷の力」について、本書はシャーリー・サミュエルズ編集の「感傷の文化」をめぐる論集や、「文化作用」を論じるジェイン・トムキンズの『アンクル・トムの小屋』の解釈に依拠している。感傷主義がアメリカの宗教・文化・社会の「女性化」と「腐敗」をもたらしたと主張するアン・ダグラスにたいし、トムキンズは「リトル・エヴァの死」にかんする分析を中心に、「感傷の力」という文化的影響力がおよぼす社会的変革の実現性を強調した。この対立的なふたつの主張は、ローラ・ウェクスラーによって「ダグラス＝トムキンズ論争」として知られている。また、小林憲二による解説や新田啓子による「文化作用」についての見解も参考にしている。Samuels, ed., *The Cultures of Sentiment*; Tompkins, *Sensational Designs*, 122-146; Douglas, 3-13; Wexler, *Tender Violence*, 94; 小林「『アンクル・トムの小屋』の再評価と位置付け」五六六―五七五頁、新田「領域化する家、内密の空間」一〇頁。

（33）ロメロはアンテベラム期の社会や文化がジェンダーによって分断されているという見方を否定し、白人中流階級家庭のみならず、（フロンティアの空間、黒人の権利運動、「男の絆」で結ばれた上位文化等の）さまざまな場において家庭性が権力と抵抗のせめぎ合いを表象していることに着目している。Romero, *Home Fronts*, 35-51, 52-69, 89-105.

（34）Richter, *At Home in Nineteenth-Century America*, 5.

（35）女性の「権利なき市民性」について、以下の論考に詳しい。Zboray and Zboray, *Voices without Votes*; 久田「参政権なき女性の政治参加」一七一―一九四頁。

（36）デイヴィッドソンらによる「領域論の終焉」以降の家庭性をめぐる研究動向には、本書が注目する「市民社会」の議論のほかに、「帝国と家庭性との関係性のグローバル化」という視座から展開する流れがある。『アメリカン・ヒストリカル・レヴュー』誌の二〇一九年一〇月号において、その特集が組まれている。キャサリン・スクラー自身によるビーチャーの家庭性論の再考や、アントワネット・バートンの家庭性のとらえ方（家庭性を「幻想」ないし「ネットワーク化された現象」とする考え）は、本書の方向性と異なるものの、示唆的な視点を与えている。Heinz and LaCouture, "Introduction to AHR Roundtable on Unsettling Domesticities," 1246-1248; Sklar, "Reconsidering Domesticity through the Lens of Empire and Settler Society in North America," 1249-1266; Burton, "Toward Unsettling Histories of Domesticity," 1332-1336.

（37）Ellis, 165; Entrikin, 70-71.

（38）Sarah Josepha Hale, "Editor's Table," *Godey's Lady's Book*, 21 (November 1840): 237.

（39）ヘイルの「家庭教育」（home education）の方法について、セアラ・ロビンズは「家庭的リテラシーの語り」（domestic literacy narrative）として分析している。Sarah Josepha Hale, "Editor's Table," *The Lady's Book*, 16 (March 1838): 143-144; "Editor's Table," *The Lady's Book*, 16 (April 1838): 190-191; *Woman's Record*, 687; Robbins, *Managing Literacy, Mothering America*, Hoffman, "Legacy Profile," 49-50.

（40）Ginzberg, *Women in Antebellum Reform*, 5-8; McCarthy, *American Creed*, 49-60; Cott, 126-159; Lawes, *Women and Reform in a New England Community*, 10-44.

（41）女性（家庭性）と市民社会の関係性について本書が論拠としたのは、おもに以下の論考である。McCarthy, *American Creed*; Kelley, *Learning to Stand and Speak*, 1-15; Ryan, "Gender and Public Access," 259-288; Murphy, *Citizenship and the Origins of Women's History in the United States*, 1-38, 132-163; Easton-Flake, "An Alternative Woman's Movement," 9-12, 25.

（42）Baym, *Feminism and American Literary History*, 170.

（43）Sarah Josepha Hale, "Editors' Table," *Godey's Lady's Book*, 44 (February 1852): 163. ヘイルは小説の教化力について、さまざまな場で繰り返し述べている。たとえば、改訂版『ノースウッド』（一八五二年）の序文では、「小説（フィクション）は、それが教え諭す数々の真実から、その重要な価値を引き出してくれます」と語っている。Hale, *Northwood; or Life North and South: Showing the True Character of Both*, iv.

（44）オッカーによると、この「普遍的女性」像とはヘイルが編集者として女性読者たちに求めた象徴的な女性像であった。ヘイルは「女性は個人として充実すべき」と考えながらも、編集者としては本質主義的なジェンダー規範とそれにもとづく道徳的価値観を共有できる女性たちが『ゴーディーズ』誌の読者であると想定していた。したがって、ヘイルは小説家としての仕事においてこそ「女性の差異や個性」を重視したと思われる。また、オッカーは、編集者であるヘイルが女性のあいだの差異や個性に目を向けずに、『ゴーディーズ』誌の読者を「普遍的な女性」として単層的に対象化したことが、ポストベラム期以降の同誌の衰退の原因であるとみている。Okker, 66, 78-79.

もちろん、『ゴーディーズ』誌の経営者であるルイス・ゴーディーの方針により、ヘイルは誌面では政治的問題をあからさまに議論することができなかったという外的要因はあるだろう。しかし、ヘイルが編集者と作家（小説家）というふたつの役割を巧みに使い分けていたとすれば、それについて小説家でコラムニストであったファニー・ファーン（Fanny Fern [Sara Payson Willis], 1811-1972）を例にして考えることもできる。ローレン・バーラントによると、「感傷性」の言説をもとに拡大していく女性文化産業（小説市場）において、その読者であった女性たちの「個」が剥奪され「女性」という総体ができあがっていく仕組みにたいして、ファーンは抵抗を示した。コラムニストとしてのファーンは抽象化されてしまう女性一般を救い出すため、個人モデルとしての女性像を提供したといえるだろう。Berlant, "The Female Woman," 265-281.

◉第一章

（1）Sarah Josepha Hale, *Northwood; A Tale of New England*, 2 vols. (Boston: Bowles & Dearbone, 1827). 『ノースウッド』の出版背景にかんする情報は、復刻版（一九七〇年出版）に寄稿されたリータ・ゴリンの「序文」に依拠している。Gollin, “Introduction,” viii.

（2）Sarah Josepha Hale, *Northwood; or Life North and South: Showing the True Character of Both* (1852; reprint, New York: Johnson Reprint Corporation, 1970), 90. 一八五二年版『ノースウッド』からの引用頁数はこの復刻版にもとづく。

（3）Gollin, xxi.

（4）Rogers, *Sarah Josepha Hale*, 112; Peterson, “Mrs. Hale on Mrs. Stowe and Slavery,” 34. 当時、リベリア植民を推進するアメリカ植民協会は、多くの白人にとって「世間体にかなっている、体裁のよい」（respectable）存在であったが、いっぽう、奴隷制の即時撤廃を求めるアボリショニズムやその活動団体は、「女性のふさわしい領域からはるかに逸脱して」いる存在として考えられた。Salerno, *Sister Societies*, 15.

（5）Gollin, xxiv-xxv.

（6）『リベリア』の先行研究については第五章にて言及している。

（7）改訂版『ノースウッド』における「共感」は、後述するように、障害者ではなく「自由黒人や解放奴隷」（408）のために担保されていると考えられる。だが、感傷小説における障害（disability）の役割は、本章が扱う「救われるべき哀れなる者」と同質であるとみなすことができる。ローズマリー・トムソンによれば、「慈悲深き母性」としての女性慈善家（テクストにおける理想的な白人女性）と救済を必要とする「底辺にいる女性障害者」との関係において、後者は前者の「正常さ」や「ジェンダー的役割」を正当化する機能をもち、その正当化や理想化のさいには感傷と共感のレトリックがともなわれている。Thomson, *Extraordinary Bodies*, 17-18, 81-102.

（8）「慈悲深き女性」（Benevolent Ladies）という呼称は、歴史家キャスリーン・マッカーシーによるものである。McCarthy, "Parallel Power Structures," 5.

（9）家庭性の規範を遵守しなかった女性主人公たちの物語は、第三章と第四章にて取り上げる。

（10）Baym, *Feminism and American Literary History*, 168-169; Okker, *Our Sister Editors*, 44, 50. 一八三七年にヘイルはルイス・ゴーディーの女性誌に迎え入れられ、編集者としても転換期にあった。

（11）Kerber, *Women of the Republic*, 31; Baym, *Feminism and American Literary History*, 108-110.

（12）「情のある精神性」（emotive spirituality）、「理性的存在」（a rational being）、「精神的存在」（a spiritual being）といった用語、および女性の知性や理性を示す「歴史記述」についての特質は、ベイムの議論によるものである。ベイムは女性が「精神的な存在と化すこと」（spiritualization）を「狭義には〔…〕キリスト教化されること（Christianization）」とみなしているため、ここでの「精神性」とは、プロテスタント的な道徳性と同意であり、「感性」（sentiment）と道徳性が結びつく点で感傷主義的な精神のあり方であると考えてよいだろう。ヘイルの本質主義的なジェンダー思想への「改宗」は、オッカーが詳しく解説している。Baym, *Feminism and American Literary History*, 117-120, 168-169; Okker, 38-58.

　このように、独立革命時代から一九世紀へといたるジェンダー思潮の形成は、両世代の女性たちにみられる「精神性／道徳性」の継承、あるいは、「共和国的母性」から「道徳的母性」への相伝を軸に論じられるが、ブルース・ドーシーはこれとは異なる見解を示している。ドーシーは、家庭性イデオロギーが「共和国の母」の「正当なる娘」だとする見方に反論し、革命期の男性性にみられる「自立」「市民的美徳」「感情」「共感」等を検証したうえで、女性による慈善活動が可能となった原因を見いだすべきであると主張している。Dorsey, *Reforming Men and Women*, 13-28.

　また、ポーコックは『マキャヴェリアン・モーメント』第一五章において、アメリカにおける共和主義について例証している。Pocock, *The Machiavellian Moment*, 506-552.

（13）ベイムは、歴史記述を通してアンテベラム期へと受け継がれた女性の「知性」がキリスト教的な精神性と結びつき、その状態を「精神化された知性」（spiritualized intellect）や「啓蒙思想とヴィクトリアニズムの混成イデオロギー」（hybrid Enlightenment-Victorian ideology）と表現する。Baym, *Feminism and American Literary History*, 119-120.

（14）Scott, "Women's Voluntary Associations," 36-38; Bernardi and Bergman, "Introduction," 6-10.

（15）"Review," *The New-York Mirror, and Ladies' Literary Gazette*, Volume IV, Number 39 (April 1827): 306. そのほかの当時の書評については、ゴセットとバーズ、およびロジャーズのなかで紹介されている。Gossett and Bards, "Women and Political Power in the Republic," 13; Rogers, 25.

（16）Hale, *Northwood; A Tale of New England*, Volume I, 47. 一八二七年版『ノースウッド』からの引用頁数はこの版にもとづく。

（17）Woods, *The Creation of the American Republic*, 52.

（18）Baym, *Feminism and American Literary History*, 169.

（19）Kerber, *Women of the Republic*, 206.

（20）ロミリー夫人の共和国的な美徳は、夫の妹であるリディア（シドニーの叔母であり義母）との対照によっても浮き彫りにされている。リディアは実直な婚約者を棄て去って、突発的に南部の富裕な農園主ブレナード氏と結婚してしまう。嫁いだプランテーションでは、彼女は黒人奴隷と接する「思いやり」や「慈悲深さ」をもてずに人種差別的行為を露わにし、また、カトリック信者である夫を受け入れる寛容さをもつことができずにいる。しかし、語り手はブレナード夫妻の不幸な結婚生活の原因をリディアの人格ではなく、「教育の欠如」に帰するリディアの自立心の不在によるものとし、そのため、女子教育の重要性を訴えるという主張にもなっている（I: 12-13, 19）。

（21）Gossett and Bards, "Women and Political Power in the Republic," 17.

（22）独立革命時代の白人女性たちについては、おもにメアリ・ベス・ノートンの研究を参考にしている。Norton, *Liberty's Daughters*, 156-163, 166-169.

（23）Gross, "Giving in America," 30-32. 本章ではグロスの概念に依拠しつつ、「チャリティ」と「フィランソロフィー」というふたつの用語の上位カテゴリーに「慈善」を位置づけ、それを「哀れな者を助ける」という広範な意味での「善行」として扱う。また、キャスリーン・マッカーシーは「チャリティ」を「個人の苦しみを改善させようとする」こと、そして「フィランソロピー」を「さまざまな社会問題の原因や、〔その解決に向けて〕永続的な変化を達成すべく人びとの要求に力を傾ける」ことであると定義している。このように、双方の定義に若干の差異はあるものの、チャリティとフィランソロピーの違いは前者が個人による（あるいは、個人に向けられた）慈善行為を指し、後者が組織的・社会的行為による善行であると把握してよいだろう。McCarthy, "Parallel Power Structures," 23n1-24n1.

（24）Bremner, *American Philanthropy*, 1-18; Bernardi and Bergman, 2-3. ブレムナーの著作は、現在ではジェンダーや階級への視点が欠落しているために批判的に読まれているが、アメリカの「慈善」研究の先駆的存在とされている。ブレムナーへの批判については、ローレンス・フリードマンの論文に解説されている。Friedman, "Philanthropy in America," 4-5.

（25）Bremner, 40-46; Walters, *American Reformers*, 29, 33-35; Ginzberg, *Women in Antebellum Reform*, 13-18. アン・スコットによれば、いわゆる「慈悲深き帝国」についての「スタンダード」な研究として、ブレムナーのほかにクリフォード・グリフィン（Griffin 1960）らの著作があるが、彼らの研究は女性の慈善活動を「副次的あるいは補助的」な役割として過小評価しているという。また、キャスリーン・サンダーによると、一九世紀の女性による慈善組織が「アメリカ文化史にとって些末な貢献であったのではなく、絶対的に不可欠な要素であった」と認識されるようになったのは、一九八〇年代のナンシー・ヒューイットの研究（ニューヨーク州ロチェスターにおける女性たちの活動事例）によるところが大きい。Scott, "Women's Voluntary Associations," 49n1, 49n5-50n5;

Griffin, *Their Brother's' Keepers*; Sander, *The Business of Charity*, 3-4; Hewitt, *Women's Activism and Social Change*.

（26）Ginzberg, *Women and the Work of Benevolence*, 15; McCarthy, "Parallel Power Structures," 5-6.

（27）Gamber, "Antebellum Reform," 129.

（28）McCarthy, *American Creed*, 49-60; Cott, *The Bonds of Womanhood*, 126-159; Lasser and Robertson, *Antebellum Women*, 34-45; Lawes, *Women and Reform in a New England Community*, 10-44; Walters, 106-107.

（29）McCarthy, *American Creed*, 1-9; Ryan, *The Grammar of Good Intentions*, 7.

（30）Ginzberg, *Women and the Work of Benevolence*, 17-18.

（31）Bernardi and Bergman, 13-14.

（32）Ginzberg, *Women in Antebellum Reform*, 14.

（33）Bernardi and Bergman, 9-10; Ryan, *The Grammar of Good Intentions*, 19; Thomson, 81-84.

（34）「教職の女性化」について、たとえば、教育家としても知られたキャサリン・ビーチャーは、女性教師という職業が「金銭のためでなく、影響力のためでなく、名誉のためでなく、安逸のためでなく、ただ善を尽くすというひとつの目的のために」〔強調引用者〕なされるべきだと述べている。この引用はナンシー・ホフマンによる。Hoffman, *Woman's "True" Profession*, xix; Sklar, Catharine Beecher, 96-98, 113-115, 180-182.

（35）この表現は、スーザン・ライアンによるものである。Ryan, *The Grammar of Good Intention*, 5.

（36）Kaplan, *The Anarchy of Empire in the Making of U.S. Culture*, 36.

（37）Younger, "Philadelphia's Ladies' Liberia School Association and the Rise and Decline of Northern Female Colonization Support," 247-248.

◉第二章

（1）The Author of 'My Cousin Mary' [Sarah Josepha Hale], *The Lecturess: or, Woman's Sphere* (Boston: Whipple and Damrell, 1839). 本テクストからの引用頁数はこの版にもとづく。なお、『女性講演家』はテンペランス小説『ぼくのいとこメアリ』（一八三九年）の著者として出版されたが、伝記作家イザベラ・エントリキンによれば、『ぼくのいとこメアリ』が実際にヘイルの作品なのかは定かではない。Entrikin, *Sarah Josepha Hale and Godey's Laday's Book*, 66.

（2）ズボレイらはピアス家の書簡資料のなかに、父ジョンによる『女性講演家』の朗読行為を通して、ピアス家の娘たちが「ジェンダー役割」についてそれぞれ異なる反応を示したことを読みとっている。また、スーザン・ザエスクは一九世紀の女性による「男女の聴衆」への講演行為について、詳細な事例を分析している。Zboray and Zboray, "Books, Reading, and the World of Goods in Antebellum New England," 604-605; Zaeske, "The 'Promiscuous Audience' Controversy and the Emergence of the Early Woman's Rights Movement," 191-207.

（3）McGovern, *Yankee Family*, 14. ピアス父娘の人物像について、本章はジェイムズ・マクガヴァンの研究に依拠している。

（4）Mary Pierce to Mary Hudson, March 1 [1840]: 3-4, Poor Family Papers, Harvard University, Schlesinger Library on the History of Women in America / sch00100c00724; Zboray and Zboray, " 'Have You Read...?': Real Readers and Their Responses in Antebellum Boston and Its Region," 165-166.

（5）Bardes and Gossett, *Declarations of Independence*, 49; Zboray and Zboray, "Books, Reading, and the World of Goods in Antebellum New England," 604-605. グリムケ姉妹は一八三七年に始まるニューイングランド地方での巡回講演において、一八三八年二月に『女性講演家』の舞台であるボストンで講演をした。Lerner, *The Grimke Sisters from South Carolina*, 161-164.

（6）ヘイルは自身の雑誌のなかで、スコットランド生まれのラディカリストであったフランシス・ライト（Frances Wright, 1795-1852）のボストン講演について「多くの立派な人びとは〔…〕、ミス・ライトという見世物が香具師のそれと同じだとみなしています」と述べている。ヘイルのライト批判については、ジェイン・デローリエの論文に詳しく解説されている。Sarah Josepha Hale, "Robert Owen's Book," *Ladies' Magazine*, Vol. II, No. IX (September 1829): 413; Delaurier, "The Radical Frances Wright and Antebellum Evangelical Reviewers," 199-200. ヘイルの友人で作家のエリザベス・オークス・スミス（Elizabeth Oakes Smith, 1806-1893）の講演活動をめぐっては、ヘイルはスミスに「辛辣な非難の手紙を書き送った」。スミスは女性の権利を支持する活動家でもあった。Entrikin, *Sarah Josepha Hale and Godey's Lady's Book*, 115; Wyman, *Selections from the Autobiography of Elizabeth Oaks Smith*, 97.

（7）マリアンがチャールストンでの聴衆に「立ち去れ、女講演家め！」「ここでは女の説教師などいらない！」「あの女を追い払え、さもないと建物に火をつけるぞ！」といった「脅しや威嚇」（55）にさらされ、その後、病に倒れて講演活動から引退するというプロットは、一八三八年にフィラデルフィアのペンシルヴァニア・ホールで講演をおこなったアンジェリーナ・グリムケ（Angelina Grimké, 1805-1879）の体験がモデルとなっているといわれている。グリムケは講演中に投石などの脅しを受け、同ホールは暴徒によって放火された。Bardes and Gossett, *Declarations of Independence*, 48-50; Bizzell, "Chastity Warrants for Women Public Speakers in Nineteenth-Century American Fiction," 387; Lerner, *The Grimke Sisters from South Carolina*, 161-164.

（8）たとえば、ダイアン・ハーンドルは、主人公マリアンが「身体的虚弱」（離別のあと、病床の状態で発見されたこと）のために女性の権利を要求できず、「家庭性とフェミニズムの摩擦」を「病人の姿」として提示した反フェミニズム小説であると解釈している。Herndl, *Invalid Women*, 64.

（9）バーズとゴセットは、「女性の領域」の義務と公的活動への葛藤が解消されぬまま、主人公にたいする作者の曖昧な態度が示されていると読む。また、興味深い論考として、ジョエル・フィスターはヘイルの主人公マリアンがホーソーンの短編作品「ハッチンソン夫人」（一八三〇年）で描かれた「説教師」像との類似性を指摘している。Barbes and Gossett, *Declarations of Independence*, 46-47; Pfister, *The Production of Personal Life*, 76-79.

（10）Baym, *Woman's Fiction*, 75-76; Reynolds, *Beneath the American Renaissance*, 391; Ellis, "Sarah Josepha Hale, Mr. Godey's Lady," 202.

（11）Ganter, "The Unexceptional Eloquence of Sarah Josepha Hale's *Lecturess*," 269-289; Levander, "Bawdy Talk," 467-469; Levander, *Voices of the Nation*, 12-34.

（12）Gustafson, *Eloquence Is Power*, xviii-xxv; Cmiel, *Democratic Eloquence*, 39-49; Clark and Halloran, *Oratorical Culture in Nineteenth-Century America*, 1-9.

（13）Gustafson, viii-xiv.

（14）Cmiel, 12-13; Levander, *Voices of the Nation*, 3. レヴァンダーによると、あるフランス人旅行者は、アメリカの公的演説が「血に飢えた狼の群れ」よりも「もっと低俗」であると回顧録（一八六四年出版）に綴っている。また、一八五六年の大統領選で「巡回蹄鉄工を兼ねた演説家」が登場したとき、ユニテリアン派の牧師エドワード・エヴェレット・ヘイル（Edward Everette Hale, 1822-1902）は、このような「演説家」を取り巻く政情について「まさにサーカスの曲乗りのレベルにまで」低俗化したと不満を述べている。当時、中流階級の人びとはみずからを労働者階級の話しことばと区別するため、雄弁術（elocution）を発展させる必要があった。ヘイル牧師の言葉はマイケル・シュドソンより引用している。Schudson, "Was There Ever a Public Sphere? If So, When?," 157; Conquergood, "Rethinking Elocution," 142-146.

（15）アメリカの公的演説におけるこのような個人主義の台頭は、一九世紀末に向かっていくにつれて「知の専門化」が進行し、科学的・専門職業的な言説が権威的になっていくことのなかにもみられた。Cmiel, 13-14; Clark and Halloran, 8-9, 17-24.

（16）Eastman, *A Nation of Speechifiers*, 53-55; Ganter, 260-261.

（17）Eastman 72, 77-78; Murphy, *Citizenship and the Origins of Women's History in the United States*, 65.

（18）ふたたびフランシス・ライトを例にすると、彼女は東部の各紙から「女にあらず」(no woman)、「男性的」(masculine)、「女怪物」(a female monster) などの批判を受けた。Eastman 179; Zagarri, *Revolutionary Backlash*, 135-136.

（19）Ganter 275; Levander, "Bawdy Talk," 484n7. 女性講演家たちに「真の女性らしさ」を求める傾向は根深く、南北戦争後でも同様の傾向がみられた。Johnson, *Gender and Rhetorical Space in American Life*, 109-145.

（20）Bizzell, 386-387; Bean, "Gaining a Public Voice," 25; Brodhead, *Cultures of Letters*, 49-52; Zaeske, 192, 198.

（21）Bean 25; Long, "Charlotte Forten's Civil War Journal and the Quest for 'Genius, Beauty, and Deathless Fame,'"41.

（22）テクストにおいて実際にマリアンを「ウルストンクラフト流」(50) であると発言したのは、ウィリアムの従兄弟である。当時の女性講演家をメアリ・ウルストンクラフト（Mary Wollstonecraft, 1759-1797）になぞらえる傾向がうかがえる。

（23）物語には、マリアンが「南部における黒人教育の普及のための協会」の会長就任を依頼されたさい、夫は「軽蔑」の意を表し（94）、ふたたび妻が登壇したときには彼女を捨て去ったこと（105）が描かれている。

（24）Levander, "Bawdy Talk," 476-477.

（25）Bean, 22, 26.

（26）Sarah Josepha Hale, *The Lady's Book*, 16 (March 1838): 143; *The Lady's Book*, 16 (April 1838): 191.

（27）Hale, *The Lady's Book*, 16 (April 1838): 191.

（28）Ibid., 191.

（29）Tonkovich, "Rhetorical Power in the Victorian Parlor," 162, 169-170.

（30）Pfister, 76.

（31）Hale, *The Lady's Book*, 16 (April 1838): 191.

（32）Caroline Howard Gilman, *The Lady's Annual Register, and Housewife's Memorandum-Book, For 1838* (Boston: T. H.

Carter, 1838), frontispiece.

（33）ドロレス・ヘイデンの記述をなぞると、家事の現実は「井戸から水を汲み上げてそれを家へ運び、燃料用の薪を割り、鉄製の調理用コンロの熱で汗だくになり、重い氷塊と格闘し、氷を入れた冷蔵箱の排水をし、汚水を汲み出す」といった重労働であるはずだった。Hayden, *The Grand Domestic Revolution*, 13, 16.

（34）Okker, *Our Sister Editors*, 78.

（35）Okker, 74-75; Tonkovich, "Rhetorical Power in the Victorian Parlor," 171-173.

（36）このエピグラフの表現は、次のような自伝的記述にみられる。Hale, *The Ladies' Wreath*, 385; Hale, *Woman's Record*, 687.

（37）Conrad, *Perish the Thought*, 20, 38-39.

（38）「愚鈍な美女と学者女」という作品は『レディーズ・マガジン』誌一八二八年七月号に初出された。表面上、この物語は「学識は女性をひどく無愛想にしてしまうかもしれないが、学識がないのもやはり女性をひどく無愛想にしてしまうかもしれない」（143）という教訓を語っている。この物語はのちに「スケッチ集」として出版された。本章は書籍化されたテクストにもとづき、引用頁数を記す。Sarah Josepha Hale, "Sketches of American Character, No. VII. The Belle and the Blue," *Ladies' Magazine*, Vol. I, No. VII (July 1828): 297-398; Hale, "The Belle and the Blue," *Sketches of American Character*, Third Edition (Boston: Putnam & Hunt, and Carter & Hendee, 1830), 129-146.

（39）McGovern, 40-41, 161.

◉第三章

（1）Gunn, *The Physiology of New York Boarding-House*, 9. トマス・バトラー・ガン（Thomas Butler Gunn, 1826-1904）

については、彼の著作を編集したデイヴィッド・ファフリクの「序論」に詳しい。Faflik, "Introduction," xi-xxxi.

（2）Whitman, "New York Boarding Houses," 23.

（3）Gunn, 174. ホイットマンによるボーディングハウス批判については、ウェンディ・ギャンバーを参照している。Gamber, *The Boardinghouse in Nineteenth-Century America*, 1, 105.

（4）Sarah Josepha Hale, *"Boarding Out": A Tale of Domestic Life* (New York: Harper & Brothers, 1846). ヘイルの小説テクストからの引用頁数はこの版にもとづく。なお、『ゴーディーズ』誌に掲載されたT・S・アーサーによる作品は、一八四〇年六月号および一八五一年一月号から三月号にかけて連載された。T. S. Arthur, "Blessings in Disguise," *Godey's Lady's Book*, 21 (July 1840): 15-20; "Taking Boarders," *Godey's Lady's Book*, 42 (January 1851): 13-20; *Godey's Lady's Book*, 42 (February 1851): 81-87; *Godey's Lady's Book*, 42 (March 1851): 160-167.

（5）Blackmar, *Manhattan for Rent*, 62.

（6）Gamber, *The Boardinghouse in Nineteenth-Century America*, 3; Groth, *Living Downtown*, 122; Modell and Hareven, "Urbanization and the Malleable Household," 471.

（7）Scherzer, *The Unbounded Community*, 104; Echeverria, *Home Away from Home*, xiii.

（8）Groth, 92; Modell and Hareven, 470; Peel, "On the Margins," 813-814.

（9）Dublin, *Women at Work*, 78-79; Peel, 814.

（10）Wright, *Building the Dream*, 37-38; Klimasmith, *At Home in the City*, 28.

（11）ボーディングハウスを「ライフサイクル」という観点からとらえる議論については、ジョン・モデルらを参考にした。Modell and Hareven, 471; Scherzer, 97-134.

（12）Peel, 814.

（13）Scherzer, 107.

（14）Gamber, *The Boardinghouse in Nineteenth-Century America*, 30, 102-103; Modell and Hareven, 468; Scherzer, 107. 文

学作品におけるボーディングハウスと売春の暗示的関係については、ナサニエル・ホーソーンの『ブライズデイル・ロマンス』（一八五二年）を分析したレフコウィッツの論文にて確認することができる。Lefcowitz and Lefcowitz, “Some Rents in the Veil,” 263-276.

（15）Klimasmith, 239.

（16）Blackmar, 126-138; Wright, 37-38.

（17）Scherzer, 106. ヘイル自身は小説『ボーディングアウト』のなかでボーディングハウスでの暮らしに適した人びととして、具体的に「独身男性」「未亡人」「十代の女性教師」「多額の出費を避けたいと考えている新婚夫婦」をあげている（37）。

（18）Gunn, 10, 174; Gamber, *The Boardinghouse in Nineteenth-Century America*, 2-8.

（19）ファフリクが一八四〇年代から五〇年代までの定期刊行物から二二誌を調査した結果、約二〇年間で二〇〇個以上におよぶボーディングハウス関連のテーマや語群が見いだされた。『ハーパーズ』誌のような高い発行部数を誇った文芸誌から、女性誌および企業誌等にいたるさまざまな雑誌媒体において、ボーディングハウスはエッセイや物語としてテーマ化されていた。Faflik, “Community, Civility, Compromise: Dr. Holmes's Boston Boardinghouse,” 549n5.

（20）これらの小説の分析例として、ファフリクやベッツィ・クリマスミスの論考がある。クリマスミスは『ブライズデイル・ロマンス』と『ルース・ホール』の比較分析において、「郊外型家庭」と「都市型ボーディングハウス」という対立的視点から都市空間として表象されるボーディングハウスを検証している。Klimasmith, 16-50; Faflik, “Boarders, Brothers, Lovers: *The Blithedale Romance*'s Theater of Feeling,” *Boarding Out*, 225-252.

（21）Faflik, “Boardinghouse Life, Boardinghouse Letters,”: 59; Faflik, “Community, Civility, Compromise”: 549; Faflik, “Introduction,” xxi.

（22）Gamber, *The Boardinghouse in Nineteenth-Century America*, 69, 129-130. とくにT・S・アーサーによる作品には

そのような類型がみられる。T. S. Arthur, "Blessings in Disguise"; T. S. Arthur, *Tired of Housekeeping* (New York: D. Appleton and Co., 1842).

(23) ボーディングハウス小説には別の類型もある。ファフリクによると、男性を主人公としたボーディングハウス小説の場合、立身出世のために田舎から都会へと向かう青年にとって、ボーディングハウスは乗り越えるべき貧困や障害のメタファーとして描かれていることが多い。これらの物語は、いわば、主人公の青年が中流階級の象徴である郊外の戸建て住居を手中にするまでの教養小説となっており、ボーディングハウスは主人公の成長および成功に不可欠なモチーフとなっている。Faflik, "Boardinghouse Life, Boardinghouse Letters," 59-60; Faflik, "Community, Civility, Compromise," 548-549.

(24) 当時の書評は、ヘイルの小説が「若い読者を想定」し、「豊富な教訓が含まれた」作品であることのほかに、特別な意義を見いだしていない。"Critical Notices: '*Boarding Out*': *A Tale of Domestic Life*," *The Southern Quarterly Review*, 10.19 (July 1846): 250.

(25) まさにボーディングハウスが雑多な人間たちの集う空間であったことを示すように、物語では次のような人びとが紹介されている。かつて「対清貿易」に従事していた老紳士キャプテン・インガソルとその妻、英国で監督教会派の主教だった男性の未亡人マダム・バウンス、日曜学校の教師でマダム・ショートの「またいこと」であるミス・シルヴィア・デクスター、株式仲買人のカレブ・フラッシュ氏、弁護士のミスター・ホールマン、リウマチ持ちで大酒飲みの英国人ミスター・バンブルフット等々(78-80, 86)。

(26) テクストの記述から、おそらくヘイルは一八二九年に開業したボストンの「トレモントハウス」をモデルにしたと思われる。小説では伏せ文字(「――ホテル」)のために明確に表記されていないが、トレモントハウスは「トレモントホテル」とも呼ばれた。当時はボーディングハウスとホテルの境界が曖昧だったため、本章では「ホテル式ボーディングハウス」(residential hotel)として扱う。一九世紀では、トレモントハウスはアメリカで最初の「近代的」ホテルとして、通常のボーディングハウスとは規模も質も異なり、とくに複数の水洗トイレや浴室を設けるなど、衛生面において突出していた。Groth, 38-39; Hoy, *Chasing Dirt*, 14.

（27）Gamber, *The Boardinghouse in Nineteenth-Century America*, 129-130. T・S・アーサーの「反ボーディングハウス小説」においても、ボーディングハウスに移住した一家の幼子が猩紅熱にかかる場面がある。「感染」はこのジャンルにおける批判手段のひとつであり、「ボーディングハウスは（私的空間としての）家庭にあらず」の言説を下支えする重要な表現となっていることが確認できる。T. S. Arthur, *Tired of Housekeeping*, 147-155.

（28）ヘイルは、リディア・マリア・チャイルドの著作『倹約するアメリカの主婦』の書評において、「金儲け」に勤しむ男性たちの市場の領域やその価値観を「弊風」（contagion）と名指し、女性読者に「できうるかぎり、女性や子どもたちをその弊風から守る」よう呼びかけている。Sarah Josepha Hale, "Literary Notices," *Ladies' Magazine*, 3 (January 1830): 42-43. アンテベラム期の白人中流階級にとって社会的脅威とみなされた「偽善者」や、市場と結びつけられる「汚れ」については、カレン・ハルトゥネンおよびギャンバーが解説している。Haltunen, *Confidence Men and Painted Women*, xiii-xviii; Gamber, *The Boardinghouse in Nineteenth-Century America*, 71.

（29）Blackmar, 7; Klimasmith, 4.

（30）Klimasmith, 3-9. センチメンタル化された「田園風の家庭」については、当時、高い人気を誇ったカリアー・アンド・アイヴズ印刷工房が制作・販売したリトグラフ作品によって具現化されている。ブライアン・ル・ボウによれば、彼らの「感傷的な」農村世界は都市化する社会のなかで「人びとが〔…〕置き去りにしてきた暮らし」への「憧憬」であり、とくに農村風景の一部をなす理想的な「家」は観る者にノスタルジックな記憶を掻き立て、都市の窮屈な借家住まいの者がいつかは家庭を所有したいという「アメリカの夢」を象徴する「ピクチャレスクな私的空間」であった。Bryan F. Le Beau, *Currier and Ives: America Imagined*, 165-167, 169, 176.

（31）ボストンでのボーディングハウス生活や「ボストン船員支援協会」の活動については、ジェラルディン・エリスやシャーブルック・ロジャーズによる伝記に詳しく解説されている。エリスの未出版原稿によると、ヘイルはボストンでのボーディングハウス生活を「楽しい思い出」であると回想し、食卓や居間での友人との「社交的経験」を楽しんだようである。エリスは当時のボーディングハウスでの暮らしについて「家庭から離れて暮らすには、許容できる世間体のよい方法であった」と述べている。Ellis, "Sarah Josepha Hale, Mr. Godey's Lady," 138-139; Rogers, *Sarah Josepha Hale*, 28-30, 53-58. ヘイルが設立にかかわった船員専用ボーディングハウスのひとつである「マリナーズ・ハウス」については、彼女自身による次のような報告がある。マリナーズ・ハウスは「広々とした空間を有し、充分な家具が備えつけられています。また、読書室や朝夕の祈りのための客間もあります〔…〕」。ここには、ボーディングハウスを「家庭」的な空間にしつらえようとする配慮がみられないだろうか。Sarah Josepha Hale, *Sixth Annual Report of the Managers of the Seaman's Aid Society of the City of Boston* (Boston: James B. Dow, 1839), 12.

（32）"Critical Notices: '*Boarding Out*': *A Tale of Domestic Life*": 250.

（33）とくに一九世紀においては、家庭の「炉辺」はしばしば擬人化され、「暖かみ」や「静穏」を呼び起こすための重要な要素だった。Handlin, *The American Home*, 17.

（34）家庭空間における男性性の喪失については、ジリアン・ブラウンによる分析が適切な例証となっている。ブラウンが指摘するように、ハリエット・ビーチャー・ストウの『アンクル・トムの小屋』（一八五二年）に登場するクェーカー教徒の女性レイチェル・ハリデーのキッチンでは、「母親の監視のもと、息子たちも娘たちも同様に家事をこなしており、その傍らで父親はひげを剃るという家父長らしからぬ行為に従事している」。Stowe, *Uncle Tom's Cabin, Authoritative Text, Backgrounds and Contexts, Criticism*, 121-122; Brown, *Domestic Individualism*, 24-29.

（35）Shamir, *Inexpressible Privacy*, 25-26.

（36）Shamir, 30-32, 45-52; McDannell, *The Christian Home in Victorian America*, 26-28; Sweeting, *Reading Houses and Building Books*, 49-50.

（37）ミス・ジェマイマとは、ヘプシーが物件探しのさいに出会ったボーディングハウスの女主人である。その彼女が「お買い得」な中古のコーヒー沸かし器をどうしても競り落としたいがために、新品を購入できる値段にまでひとりで落札値をつり上げてしまうという失笑劇は、表面的にはボーディングハウスの女主人の吝嗇ぶりの揶揄になっている。しかし、ここで同時に読み取らなければならないのは、じつはこのオークションがバークレー家の財産を目減りさせる場になっていない点であろう。家庭の調度品はもともとの買値で換金され、バークレー家が「ボーディングアウト」するためにオークションという市場原理の力を借りて売り払われていくさまは、中流階級の人間が家具や調度品の姿で追い求めてきた「家庭の快適さ」への欲望そのものを示している。その過程を直視できないのは夫ロバートであり、妻ヘプシーはそのような呪物に囚われないばかりか、積極的に加担しさえしているのである。

（38）急速な都市化と、それにともなわれる都市部の土地の高騰が進むジャクソン時代では、上流階級のみならず中流階級層もしだいに市街地を離れ、より快適な居住空間を保持するために（さほど職場から遠くない）郊外へと移りはじめた。だが、彼らは邸宅の外部に広大な土地を所有することよりも、家屋の内側に「高価な調度品」をしつらえることによって、居住の「快適さ」を求めていった。ここに、ロバートのような中流階級の人びとの「社会的体面」が具現化されているといえる。Blumin, *The Emergence of the Middle Class*, 151, 155-160.

（39）理想の家庭が「使い勝手のよい」と形容されるならば、ロバートのような人物にとってボーディングハウスは「使い勝手が悪い」（inconvenient）ということになろう。たとえば、結婚を決意した「ある独身男性」によると、彼は「結婚という穏やかな安息所」へと移り住むために、「ボーディングハウスの使い勝手の悪さ（inconvenience）よ、さらば！」〔強調引用者〕と、記述している。A Bachelor, "The Bachelor's Farewell," *The Lady's Book*, 2 (May 1831): 227-228.

（40）Baym, *Woman's Fiction*, 77.

◉第四章

（1）Harriet Beecher Stowe, "Trials of a Housekeeper," *The Lady's Book*, 18 (January 1839): 6.

（2）Diner, *Erin's Daughters in America*, xiii; Hoy, *Chasing Dirt*, 17-18.『ゴーディーズ』誌に掲載された次のような物語のタイトルを一瞥するだけで、そのステレオタイプ化がうかがえるだろう。Virginia De Forest, "Biddy's Blunders," *Godey's Lady's Book and Magazine*, 50 (April 1855): 329-330; Kate Harrington, "Irish Blunders," *Godey's Lady's Book and Magazine*, 51 (September 1855): 247-248; Patience Price, "The Revolt in the Kitchen. A Lesson for Housekeepers," *Godey's Lady's Book and Magazine*, 76 (February 1868): 142-144. アイルランド人女性のステレオタイプ化の背景として、中流階級家庭の主婦たちを悩ませた「使用人問題」については、以下の論考を参照にしている。Dudden, *Serving Women*, 44-71; Lasser, "The Domestic Balance of Power," 116-133; Lynch-Brennan, *The Irish Bridget*, 66-83.

（3）McKinley, "Troublesome Comforts," 36, 43.

（4）Cain, "Race, Republicanism, and Domestic Service in the Antebellum United States," 64-65.

（5）このほかの論点を付加するならば、家事使用人の「アイルランド性」をめぐって、国家形成と家庭形成のあいだにみられる密接な関係性をハウスキーピング物語から読みとることも可能だろう。当時の人気家庭小説作家T・S・アーサーやヘイルらのハウスキーピング小説には、泥酔事件を引き起こして白人中流階級家庭から解雇されるアイルランド出身の使用人女性が登場する。彼女たちのアイルランド性は、家庭性を介してアメリカの国家建設とパラレルに表象される中流階級文化には汲み入れられず、いわば「異質なもの、他者」としての排除の構図がみられる。T. S. Arthur, *Tired of Housekeeping* (New York: D. Appleton & Co., 1842), 67-71.

（6）Sarah Josepha Hale, *Keeping House and House Keeping: A Story of Domestic Life* (New York: Harper & Brothers, 1845). ヘイルの小説テクストからの引用頁数はこの版にもとづく。

（7）Baym, *Woman's Fiction*, 78.
（8）McKinley, 39, 40.
（9）「家庭の主婦」という呼称について、ヘイルは自著である家庭管理の手引書において、「女主人」（mistress）よりも「アメリカ的な表現」である「主婦」（housekeeper）を好んで用いている。とりわけ、ヘイルにとって「よき家庭の主婦という名声」に値する女性は「家政学」（Domestic Economy）を修得した主婦を指したが、その修得において女性はたんなる表層的な家庭管理の知識を得るだけでなく、「家庭を愛し、そこに幸福を感じる」ことも重要であった。家政学という学問（「知識」）に「愛情」や「幸福」が結びつけられた点に、ヘイルの思想のかたち、すなわち、啓蒙思想を基軸にヴィクトリアニズムの価値観が「接ぎ木」された状態がみられるだろう。Sarah Josepha Hale, *The Good Housekeeper, Or, the Way to Live Well, and To Be Well While We Live* (Boston: Weeks, Jordan and Company, 1839), 117-118.
（10）McKinley, 36, 39.
（11）Cain, 64-65.
（12）スーザン・ストラッサーによれば、共和国アメリカの主婦によって築かれる「使用人階級を必要としない」家庭は、キャサリン・ビーチャーのようなアンテベラム期の家庭性提唱者たちにとって理想的であり、使用人を雇う主婦は「女性の主要な責務を回避する」者として、リパブリカニズムの精神からいえば「不名誉」な女性であった。Strasser, *Never Done*, 166-167; Sklar, *Catharine Beecher*, 151.
　いっぽう白人男性の場合、共和国市民は「自立した小生産者」であるべきという理念があったため、それに反すると「不名誉」とされ、「雇われ者」とその状態を示す「隷属」や「賃金労働」は、共和主義的な「自由」にたいする「脅威」を想起させた。Foner, *Free Soil, Free Labor, Free Men*, xiii; Roediger, *The Wages of Whiteness*, 35.
（13）白人男性における「雇われ者」（hireling）について、付言しておきたい。彼らにとって、社会の賃金労働化は共和国市民および「男性」としての自己像を脅かした。「雇われ者」は「依存」を含意していたばかりでなく、「依存」とは具体的に「夫に法的に従属する妻」という女性の身分を指していたため、自分が「女性化」してしまう不安を生み出したからである。だが他方では、自由労働思想の伝統として、賃金労働そのものは依存を誘発するものではないとの言説も存在しており、さらに「男女の領域分離」が賃金労働を肯定化した。つまり、夫の依存的ではない（自立的な）賃金労働は妻の家事労働と明確に区別され、それによって白人男性の自己形成にともなう不安は払拭されたのだった。Stanley, "Home Life and the Morality of the Market," 84-86; Roediger, 45.

（14）Cain, 64; Dudden, 7-8; Stansell, *City of Women*, 157.

（15）Diner, 71; Lasser, "The Domestic Balance of Power," 123. たとえば、一八五〇年のボストンや一八五五年のニューヨークでは、家事使用人の七割以上がアイルランド出身者であった。Lynch-Brennan, 84; Stansell, 156-157.

（16）Dudden, 115.

（17）Catharine E. Beecher, *A Treatise on Domestic Economy, for the Use of Young Ladies at Home, and at School*, 200-201.

（18）Ibid, 16-17.

（19）Sarah Josepha Hale, "The Industrial Women's Aid Association," *Godey's Lady's Book*, 56 (January 1858): 82; "The Industrial Women's Aid Association," *Godey's Lady's Book*, 56 (March 1858): 276-277.

（20）ローリー・ウーズリーは、キャサリン・マリア・セジウィックの教訓小説『生きることは生かすこと』（一八三七年）に描かれている「契約」が、家庭管理における階級闘争（「女主人」と家事使用人の関係性）の解決策となりえることを指摘している。セジウィック作品における家事労働の分析や、ストウの自由労働思想および「契約」観について、それぞれ以下の論考にて取り上げられている。Ousley, "The Business of Housekeeping," 135, 141; Klein, "Harriet Beecher Stowe and the Domestication of Free Labor Ideology," 135-152; 若林「一八三〇年代アメリカと家事労働」一三一—四一頁、増田「消されたエリナの賃金」五五—七五頁。「契約」の近代的概念については、エイミー・スタンリーを参照している。Stanley, *From Bandage to Contract*, 1-59, 138-174.

（21）McKinley, 37; Ryan, *Love, Wages, Slavery*, 1-2.

（22）Ryan, *Love, Wages, Slavery*, 21. このような慈悲深い「女主人」像を理想的モデルとすることについて、メアリ・ケインは「真の共和主義者」が家庭を階級差のない空間に仕立てようとするときに生じる、家庭内階級差別と人種的差異のすり替えを指摘する。アイルランド人移民を「白人ではない」とする人種観念上の前提にもとづき、キリスト教徒として「慈愛の心」をもつアメリカ白人女性は、アイルランド人女性を「黒人」として「文明化する」義務があるとし、このような「義務」はアメリカ白人女性が自身に課せられた使命としてとらえられた。Cain, 66-68.

（23）ここでいう「近代的」（modern）とは、アンテベラム期の中流階級家庭が「現在という時間軸において、伝統と当世風なものが交差する場」であるというトマス・アレンの議論にもとづいている。本章では、とくに初期共和制の伝統的価値観とアンテベラム期以降のブルジョア的価値観が融合された状態を指すものとする。Allen, *A Republic in Time*, 122.

（24）Stansell, 159, 163.

（25）Dudden, 163.

（26）とりわけニューイングランド地方の田園的価値観が付与された女性像については、キャサリン・ケリーを参照している。Kelly, *In the New England Fashion*, 229.

（27）トマス・アレンは、セジウィックの小説『家庭』（一八三五年）や「H・C・ガードナー夫人」による短編小説の分析において、妻の効率的管理力が一家の経済的・道徳的破滅を回避すると論証している。ヘイルのテクストにおいても、夫の発言には「家庭の領域と商業の世界をつなぐ論理的基盤」がみられるだろう。Allen, 117-126.

（28）Dudden, 163; McKinley, 40.

（29）Shamir, *Inexpressible Privacy*, 25.

（30）シャミアは「リベラルな個人主義」が「所有」にもとづくことについて、近代の「私的化された個人は資産所有者であるために〔…〕家屋を所有するように自己を所有した」との根拠を示している。Shamire, 22-24.

(31) Shamir, 22-26.

(32) Andrew Jackson Dowing, *Victorian Cottage Residences* (1873; reprint, New York: Dover Publication , 1980), 41. ドーバー社版の復刻版は一八七三年を底本にしているが、初版は一八四二年に出版された。

(33) Shamir, 26-28. さらにシャミアは「客間」と「書斎」について詳細な分析を展開させ、とくに書斎についてはマーク・ウィグリーの建築史的な見地を援用することによって、家庭内における「私的な空間とは男性の書斎であり、〔…〕誰の入室も許されない、知的な空間であった〔…〕」と解説している。Shamir, 36-44, 45-51; Wigley, "Untitled," 327-389.

(34) 中流階級家庭の快適さや清潔を維持する「重要な役割」を女性が担ってきたことについて、ルース・コーワンやスーエレン・ホイが議論している。Cowan, *More Work for Mother*, 42-43; Hoy, xiv.

(35) Lasser, "The Domestic Balance of Power," 117-118, 132-133.

(36) ヘイルのテクストには「奴隷」という表現が頻出する。たとえば、夫が妻に家事の重要性を説こうと夫婦の口論がはじまると、妻は次のような言葉を投げつけている。「あなたは妻を奴隷にさせたいわけね」(82)〔強調引用者〕。多くの家事労働研究で例証されているように、アンテベラム期の主婦たちはつねに「疲弊して」おり、彼女たちが口にする「奴隷」という表現は家事労働による身体的苦痛を示すばかりか、奴隷労働との類似関係を通して家事労働そのものが女性の依存性や不自由を意味していたのである。Cowan, 43; Stanley, "Home Life and the Moralitty of the Market," 86-87.

◉第五章

（1）スーザン・ライアンより引用。米国議会図書館オンライン・カタログからも確認することができる。Ryan, "Errand into Africa," 563, "Literary Notice," *Frederick Douglass' Paper*, Vol. VII, No. 17 (April 14, 1854): 3, Library of Congress, LCCNsn84026366.

（2）たとえば、以下の書評も反植民地主義の立場から『リベリア』を批判している。"Critical Notices: Liberia; or, Mr. Peyton's Experiments," *Southern Quarterly Review*, 9.18 (1854): 542.

（3）スーザン・ライアンは、『フレデリック・ダグラス・ペーパー』の他にも主要な反奴隷制新聞であったウィリアム・ロイド・ギャリソンの『リベレーター』やアメリカ反奴隷制協会の週刊新聞（*The National Anti-Slavery Standard*）を調査し、そこに小説『リベリア』への直接的な言及がないことを突き止めている。Ryan, "Errand into Africa," 562-563.

（4）『リベリア』が文学研究の対象から消えた理由のひとつに、いわゆる「反アンクル・トム小説」のカテゴリー化を指摘できる。ハリエット・ビーチャー・ストウの『アンクル・トムの小屋』（一八五二年）の出版後、ストウに反論する内容で登場した類似小説群は一様に「反アンクル・トム小説」と括られ、文学的な価値はないという評価を付された。Gossett, *Uncle Tom's Cabin and American Culture*, 212. また、セアラ・ロスやジョイ・ジョーダン＝レイクらは、「反アンクル・トム小説」の視点から『リベリア』を奴隷制擁護の小説として分析している。Roth, *Gender and Race in Antebellum Popular Culture*, 148-149; Jordan-Lake, *Whitewashing Uncle Tom's Cabin*, 89-91, 138-139.

（5）Ryan, "Errand into Africa," 564; Kaplan, "Manifest Domesticity," 591-596. そのほかの重要な『リベリア』論として、以下の論考がある。竹谷悦子はポストコロニアル論の視座からアメリカによるリベリア支配への批判書としてテクストを解釈し、ジョーダン・スタインは人種問題の解決の目的で案出される「国家」と宗教性のなかに、一九世紀アメリカ文化の「世俗化」を論証している。また、サミュエル・オッターは、おもにフィラデルフィアの自由黒人をめぐる人種問題に着目している。Taketani, *U.S. Women Writers and the Discourses of Colonialism* 150-173; Stein, "'A Christian Nation Calls for Its Wandering Children': Life, Liberty, Liberia,": 849-873; Otter, *Philadelphia Stories*, 213-218.

（6）Dorsey, *Reforming Men and Women*, 144.

（7）Sarah Josepha Hale, *Northwood; or Life North and South: Showing the True Character of Both* (1852; reprint, New York: Johnson Reprint Corporation, 1970), iv.

（8）リベリアで「ひとかどの男」となって「成功」した黒人たちについては、実在した黒人入植者の書簡によって知ることができる。たとえば、ランドール・ミラーの編集した解放奴隷一家の書簡集のなかのひとつに、「〔リベリアでは〕わたしはひとかどの人間（a man）のごとく自己を語り、ひとかどの男（a man）であることを証明できます」という表現がみられる。ヘイルの小説テクストではその表現が意識的に使われており、同様の表現が『リベリア』巻末に付録された実在の黒人入植者からの書簡に散見される。ヘイルが周到に用意した二〇通ほどの手紙には、黒人はアメリカではなくリベリアで「人間／男性」になることが強調されている。Miller, *Dear Master*, 80; Sarah Josepha Hale, *Liberia; or, Mr. Peyton's Experiments* (1853; reprint, Upper Saddle River, New Jersey: The Gregg Press, 1968), 247-280.『リベリア』からの引用頁数はこの復刻版にもとづいている。

（9）この反乱は一八〇〇年の「ガブリエルの陰謀」を言及していると推察されているが、ヘイルの創作過程に照らし合わせると、アフリカ植民計画への関心が再燃するきっかけとなった一八三一年の「ナット・ターナーの反乱」を指すとも考えられている。Otter, 217; Ryan, "Errand into Africa," 561; Stein, 851.

（10）Rotundo, *American Manhood*, 18-25.

（11）Griffen, "Reconstructing Masculinity from Evangelical Revival to the Waning of Progressivism," 188.

（12）Greven, *The Protestant Temperament*, 90, 128; Traister, "Evangelicalism and Revivalism," 155; Lindman, *Bodies of*

Belief, 62-63.

（13）ここで議論されている「自立」という男性的指標は、もちろん、福音主義的な男性性に限定されるわけではない。前章でも触れたように、たとえば初期共和制時代においては、白人男性の「自立」は女性や黒人男性との主従関係だけでなく、自己の労働力を売って賃金を得る「雇われ者」（hireling）によっても規定された。「雇われ者」は自立せず従属的ゆえに市民としての徳性に欠ける、つまり男性的でないとみなされたのである。その後、「男女の領域分離」により男性の賃金労働化が進み、それにともない雇用される男性の男性性も肯定されていった。Roediger, *The Wages of Whiteness*, 44-47; Roney, "'Effective Men' and Early Voluntary Associations in Philadelphia, 1725-1775," 159-161; Stanley, "Home Life and the Morality of the Market," 84-85.

（14）Frined and Glover, *Southern Manhood*, x-xi.

（15）Najor, *Evangelizing the South*, 43-44; Lindman, 158.

（16）Opal, *Beyond the Farm*, x-xi; Griffen, 186; Luskey, *On the Make*, 50.

（17）Cott, *The Bonds of Womanhood*, 128-130, 132-134; Ginzberg, *Women and the Work of Benevolence*, 15; Walters, *American Reformers*, 106-107. Lawes, *Women and Reform in a New England Community*, 10-44.「慈善」のイデオロギーによる女性たちの公的活動への参入については、第二章で解説している。

（18）Dorsey, *Reforming Men and Women*, 12; Cott, 146-147; Griffen, 188; Douglas, *The Feminization of American Culture*, 141-142.

（19）Dorsey, *Reforming Men and Women*, 20.

（20）Ibid., 142.

（21）P. J. Staudenraus, *The African Colonization Movement*, 26-30, 48-58.

（22）Griffen, 188; Dorsey, *Reforming Men and Women*, 144.

（23）Stowe, "Preface," Frank J. Webb, *The Garies and Their Friends*, Robert Reid-Pharr, ed., ix.

（24）現代の観点からすると差別的な表現であるが、当時の歴史的背景と文学的な意義を考慮し、原文（“a nigger can’t be anything but a nigger”）に忠実な訳語を用いて表記する。他の箇所についても同様である。

（25）エイレン・パーソンズにしたがえば、当時の飲酒と男性性喪失の社会的関係において、男らしさを規定した「自立」とは「自律性」（autonomy）や「自己意志による自立」（volitional independence）を指している。Parsons, *Manhood Lost*, 54-55.

（26）Otter, 217; Roth, 154.

（27）Ryan, “Errand into Africa,” 572; Kaplan, “Manifest Domesticity,” 596.

（28）Kaplan, “Manifest Domesticity,” 596.

（29）Dorsey, “A Gendered History of African Colonization in the Antebellum United States,” 92-93.

（30）女性たちによる明白な領域逸脱の行為について、女性たちは、植民協会女性支部での活動が「女性の礼節」を失うことなく「家庭の領域内で」なされた行為だと、わざわざ弁明しなければならなかった。Varon, *We Mean to Be Counted*, 46-47.

（31）黒人牧師のロット・ケアリー（Lott Cary, 1780-1828）は、実在したヴァージニア出身の元奴隷であり、傑出したリベリア入植者のひとりである。アフリカ植民運動史においては、彼は布教活動のみならず、農業や経済活動への貢献によっても評価されている。Burin, *Slavery and the Peculiar Solution*, 67; Staudenraus, 96-97.

（32）“Colonization Society,” *African Repository and Colonial Journal* 1 (May 1825): 68; Staudenraus, 118; Varon, 43-44.

（33）Younger, “Philadelphia’s Ladies’ Liberia School Association and the Rise and Decline of Northern Female Colonization Support,” 239, 248.

（34）Ibid., 257-258.

（35）Sarah Josepha Hale, “Woman’s Sphere,” *Ladies Magazine*, 6 (June 1833): 276.

◉第六章

（1）Iron [Caroline Dall], " 'Woman's Record' — by Mrs. Sarah J. Hale," *The Una*, Vol. I, No. 1 (February 1853): 11. ティファニー・ウェインによれば、女性の権利運動を推進した『ユーナ』誌の編集者ポーライナ・デイヴィス（Paulina Davis, 1813-1876）も、キャロライン・ドールに送った書簡において『女性の記録』を厳しく批判している。Wayne, *Woman Thinking*, 87-88.

（2）Murphy, *Citizenship and the Origins of Women's History in the United States*, 169-170, 173-177; Wayne, 65, 87-88. また、ドールは一八五三年から一八五五年まで『ユーナ』誌に女性の伝記エッセイを数篇掲載し、一八六〇年に伝記集を出版した。Caroline Dall, *Historical Pictures Retouched; A Volume of Miscellanies* (Boston: Walker, Wise, & Company, 1860).

（3）Baym, *American Women Writers and the Work of History*, 1-2; Kelley, *Learning to Stand and Speak*, 193.

（4）Casper, "An Uneasy Marriage of Sentiment and scholarship," 10, 25; Kelley, *Learning to Stand and Speak*, 230; Murphy, 131, 169; Spongberg, *Writing Women's History since the Renaissance*, 109-111.

（5）Kerber, *No Constitutional Right to Be Ladies*, 13. アメリカ建国以来、知識人階級の女性たちが関心を寄せた「シチズンシップ」は、かならずしも参政権を含む法的・政治的な「完全な市民権」（full citizenship）に限定されない広義の意味であったため、本章における「市民性」は「完全な市民権」と区別している。

（6）マレイやクロッカーの市民性や女性観については、以下の論考を参照している。Post, "Introduction," xxxiii-xliii; Skemp, *First Lady of Letter*, 215-216, 286-292; Kelley, *Learning to Stand and Speak*, 193-202; Murphy, 56-68.

（7）Murphy, 131.

（8）"Editorial Notes — Literature, Mrs. Hale," *Putnam's Monthly Magazine of American Literature, Science and Art*, Vol. I, No. 1. (January 1853): 107.

(9) たとえば、『ノース・アメリカン・レヴュー』誌は、「この重装で立派な書物に収められている素材が、いったいどんな方針で編纂されているのかわからない」と論じている。Entrikin, *Sarah Josepha Hale and Godey's Lady's Book*, 111; "Hale's Record of Distinguished Women," *The North American Review*, 76.158 (January 1853): 260.

(10) Sarah Josepha Hale, *Woman's Record; or, Sketches of All Distinguished Women, from the Creation to A. D. 1854, Arranged in Four Eras* (1855; reprint, New York: Source Book Press, 1970). 本章は一九七〇年に復刻版として出版された『女性の記録』第二版（一八五五年）に依拠するものとし、このテクストからの引用は本文の括弧内に*WR*の表記とともに頁数を記す。

(11) メアリ・スポンバーグによれば、「家庭的ヒロイズム」とは「女性らしい行為、女性らしい強さや気丈さ、女性らしい自己犠牲と純潔という美徳」を称える態度のことである。Spongberg, 112.

(12) マーフィーのいう「家庭的歴史」は、エリザベス・エレットの歴史書のタイトル『アメリカ独立革命の家庭的歴史』（Elizabeth F. Ellet, *Domestic History of the American Revolution*, 1850）にちなむ用語である。Murphy, 132-135.

(13) たとえば、アン・ダグラスは、ヘイルの『女性の記録』においては、「女性犯罪者」（いわゆる「悪女」とされてきた歴史的人物のこと）さえ「女性らしい理解による寛大な裁き」によって「無罪放免」となっていると非難している。Douglas, *The Feminization of American Culture*, 74.

(14) Baym, "Onward Christian Women," 249-270.

(15) Kelley, *Learning to Stand and Speak*, 210-217.

(16) Murphy, 133, 137-146.

(17) Kerber, "The Meanings of Citizenship," 838; Kerber, "The Republican Mother and the Woman Citizen," 126.

(18) Sarah Josepha Hale, "The 'Conversazione,'" *The Lady's Book*, 14 (January 1837): 5.

(19) エリザベス・エレットはニューヨーク州生まれの作家であり、『ゴーディーズ』誌や『デモクラティック・

レヴュー』誌に多くの作品を寄稿した。スコット・キャスパーによれば、「キャサリン・セジウィックやリディア・シガニーほどの評判はなかったとしても、エレットは間違いなく中流階級向け雑誌の読者たちにはよく知られた」作家であった。Casper, *Constructing American Lives*, 161.

（20）「建国の母たち」（founding mothers）という表現は、エレットの女性伝記集を解説したアン・ダグラスによるものである。Douglas, 184.

（21）Casper, "An Uneasy Marriage of Sentiment and Scholarship," 11.

（22）Elizabeth F. Ellet, *The Women of the American Revolution*, Vol. I (New York: Baker and Scribner, 1848), 27. エレットのテクストからの引用頁数はこの版にもとづく。

（23）エレットの『アメリカ独立革命の女性たち』が重版されて多くの読者を獲得していったのは、アメリカ社会が南北分裂の危機へと向かっていた時代であった。ヘイルはエレットの「家庭的歴史」のなかに、アメリカ人の愛国心が地域的な境界を越えうることを見いだしていたと思われる。エレットの描く愛国的・家庭的女性たちの一部は『ゴーディーズ』誌で紹介され、大いに称讃され、「宣伝」された。キャスパーやマーフィーは、エレットとヘイルの類似性を指摘している。Sarah Josepha Hale, "Editors' Book Table — Mrs. Ellet's Women of the American Revolution," *Godey's Lady's Book*, 38 (March 1849): 224; Casper, "An Uneasy Marriage of Sentiment and Scholarship," 17-18; Murphy, 156.

（24）"Literary Notices; *Woman's Record*," *The New Englander*, Vol. XI (New Series, Vol. V, February 1853): 151.『ニューイングランダー』誌からの引用は、*NE* の表記とともに本文に頁数を記す。

（25）Spongberg, 124-129.

（26）Sarah Josepha Hale, "Editor's Table," *Godey's Lady's Book and Magazine*, 74 (June 1867): 557.

（27）伝記作家イザベル・エントリキンによると、ヘイルはニューヨーク州セネカフォールズの「女性の権利集会を完全に無視した」とされているが、マーフィーはヘイルが女性の歴史を書くうえでは「一八五〇年代の女性の権利運動の奮闘」を意識していたと考察している。Entrikin, *Sarah Josepha Hale and Godey's Book*, 95; Murphy, 192-193.

（28）「家庭性ナショナリズム」（domestic nationalism）とは家庭性イデオロギーにもとづく国家建設や社会形成のあり方を指す。非白人は、家庭性を確立する能力に欠けるとみなされたために「排除」の対象だった。Kaplan, *The Anarchy of Empire in the Making of U. S. Culture*, 39-40; Kelley, *Learning to Stand and Speak*, 212; Murphy, 146-148.

（29）Frantzen, *Desire for Origins*, 203-207; Horseman, *Race and Manifest Destiny*, 62-77, 116.

（30）「勇気」（valor）は元来、理想の共和国市民として男性に求められた美徳のひとつであったが、女性にもその美徳が適応されてきた伝統がある。ボッカッチョ『名婦列伝』（一三六一―六二年）を解題した瀬谷幸男によれば、古代ギリシアの歴史家プルタルコスの著書である『倫理論集』のなかに、「女性たちの美徳（＝勇気）」を称える二七名の女性たちのみを取り上げた『（勇敢な）名婦列伝』という伝記集がある。瀬谷「訳者あとがき」四〇九頁。また、マッカーシーは「女性の勇気／婦徳」（feminine valor）を公的な場で奉仕する女性個人の能力と置き換え、女性が「私的な市民」になりうることを「リパブリカニズムの女性化」としてとらえている。McCarthy, *American Creed*, 47-48.

（31）Kelley, *Learning to Stand and Speak*, 277.

（32）Baym, "Onward Christian Women," 269.

（33）あきらかに『女性の記録』の読者層は白人中流階級の女性たちであったが、五ドルという高価な八折判を実際に購入したのは、おそらく読者の父親か夫であった。ヘイルは献辞として、事実上の購入者である「アメリカの男性たち」が「ほかのどの国の男性たちよりも公正な思想と高潔な感情を〔…〕女性たちに示している」と記している（*WR* v）。書籍の価格等の情報については、ルイス・ゴーディーによる以下の記事を参照している。L. A. Godey, "Mrs. Hale's Books," *Godey's Lady's Book*, 54 (February 1857): 180.

（34）パトリシア・オッカーは、ヘイルが示唆する「女性個人としての成長」や「自己充実」の価値や意義について論証するさい、一八五〇年代の『ゴーディーズ』誌から記事を提示している。つまり、『女性の記録』が出版された時期において、ヘイルは確実に「母」でもなく「妻」でもない「女性個人」を重視する見解をもっていたと考えられる。Okker, *Our Sister Editors*, 65-68.

（35）ヘイルの伝記的（自伝的）テクストについては、終章にて議論する。

（36）Phebe A. Hanaford, *Daughters of America; or, Women of the Century* (Boston: B. B. Russell, 1883). ハナフォードのテクストからの引用頁数はこの版にもとづく。

（37）フィービ・ハナフォードはマサチューセッツ州ナンタケット島出身のユニヴァーサリスト派の牧師であった。女性の権利運動を支持し、エイブラハム・リンカンやジョージ・ピーボディの伝記を執筆した。『アメリカの娘たち』においては、「作家」および「説教師」の各章でヘイル同様に自己を「伝記化」している。なお、ハナフォードの生涯について、本章はロレッタ・コーディーによる伝記を参照した。Hanaford, 222-223, 427-429; Cody, *A Mighty Social Force: Phebe Ann Coffin Hanaford*, 1829-1921.

（38）おそらく「過去・現在・未来」の歴史的連続性のなかに読者を動員させることが、あらゆる伝記テクストの慣例であったのかもしれないが、実際にハナフォードは伝記を執筆するうえで、『女性の記録』からの引用を随所に採り入れていることをあきらかにしている。ほんの数例をあげれば、以下の女性たちの記述はヘイルのテクストからの引用である。ポカホンタス（31-32）、メアリ・ワシントン（44）、ドロシア・ディックス（156）、リディア・マリア・チャイルド（195-196）、E・D・E・N・サウスワース（217）、アン・ジャドソン（482-483）、キャサリン・ビーチャー（504）、エリザベス・ブラックウェル（532-534）等々。

◉終章

（1）Edmund Wheeler, *The History of Newport, New Hampshire, from 1766 to 1878, with a Genealogical Register* (Concord, New Hampshire: The Republican Press Association, 1879), 3. ホイーラーはヘイルとの書簡のやりとりを少なくとも一八六九年から開始している。Letters from Sarah Josepha Hale to Edmund Wheeler, March 1869 - February 1878, Richards Free Library, Newport, New Hampshire. ヘイルとホイーラー間の書簡は、すべてリチャーズ・フリー・ライブラリー所蔵のものである。

（2）Wheeler, 125.

（3）Sarah J. Hale to Edmund Wheeler, March 26, 1869.

（4）Sarah J. Hale to Edmund Wheeler, December 21, 1870.

（5）Wheeler, 125-131.

（6）Sarah Josepha Hale, "The Beginning," *Ladies' Magazine*, 2 (January 1829): 5.

（7）「切り貼り編集者たち」という表現は、パトリシア・オッカーによる用語である。Okker, *Our Sister Editors*, 87.

（8）Sarah Josepha Hale, *The Ladies' Wreath: A Selection from the Female Poetic Writers of England and America* (Boston: Marsh, Capen and Lyon, 1837), 383-388. 本テクストから引用する頁数はこの版にもとづく。また、当時の文芸アンソロジーには、作品とともにその作家の伝記的情報が掲載されたが、それは女性作家や女性詩人の場合に限られた。男性作家には伝記的背景が求められることはなかったらしい。Baym, *Novels, Readers, and Reviewers*, 254.

（9）Sarah Josepha Hale, *Woman's Record; or, Sketches of All Distinguished Women, from the Creation to A. D. 1854, Arranged in Four Eras* (New York: Harper & Brothers, 1853), 686-691.『女性の記録』からの引用頁数はこの版にもとづく。なお、ルイス・ゴーディーは、創刊二〇周年を記念する特別号『ゴーディーズ』誌一八五〇年一二月号

に、ヘイルの経歴と肖像画を掲載した。L. A. G. [Louis Antoine Godey], "Sarah Josepha Hale," *Godey's Lady's Book*, 41 (December 1850): 326.

（10）Sarah Josepha Hale, "Editor's Table: Fifty Years of My Literary Life," *Godey's Lady's Book and Magazine*, 95 (December 1877) :522-524. このテクストからの引用は本文の括弧内にその題名と頁数を示す。

（11）Sarah Josepha Hale, "Eminent Female Writers," *Ladies' Magazine*, 2 (September 1829): 393.

（12）Scott, Jr., "Sarah Josepha Hale's New Hampshire Years, 1788-1828," 73.

（13）Tonkovich, "Rhetorical Power in the Victorian Parlor," 163-164.

（14）Smith and Watson, *Before They Could Vote*, 4.

（15）「父の不在」にかんして付言すれば、ヘイルの自伝的作品に父親ゴードン・ビュエルがまったく登場しないのは、彼がアメリカ独立戦争に従軍した「英雄」でありながら、戦時の負傷で生涯脆弱な身となったからだろうか。ゴードンはそのような身体的理由で農夫をやめ、一八一一年に宿屋を営むことになった。また、ヘイルは生涯にわたって「わたくしの著述歴にかかわること」にこだわるものの、ニューポート時代に活動していた地元の文芸クラブ（the Coterie）についていっさい触れたことがない。この文芸クラブの活動は、詩や散文や戯曲を議論・朗読しあい、芝居をし、さらに自作品を持ちよって批評しあい、機会があれば雑誌に投稿するといった内容であった。ヘイルにとって、のちの文筆業に少なからず関連する活動だったと考えられるが、おそらく問題は、文芸クラブの仲間たちが「男女混淆」だった点にあると思われる。一九世紀に男女からなる聴衆にたいして女性が演説行為等をすることの禁忌については、スーザン・ザエスクの論考や本書第二章において取り上げられている。Scott, Jr., 66, 82; Ellis, "Sarah Josepha Hale, Mr. Godey's Lady," 17-18; Delaurier, "The Radical Frances Wright and Antebellum Evangelical Reviewers," 181-182; Zaeske, "The 'Promiscuous Audience' Controversy and the Emergence of the Early Woman's Rights Movement," 191-207.

（16）Buell, *New England Literacy Culture*, 414n8; Ellis, 90.

(17) Baym, *Novels, Readers, and Reviewers*, 257; Coultrap-McQuin, *Doing Literary Business*, 16.

(18) Ellis, 128-129.

(19) Smith and Watson, 4-5.

(20) Sarah J. Hale to Edmund Wheeler, February 20, 1878.

参考文献

A Bachelor, "The Bachelor's Farewell." *The Lady's Book*, 2 (May 1831): 227-228.

Allen, Thomas M. *A Republic in Time: Temporality and Social Imagination in Nineteenth-Century America*. Chapel Hill: The University of North Carolina Press, 2008.

Armstrong, Nancy. "Why Daughters Die: The Racial Logic of American Sentimentalism." *The Yale Journalism of Criticism*, 7.2 (January 1994): 1-24.

Arthur, T. S. "Blessings in Disguise." *Godey's Lady's Book*, 21 (July 1840): 15-20.

———. "Taking Boarders." *Godey's Lady's Book*, 42 (January 1851): 13-20; *Godey's Lady's Book* 42 (February 1851): 81-87; *Godey's Lady's Book*, 42 (March 1851): 160-167.

———. *Tired of Housekeeping*. New York: D. Appleton and Company, 1842.

Bardes, Barbara A. and Suzanne Gossett. *Declarations of Independence: Women and Political Power in Nineteenth Century American Fiction*. New Brunswick: Rutgers University Press, 1990.

———. "Sarah J. Hale, Selective Promoter of Her Sex." Susan Albertine, ed. *A Living of Words: American Women in Print Culture*. Knoxville: The University of Tennessee Press, 1995, 18-34.

Baym, Nina. American *Women Writers and the Work of History, 1790-1860*. New Brunswick: Rutgers University Press, 1995.

———. *Novels, Readers, and Reviewers: Responses to Fiction in Antebellum America*. Ithaca: Cornell University Press, 1984.

———. *Feminism and American Literary History*. New Brunswick: Rutgers University Press, 1992.

———. "Onward Christian Women: Sarah J. Hale's History of the World." *The New England Quarterly*, 63.2 (June 1990): 249-270.

———. *Woman's Fiction: A Guide to Novels by and about Women in America, 1820-1870*. Second Edition. Urbana: University of Illinois Press, 1993 [1978].

Bean, Judith Mattson. "Gaining a Public Voice: A Historical Perspective on American Women's Public Speaking." Judith Baxter, ed. *Speaking Out: The Female Voice in Public Contexts*. London: Palgrave Macmillan, 2006, 21-39.

Beecher, Catharine E. *A Treatise on Domestic Economy, for the Use of Young Ladies at Home, and at School*. Reprint. New York: Source Book Press, 1970 [1841].

Beecher, Eunice White. *All around the House; or, How to Make Home Happy*, New York: D. Appleton and Company, 1878.

Bergman, Jill and Debra Bernardi, eds. *Our Sisters' Keepers: Nineteenth-Century Benevolence Literature by American Women*, Tuscaloosa: The University of Alabama Press, 2005.

Berlant, Lauren. "The Female Woman: Fanny Fern and the Form of Sentiment." Shirley Samuels, ed. *The Cultures of Sentiment: Race, Gender, and Sentimentality in Nineteenth-Century America*. New York: Oxford University Press, 1992, 265-281.

Bernardi, Debra and Jill Bergman. "Introduction: Benevolence Literature by American Women." Jill Bergman and Debra Bernardi, eds. *Our Sisters' Keepers: Nineteenth-Century Benevolence Literature by American Women*. Tuscaloosa: The University of Alabama Press, 2005, 1-19.

Bizzell, Patricia. "Chastity Warrants for Women Public Speakers in Nineteenth-Century American Fiction." *Rhetoric Society Quarterly*, 40.4 (2010): 385-401.

Blackmar, Elizabeth. *Manhattan for Rent, 1785-1850*. Ithaca: Cornell University Press, 1989.

Blumin, Stuart M. *The Emergence of the Middle Class: Social Experience in the American City, 1760-1900*. New York: Cambridge University Press, 1989.

Boydston, Jeanne. *Home and Work: Housework, Wages, and the Ideology of Labor in the Early Republic*. New York: Oxford University Press, 1990.

Bremner, Robert H. *American Philanthropy*. Second Edition. Chicago: The University of Chicago Press, 1988 [1960].

Brodhead, Richard H. *Cultures of Letters: Scenes of Reading and Writing in Nineteenth-Century America*. Chicago: The University of Chicago Press, 1993.

Brown, Gillian. *Domestic Individualism: Imagining Self in Nineteenth-Century America*. Berkeley: University of California Press, 1990.

Buell, Lawrence. *New England Literacy Culture: From Revolution through Renaissance*. Cambridge: Cambridge University Press, 1988.

Burin, Eric. *Slavery and the Peculiar Solution: A History of the American Colonization Society*. Gainesville: University Press of Florida, 2005.

Burton, Antoinette. "Toward Unsettling Histories of Domesticity." *The American Historical Review*, 124.4 (2019): 1332-1336.

Cain, Mary Cathryn. "Race, Republicanism, and Domestic Service in the Antebellum United States." *Left History*, 12.2 (2007): 64-83.

Carby, Hazel. *Reconstructing Womanhood: The Emergence of the Afro-American Woman Novelist*. New York: Oxford University Press, 1987.

Casper, Scott E. "An Uneasy Marriage of Sentiment and Scholarship: Elizabeth F. Ellet and the Domestic Origins of American Women's History." *Journal of Women's History*, 4.2 (1992): 10-35.

———. *Constructing American Lives: Biography and Culture in Nineteenth-Century America*. Chapel Hill: The University of

North Carolina Press, 1999.

Clark, Gregory and S. Michael Halloran, eds. *Oratorical Culture in Nineteenth-Century America: Transformations in the Theory and Practice of Rhetoric*. Carbondale: Southern Illinois University Press, 1993.

Clark, Jr., Clifford Edward. *The American Family Home, 1800-1960*. Chapel Hill: The University of North Carolina Press, 1986.

Cmiel, Kenneth. *Democratic Eloquence: The Fight over Popular Speech in Nineteenth-Century America*. Berkeley: University of California Press, 1990.

Cody, Loretta. *A Mighty Social Force: Phebe Ann Coffin Hanaford, 1829-1921*. Booksurge Publishing, 2009.

Cogan, Frances B. *All-American Girl: The Ideal of Real Womanhood in Mid-Nineteenth-Century America*. Athens: The University of Georgia Press, 1989.

"Colonization Society." *African Repository and Colonial Journal*, 1 (May 1825): 65-69.

Conquergood, Dwight. "Rethinking Elocution: The Trope of the Talking Book and Other Figures of Speech." Judith Hamera, ed. *Opening Acts: Performance in/as Communication and Cultural Studies*. Thousand Oaks: Sage Publications, 2006, 141-162.

Conrad, Susan Phinney. *Perish the Thought: Intellectual Women in Romantic America, 1830-1860*. New York: Oxford University Press, 1976.

Cott, Nancy F. *The Bonds of Womanhood: "Woman's Sphere" in New England, 1780-1835*. Second Edition. New Haven: Yale University Press, 1997 [1977].

Coultrap-McQuin, Susan. *Doing Literary Business: American Women Writers in the Nineteenth Century*. Chapel Hill: The University of North Carolina Press, 1990.

Cowan, Ruth Schwartz. *More Work for Mother: The Ironies of Household Technology from the Open Hearth to the Microwave.*

New York: Basic Books, 1983. 高橋雄造訳『お母さんは忙しくなるばかり――家事労働とテクノロジーの社会史』法政大学出版局、二〇一〇年。

“Critical Notices: ‘*Boarding Out*’: *A Tale of Domestic Life*.” *The Southern Quarterly Review*, 10.19 (July 1846): 250.

“Critical Notices: *Liberia; or, Mr. Peyton's Experiments*.” *The Southern Quarterly Review,* 9.18 (April 1854): 542.

Dall, Caroline. *Historical Pictures Retouched; A Volume of Miscellanies*. Boston: Walker, Wise, & Company, 1860.

———. “ ‘Woman's Record’ — by Mrs. Sarah J. Hale.” *The Una*, Vol. I, No. 1 (February 1853): 11.

Davidson, Cathy N. “Preface: No More Separate Spheres!” *American Literature*, 70.3 (1998): 443-163.

Davidson, Cathy N. and Jessamyn Hatcher, eds. *No More Separate Spheres!* Durham: Duke University Press, 2002.

Delaurier, Jane E. “The Radical Frances Wright and Antebellum Evangelical Reviewers: Self-Silencing in the Works of Sarah Josepha Hale, Lydia Maria Child, and Eliza Cabot Follen.” Ph.D Dissertation. University of Missouri-Kansas City, 2015.

Diner, Hasia R. *Erin's Daughters in America: Irish Immigrant Women in the Nineteenth-Century*. Baltimore: The Johns Hopkins University Press, 1983.

Dorsey, Bruce. “A Gendered History of African Colonization in the Antebellum United States.” *Journal of Social History*, 34.1 (2000): 77-103.

———. *Reforming Men and Women: Gender in the Antebellum City*. Ithaca: Cornell University Press, 2002.

Douglas, Ann. *The Feminization of American Culture*. New York: The Noonday Press, 1998 [1977].

Downing, Andrew Jackson. *The Architecture of Country Houses*. New York: Dover Publications, 1969 [1850].

———. *Victorian Cottage Residences*. New York: Dover Publications, 1980 [1873].

Dublin, Thomas. *Women at Work: The Transformation of Work and Community in Lowell, Massachusetts, 1826-1860*. New York: Columbia University Press, 1979.

Dudden, Faye E. *Serving Women: Household Service in Nineteenth-Century America*. Middletown: Wesleyan University Press,

1983.

Eastman, Carolyn. *A Nation of Speechifiers: Making an American Public after Revolution*. Chicago: The University of Chicago Press, 2009.

Easton-Flake, Amy A. "An Alternative Woman's Movement: Antisuffrage Fiction, 1839-1920." PhD dissertation. Brandeis University, 2011.

Echeverria, Jeronima. *Home Away from Home: A History of Basque Boardinghouses*. Reno, Nevada: University of Nevada Press, 1999.

"Editorial Notes — Literature, Mrs. Hale." *Putnam's Monthly Magazine of American Literature, Science and Art*, Vol. I, No. 1 (January 1853): 107.

Ellet, Elizabeth F. *The Women of the American Revolution*, 2 vols. New York: Baker and Scribner, 1848.

Ellis, Geraldine K. "Sarah Josepha Hale, Mr. Godey's Lady." Unpublished manuscript. Richards Free Library, Newport, no date.

Entrikin, Isabelle Webb. *Sarah Josepha Hale and Godey's Lady's Book*. Philadelphia: Lancaster Press, 1946.

Epstein, Barbara Leslie. *The Politics of Domesticity: Women, Evangelism and Temperance in Nineteenth-Century America*. Middletown: Wesleyan University Press, 1981.

Faflik, David. "Boardinghouse Life, Boardinghouse Letters." *Studies in the Literary Imagination*, 40.1 (2007): 55-75.

———. *Boarding Out: Inhabiting the American Urban Literary Imagination, 1840-1860*. Evanston, Illinois: Northwestern University Press, 2012.

———. "Community, Civility, Compromise: Dr. Holmes's Boston Boardinghouse." *The New England Quarterly*, 78.4 (2005): 547-569.

———. "Introduction." Thomas Butler Gunn, *The Physiology of New York Boarding-House*. David Faflik, ed. New

Brunswick: Rutgers University Press, 2009, xi-xxxi.

Fink, Steven. "Antebellum Lady Editors and the Language of Authority." Sharon M. Harris, ed. *Blue Pencils and Hidden Hands: Women Editing Periodicals, 1820-1910*. Boston: Northeastern University Press, 2004, 205-221.

Finley, Ruth E. *The Lady of Godey's: Sarah Josepha Hale*. Philadelphia: J. B. Lippincott Co., 1931.

Foner, Eric. *Free Soil, Free Labor, Free Men: The Ideology of the Republican Party Before the Civil War*, with a New Introductory Essay. New York: Oxford University Press, 1995 [1970].

Forest, Virginia De. "Biddy's Blunders." *Godey's Lady's Book*, 50 (April 1855): 329-330.

Frantzen, Allen J. *Desire for Origins: New Language, Old English, and Teaching the Tradition*. New Brunswick: Rutgers University Press, 1990.

Friedman, Lawrence J. "Philanthropy in America: Historicism and Its Discontents." Lawrence J. Friedman and Mark D. McGarvie, eds. *Charity, Philanthropy, and Civility in American History*. Cambridge: Cambridge University Press, 2002, 1-21.

Frined, Craig Thompson and Lorri Glover, eds. *Southern Manhood: Perspectives on Masculinity in the Old South*. Athens: University of Georgia Press, 2004.

Gamber, Wendy. "Antebellum Reform: Salvation, Self-Control, and Social Transformation." Lawrence J. Friedman and Mark D. McGarvie, eds. *Charity, Philanthropy, and Civility in American History*. Cambridge: Cambridge University Press, 2002, 129-153.

———. *The Boardinghouse in Nineteenth-Century America*. Baltimore: The John Hopkins University Press, 2007.

Ganter, Granville. "The Unexceptional Eloquence of Sarah Josepha Hale's *Lecturess*." *Proceedings of the American Antiquarian Society*, 112 (2004): 269-289.

Garvey, Ellen Gruber. "Foreword." Sharon M. Harris, ed. *Blue Pencils and Hidden Hands: Women Editing Periodicals, 1820-*

1910. Boston: Northeastern University Press, 2004, xi-xxiii.

Gilman, Caroline Howard. *The Lady's Annual Register, and Housewife's Memorandum-Book, For 1838*. Boston: T. H. Carter, 1838.

Ginzberg, Lori D. *Women and the Work of Benevolence: Morality, Politics, and Class in the Nineteenth-Century United States*. New Haven: Yale University Press, 1990.

———. *Women in Antebellum Reform*. Wheeling, Illinois: Harlan Davidson, 2000.

Godey, Louis Antoine. "Circulation of the Lady's Book in 1864." *Godey's Lady's Book and Magazine*, 70 (March 1865): 286

———. "Godey's Arm-Chair." *Godey's Lady's Book and Magazine*, 60 (January 1860): 85.

———. "Mrs. Hale's Books." *Godey's Lady's Book and Magazine*, 54 (February 1857): 180.

———. "Sarah Josepha Hale." *Godey's Lady's Book*, 41 (December 1850): 326.

Gollin, Rita K. "Introduction." Sarah Josepha Hale, *Northwood; or Life North and South: Showing the True Character of Both*. Reprint. New York: Johnson Reprint Corporation, 1970 [1852], v-xxv.

Gossett, Suzanne and Barbara Ann Bards. "Women and Political Power in the Republic: Two Early American Novels." *Legacy*, 2.2 (1985): 13-30.

Gossett, Thomas F. *Uncle Tom's Cabin and American Culture*. Dallas: Southern Methodist University Press, 1985.

Greven, Philip. *The Protestant Temperament: Patterns of Child-Rearing, Religious Experience, and the Self in Early America*. Chicago: University of Chicago Press, 1977.

Griffen, Clyde. "Reconstructing Masculinity from Evangelical Revival to the Waning of Progressivism: A Speculative Synthesis." Mark C. Carnes and Clyde Griffen, eds. *Meanings for Manhood: Construction of Masculinity in Victorian America*. Chicago: University of Chicago Press, 1990.

Griffin, Clifford S. *Their Brother's' Keepers: Moral Stewardship in the United States, 1800-1805*. New Brunswick: Rutgers

University Press, 1960.

Gross, Robert A. "Giving in America: From Charity to Philanthropy." Lawrence J. Friedman and Mark D. McGarvie, eds. *Charity, Philanthropy, and Civility in American History*. Cambridge: Cambridge University Press, 2002, 29-48.

Groth, Paul. *Living Downtown: The History of Residential Hotels in the United States*. Berkley: University of California Press, 1989.

Gunn, Thomas Butler. *The Physiology of New York Boarding-House*. David Faflik, ed. New Brunswick: Rutgers University Press, 2009 [1857].

Gustafson, Sandra M. *Eloquence Is Power: Oratory and Performance in Early America*. Chapel Hill: The University of North Carolina Press, 2000.

Hale, Sarah Josepha. *Biography of Distinguished Women; or, Woman's Record, from the Creation to A. D. 1869, Arranged in Four Eras, with Selections from Authoresses of Each Era*. New York: Harper & Brothers, 1876.

———. "*Boarding Out*": *A Tale of Domestic Life*. New York: Harper & Brothers, 1846.

———. "Editors' Book Table — Mrs. Ellet's Women of the American Revolution." *Godey's Lady's Book*, 38 (March 1849): 224.

———. "Editor's Table." *Godey's Lady's Book*, 21 (November 1840): 237.

———. "Editors' Table." *Godey's Lady's Book*, 44 (February 1852): 163.

———. "Editors' Table." *Godey's Lady's Book and Magazine*, 74 (June 1867): 556-559.

———. "Editor's Table." *The Lady's Book*, 16 (March 1838): 143-144.

———. "Editor's Table." *The Lady's Book*, 16 (April 1838): 190-191.

———. "Editor's Table: Fifty Years of My Literary Life." *Godey's Lady's Book*, 95 (December 1877) :522-524.

———. "Eminent Female Writers." *Ladies' Magazine*, 2 (September 1829): 393-401.

———. *Keeping House and House Keeping: A Story of Domestic Life*. New York: Harper & Brothers, 1845.

———. *Liberia; or, Mr. Peyton's Experiments*. Reprint. New Jersey: The Gregg Press, 1968 [1853].

———. "Literary Notice." *Ladies' Magazine*, 3 (January 1830): 42-43.

———. Letter of S. J. Hale to Mrs. Marian A. Fairman, July 13, 1839. Sarah J. Hale Notebook I, Richards Free Library, Newport.

———. "Mrs. Ellet's Women of the American Revolution." *Godey's Lady's Book*, 38 (March 1849): 224.

———. *Northwood; A Tale of New England*, 2 vols. Boston: Bowles & Dearbone, 1827.

———. *Northwood; or Life North and South: Showing the True Character of Both*. Reprint. New York: Johnson Reprint Corporation, 1970 [1852].

———. "Robert Owen's Book." *Ladies' Magazine*, 2 (September 1829): 413-418.

———. *Sixth Annual Report of the Managers of the Seaman's Aid Society of the City of Boston*. Boston: James B. Dow, 1839.

———. "The Beginning." *Ladies' Magazine*, 2 (January 1829): 2-5.

———. "The Belle and the Blue." *Sketches of American Character*. Third Edition. Boston: Putnam & Hunt, and Carter & Hendee, 1830, 129-146.

———. "The 'Conversazione.' " *The Lady's Book*, 14 (January 1837): 1-5.

———. *The Good Housekeeper, Or, the Way to Live Well, and To Be Well While We Live*. Boston: Weeks, Jordan and Company, 1839.

———. "The Industrial Women's Aid Association." *Godey's Lady's Book*, 56 (January 1858): 82; *Godey's Lady's Book*, 56 (March 1858): 276-277.

———. *The Ladies' Wreath: A Selection from the Female Poetic Writers of England and America*. Boston: Marsh, Capen and Lyon, 1837.

———. *The Lecturess: or, Woman's Sphere*. Boston: Whipple and Damrell, 1839.

———. *Woman's Record; or, Sketches of All Distinguished Women, from the Creation till A. D. 1850, Arranged in Four Eras, with Selections from Female Writers of Every Age*. New York: Harper & Brothers, 1853.

———. *Woman's Record; or, Sketches of All Distinguished Women, from the Creation to A. D. 1854, Arranged in Four Eras, with Selections from Female Writers of Every Age*. Reprint. New York: Source Book Press, 1970 [1855].

———. "Woman's Sphere." *Ladies Magazine*, 6 (June 1833): 276.

"Hale's Record of Distinguished Women." *The North American Review*, 76.158 (January 1853): 260-262.

Halttunen, Karen. *Confidence Men and Painted Women: A Study of Middle-Class Culture in America, 1830-1870*. New Haven: Yale University Press, 1982.

Hanaford, Phebe A. *Daughters of America; or, Women of the Century*. Boston: B. B. Russell, 1883.

Handlin, David P. *The American Home: Architecture and Society, 1815-1915*. Boston: Little, Brown and Company, 1979.

Harrington, Kate. "Irish Blunders." *Godey's Lady's Book*, 51 (September 1855): 247-248.

Harris, Susan K. *19th-Century American Women's Novels: Interpretive Strategies*. New York: Cambridge University Press, 1990.

Hayden, Dolores. *The Grand Domestic Revolution: A History of Feminist Designs for American Homes, Neighborhood, and Cities*. Cambridge: The MIT Press, 1981. 野口美智子、藤原典子ほか訳『家事大革命――アメリカの住宅、近隣、都市におけるフェミニスト・デザインの歴史』勁草書房、一九八五年。

Heinz, Annelise and Elizabeth LaCouture. "Introduction to AHR Roundtable on Unsettling Domesticities: New Histories of Home in Global Context." *The American Historical Review*, 124.4 (2019): 1246-1248.

Herndl, Diane Price. *Invalid Women: Figuring Feminine Illness in American Fiction and Culture, 1840-1940*. Chapel Hill: The University of North Carolina Press, 1993.

Hewitt, Nancy A. *Women's Activism and Social Change: Rochester, New York, 1822-1872*. Ithaca: Cornell University Press, 1984.

Hoffman, Nancy. *Woman's "True" Profession: Voices from the History of Teaching*. New York: The Feminist Press, 1981.

Hoffman, Nicole Tonkovich. "Legacy Profile: Sarah Josepha Hale (1788-1874)." *Legacy*, 7.2 (1990): 47-55.

Horseman, Reginald. *Race and Manifest Destiny: The Origins of American Racial Anglo-Saxonism*. Cambridge: Harvard University Press, 1981.

Howard, June. "What is Sentimentality?" *American Literary History*, 11.1 (Spring 1999): 63-81.

Hoy, Suellen. *Chasing Dirt: The American Pursuit of Cleanliness*. New York: Oxford University Press, 1995. 椎名美智訳『清潔文化の誕生』紀伊國屋書店、一九九九年。

Johnson, Nan. *Gender and Rhetorical Space in American Life, 1866-1910*. Carbondale: Southern Illinois University Press, 2002.

Jordan-Lake, Joy. *Whitewashing Uncle Tom's Cabin: Nineteenth-Century Women Novelists Respond to Stowe*. Nashville: Vanderbilt University Press, 2005.

Kaplan, Amy. "Manifest Domesticity." *American Literature*, 70.3 (September 1998): 444-463.

———. *The Anarchy of Empire in the Making of U.S. Culture*. Cambridge: Harvard University Press, 2002. 増田久美子、鈴木俊弘訳『帝国というアナーキー——アメリカ文化の起源』青土社、二〇〇九年。

Kelley, Mary. *Learning to Stand and Speak: Women, Education, and Public Life in America's Republic*. Chapel Hill: The North Carolina Press, 2006.

———. *Private Woman, Public Stage: Literary Domesticity in Nineteenth-Century America*. New York: Oxford University Press, 1984.

Kelly, Catherine E. *In the New England Fashion: Reshaping Women's Lives in the Nineteenth Century*. Ithaca: Cornell

University Press, 1999.

Kerber, Linda K. *No Constitutional Right to Be Ladies: Women and the Obligations of Citizenship*. New York: Hill and Wang, 1998.

———. “Separate Spheres, Female Worlds, Woman’s Place: The Rhetoric of Women’s History.” *Toward an Intellectual History of Women*. Chapel Hill: The University of North Carolina Press, 1997, 159-199.

———. “The Meanings of Citizenship.” *The Journal of American History*, 84.3 (1997): 833-854.

———. “The Republican Mother and the Woman Citizen: Contradictions and Choices in Revolutionary America.” Linda K. Kerber and Jane Sherron De Hart, eds. *Women’s America: Refocusing the Past*, Sixth Edition. New York: Oxford University Press, 2004, 119-127. 小檜山ルイ訳「共和国の母と市民としての女性——独立革命期アメリカにおける矛盾と選択」有賀夏紀、杉森長子、瀧田佳子、能登路雅子、藤田文子編訳『ウィメンズ・アメリカ——論文編』ドメス出版、二〇〇二年、四一—五三頁。

———. *Women of the Republic: Intellect and Ideology in Revolutionary America*. Chapel Hill: University of North Carolina Press, 1980.

Klein, Rachel Naomi. “Harriet Beecher Stowe and the Domestication of Free Labor Ideology.” *Legacy*, 18.2 (2001): 135-152.

Klimasmith, Betsy. *At Home in the City: Urban Domesticity in American Literature and Culture, 1850-1930*. Durham: University of New Hampshire Press, 2005.

Kraditor, Aileen S. *Up from the Pedestal: Selected Writings in the History of American Feminism*. Chicago: Quadrangle Books, 1968.

Lasser, Carol. “The Domestic Balance of Power: Relations Between Mistress and Maid in Nineteenth-Century New England.” Nancy F. Cott, ed. *Domestic Ideology and Domestic Work*, Part 1. Munich: K. G. Saur, 1992, 116-133.

Lasser, Carol and Stacey Robertson. *Antebellum Women: Private, Public, Partisan*. Lanham: Rowman & Littlefield, 2010.

Lawes, Carolyn J. *Women and Reform in a New England Community, 1815-1860*. Lexington: The University Press of Kentucky, 2000.

Le Beau. Bryan F. *Currier and Ives: America Imagined*. Washington D.C.: Smithsonian Institution Press, 2001.

Lefcowitz, Allan and Barbara Lefcowitz. "Some Rents in the Veil: New Light on Priscilla and Zenobia in *The Blithedale Romance*." *Nineteenth-Century Fiction*, 21 (1966): 263-276.

Lehuu, Isabelle. "Sentimental Figures: Reading *Godey's Lady's Book* in Antebellum America." Shirley Sammuels, ed. *The Culture of Sentiment: Race, Gender, and Sentimentality in Nineteenth-Century America*. New York: Oxford University Press, 1992, 73-91.

Lerner, Gerda. *The Grimke Sisters from South Carolina: Pioneers for Women's Rights and Abolition*. Revised and Expanded Edition. Chapel Hill: The University of North Carolina Press, 2004.

———. "The Lady and the Mill Girl: Changes in the Status of Women in the Age of Jackson." *Midcontinent American Studies Journal*, 10.1 (1969): 5-15.

Letter of Mary Pierce to Mary Hudson, March 1 [1840]: 3-4. Poor Family Papers, Harvard University, Schlesinger Library on the History of Women in America / sch00100c00724.

Letters from Sarah Josepha Hale to Edmund Wheeler. March 1869-February 1878. Richards Free Library. Newport, New Hampshire.

Leavitt, Sarah A. *From Catharine Beecher to Martha Stewart: A Cultural History of Domestic Advice*. Chapel Hill: The University of North Carolina Press, 2002. 岩野雅子、永田喬、エイミー・D・ウィルソン訳『アメリカの家庭と住宅の文化史――家事アドバイザーの誕生』彩流社、二〇一四年。

Levander, Caroline Field. "Bawdy Talk: The Politics of Women's Public Speech in *The Lecturess* and *The Bostonians*." *American Literature*, 67.3 (1995), 467-485.

———. *Voices of the Nation: Women and Public Speech in Nineteenth-Century Literature and Culture*. Cambridge: Cambridge University Press, 1998.

Lewis, Jan. "The Republican Wife: Virtue and Seduction in the Early Republic." *The William and Mary Quarterly*, 44.4 (1987): 689-721.

Lindman, Janet Moore. *Bodies of Belief: Baptist Community in Early America*. Philadelphia: University of Pennsylvania Press, 2008.

"Literary Notice." *Frederick Douglass' Paper*, Vol. VII, No. 17 (April 14, 1854): 3. Library of Congress, LCCN sn84026366.

"Literary Notices; *Woman's Record*." *The New Englander*, XI (New Series, Vol. V, February 1853): 149-153.

Long, Lisa A. "Charlotte Forten's Civil War Journal and the Quest for 'Genius, Beauty, and Deathless Fame.' " *Legacy: A Journal of American Women Writers*, 16.1 (1999): 37-48.

Luskey, Brian P. *On the Make: Clerks and the Quest for Capital in Nineteenth-Century America*. New York: New York University Press, 2010.

Lynch-Brennan, Margaret. *The Irish Bridget: Irish Immigrant Women in Domestic Service in America, 1840-1930*. Syracuse: Syracuse University Press, 2009.

Matthews, Glenna. "*Just a Housewife*": *The Rise and Fall of Domesticity in America.* New York: Oxford University Press, 1987.

Merish, Lori. *Sentimental Materialism: Gender, Commodity Culture, and Nineteenth-Century American Literature*. Durham: Duke University Press, 2000.

McCall, Laura. " 'The Reign of Brute Force Is Now Over': A Content Analysis of *Godey's Lady's Book, 1830-1860*." *Journal of the Early Republic*, 9 (1989): 217-236.

McCarthy, Kathleen D. *American Creed: Philanthropy and the Rise of Civil Society, 1700-1865*. Chicago: The University of

Chicago Press, 2003.

———. "Parallel Power Structures: Women and the Voluntary Sphere." Kathleen D. McCarthy, ed. *Lady Bountiful Revisited: Women, Philanthropy, and Power.* New Brunswick: Rutgers University Press, 1990, 1-31.

McDannell, Colleen. *The Christian Home in Victorian America, 1840-1900*. Bloomington: Indiana University Press, 1994.

McGovern, James R. *Yankee Family*. New Orleans: Polyanthos, 1975.

McKinley, Blaine. "Troublesome Comforts: The Housekeeper-Servant Relationship in Antebellum Didactic Fiction." *Journal of American Culture*, 5.2 (1982): 36-44.

Miller, Randall M. ed. *Dear Master: Letters of A Slave Family*. Athens: University of Georgia Press, 1990.

Modell, John and Tamara K. Hareven. "Urbanization and the Malleable Household: An Examination of Boarding and Lodging in American Families." *Journal of Marriage and the Family*, 35 (1973): 467-479.

Mott, Frank Luther. *A History of American Magazines, 1741-1850*. Volume I. Cambridge: Harvard University Press, 1966.

Murphy, Teresa Anne. *Citizenship and the Origins of Women's History in the United States*. Philadelphia: University of Pennsylvania Press, 2013.

Najor, Monica. *Evangelizing the South: A Social History of Church and State in Early America*. New York: Oxford University Press, 2008.

Nelson, Elizabeth White. *Market Sentiments: Middle-Class Market Culture in 19th-Centurey America*. Washington DC: Smithsonian Books, 2004.

Norton, Mary Beth. *Liberty's Daughters: The Revolutionary Experience of American Women, 1750-1800*. Cornell Paperback Edition. Ithaca: Cornell University Press, 1996 [1980].

Okker, Patricia. *Our Sister Editors: Sarah J. Hale and the Tradition of Nineteenth-Century American Women Editors*. Athens: The University of Georgia Press, 1995. 鈴木淑美訳『女性編集者の時代――アメリカ女性誌の原点』青土社、

二〇〇三年。

Opal, J. M. *Beyond the Farm: National Ambitions in Rural New England*. Philadelphia: University of Pennsylvania Press, 2008.

Otter, Samuel. *Philadelphia Stories: America's Literature of Race and Freedom*. New York: Oxford University Press, 2010.

Ousley, Laurie. "The Business of Housekeeping: The Mistress, the Domestic Worker, and the Construction of Class." *Legacy*, 23.2 (2006): 132-147.

Parsons, Elaine Frantz. *Manhood Lost: Fallen Drunkards and Redeeming Women in the Nineteenth-Century United States*. Baltimore: The Johns Hopkins University Press, 2003.

Peel, Mark. "On the Margins: Lodgers and Boarders in Boston, 1860-1900." *The Journal of American History*, 72.4 (1986): 813-834.

Peterson, Beverly. "Mrs. Hale on Mrs. Stowe and Slavery." *American Periodicals*, 8 (1998): 30-44.

Peterson, Carla L. "*Doers of the Word*": *African-American Women Speakers and Writers in the North (1830-1880)*. New Brunswick: Rutgers University Press, 1995.

Pfister, Joel. *The Production of Personal Life: Class, Gender, and the Psychological in Hawthorne's Fiction*. Stanford: Stanford University Press, 1991.

Piepmeier, Alison. *Out in Public: Configurations of Women's Bodies in Nineteenth-Century America*. Chapel Hill: The University of North Carolina Press, 2004.

Pocook, J. G. A. *The Machiavellian Moment: Florentine Political Thought and the Atlantic Republican Tradition*, Second Paperback Edition. Princeton: Princeton University Press, 2003 [1975]. 田中秀夫、奥田敬、森岡邦泰訳『マキャヴェリアン・モーメント――フィレンツェの政治思想と大西洋圏の共和主義の伝統』名古屋大学出版会、二〇〇八年。

Post, Constance J. "Introduction." Hanna Mather Crocker, *Observations on the Real Rights of Women and Other Writings*.

Constance J. Post, ed. Lincoln: University of Nebraska Press, 2011, xiii-xlix.

Price, Patience. "The Revolt in the Kitchen. A Lesson for Housekeepers." *Godey's Lady's Book and Magazine*, 76 (February 1868): 142-144.

Reynolds, David S. *Beneath the American Renaissance: The Subversive Imagination in the Age of Emerson and Melville*, with a New Foreword by Sean Wilentz. New York: Oxford University Press, 2011 [1988].

"Review." *The New-York Mirror, and Ladies' Literary Gazette*, Volume IV, Number 39 (April 1827): 306-307.

Richter, Amy G. *At Home in Nineteenth-Century America: A Documentary History*. New York: New York University Press, 2015.

Robbins, Sarah. *Managing Literacy, Mothering America: Woman's Narratives on Reading and Writing in the Nineteenth Century*. Pittsburgh: University of Pittsburgh Press, 2004.

Roediger, David R. *The Wages of Whiteness: Race and the Making of the American Working Class*. Revised Edition. London: Verso, 1999 [1991]. 小原豊志、竹中興慈、井川眞砂、落合明子訳『アメリカにおける白人意識の構築——労働者階級の形成と人種』明石書店、二〇〇六年。

Rogers, Sherbrooke. *Sarah Josepha Hale: A New England Pioneer, 1788-1900*. Grantham: Tompson and Rutter, 1985.

Romero, Lora. *Home Fronts: Domesticity and Its Critics in the Antebellum United States*. Durham: Duke University Press, 1997.

Roney, Jessica Choppin. " 'Effective Men' and Early Voluntary Associations in Philadelphia, 1725-1775." Thomas A. Foster, ed. *New Men: Manliness in Early America*. New York: New York University Press, 2011, 155-171.

Roth, Sarah N. *Gender and Race in Antebellum Popular Culture*. New York: Cambridge University Press, 2014.

Rotundo, E. Anthony. *American Manhood: Transformations in Masculinity from the Revolution to the Modern Era*. New York: Basic Books, 1993.

Ryan, Barbara. *Love, Wages, Slavery: The Literature of Servitude in the United States*. Urbana: University of Illinois Press, 2006.

Ryan, Mary P. "Gender and Public Access: Women's Politics in Nineteenth-Century America." Craig Calhoun, ed. *Habermas and the Public Sphere*. Cambridge: The MIT Press, 1992: 259-288.

Ryan, Susan M. "Errand into Africa: Colonization and Nation Building in Sarah J. Hale's *Liberia*." *The New England Quarterly*, 68.4 (1995): 558-583.

———. *The Grammar of Good Intentions: Race and the Antebellum Culture of Benevolence*. Ithaca: Cornell University Press, 2003.

Salerno, Beth A. *Sister Societies: Women's Antislavery Organizations in Antebellum America*. DeKalb: Northern Illinois University Press, 2005.

Samuels, Shirley, ed. *The Cultures of Sentiment: Race, Gender, and Sentimentality in Nineteenth-Century America*. New York: Oxford University Press, 1992.

Sander, Kathleen Waters. *The Business of Charity: The Woman's Exchange Movement, 1832-1900*. Urbana: University of Illinois Press, 1998.

Scherzer, Kenneth A. *The Unbounded Community: Neighborhood Life and Social Structure in New York City, 1830-1875*. Durham: Duke University Press, 1992.

Schudson, Michael. "Was There Ever a Public Sphere? If So, When? : Reflections on the American Case." Craig Calhoun, ed. *Habermas and the Public Sphere*. Cambridge: The MIT Press, 1992, 143-163. 山本啓、新田滋訳「かつて公共圏は存在したのか？ 存在したとすればいつなのか？ アメリカ事例の考察」『ハーバーマスと公共圏』未來社、一九九九年、一六〇—一八九頁。

Scott, Anne Firor. "Women's Voluntary Associations: From Charity to Reform." Kathleen D. McCarthy, ed. *Lady Bountiful*

Revisited: Women, Philanthropy, and Power. New Brunswick: Rutgers University Press, 1990, 35-54.

Scott, Jr., Ernest L. “Sarah Josepha Hale’s New Hampshire Years, 1788-1828.” *Historical New Hampshire*, 49.2 (1994): 59-96.

Sedgwick, Catherine Maria. *Live and Let Live; or, Domestic Service Illustrated*. New York: Harper & Brothers, 1837.

Shamir, Millette. *Inexpressible Privacy: The Interior Life of Antebellum American Literature*. Philadelphia: University of Pennsylvania Press, 2006.

Skemp, Sheila L. *First Lady of Letters: Judith Sargent Murray and the Struggle for Female Independence*. Philadelphia: University of Pennsylvania Press, 2009.

Sklar, Kathryn Kish. *Catharine Beecher: A Study in American Domesticity*. New Haven: Yale University Press, 1973.

———. “Reconsidering Domesticity through the Lens of Empire and Settler Society in North America.” *The American Historical Review*, 124.4 (2019): 1249-1266.

Smith, Sidonie and Julia Watson. *Before They Could Vote: American Autobiographical Writing, 1819-1919*. Madison: The University of Wisconsin Press, 2006.

Smith-Rosenberg, Carroll. “The Female World of Love and Ritual: Relations between Women in Nineteenth-Century America.” *Signs*, 1.1 (1975): 1-29.

Spongberg, Mary. *Writing Women’s History since the Renaissance*. New York: Palgrave Macmillan, 2002.

Stanley, Amy Dru. *From Bondage to Contract: Wage Labor, Marriage, and the Market in the Age of Slave Emancipation*. New York: Cambridge University Press, 1999.

———. “Home Life and the Morality of the Market.” Melvyn Stokes and Stephen Conway, eds. *The Market Revolution in America: Social, Political, and Religious Expressions, 1800-1880*. Charlottesville: University Press of Virginia, 1996, 74-96.

Stansell, Christine. *City of Women: Sex and Class in New York, 1789-1860*. Urbana: University of Illinois Press, 1987.

Staudenraus, P. J. *The African Colonization Movement, 1816-1865*. Reprint Edition. New York: Octagon Books, 1980 [1961].

Stein, Jordan Alexander. " 'A Christian Nation Calls for Its Wandering Children': Life, Liberty, Liberia." *American Literary History*, 19.4 (2007): 849-873.

Stokes, Claudia. *The Altar at Home: Sentimental Literature and Nineteenth-Century American Religion*. Philadelphia: University of Pennsylvania Press, 2014.

Stowe, Harriet Beecher. "Preface." Frank J. Webb, *The Garies and Their Friends*. Robert Reid-Pharr, ed. Baltimore: The Johns Hopkins University Press, 1997, xviiii-xx. 進藤鈴子訳「前書き」『ゲーリー家の人々——アメリカ奴隷制下の自由黒人』彩流社、二〇一〇年、五―六頁。

———. "Trials of a Housekeeper." *The Lady's Book and Magazine*, 18 (January 1839): 4-6.

———. *Uncle Tom's Cabin, Authoritative Text, Backgrounds and Contexts, Criticism*, A Norton Critical Edition. Elizabeth Ammons, ed. New York: W. W. Norton & Company, 1994. 小林憲二監訳『新訳アンクル・トムの小屋』明石書店、一九九八年。

Strasser, Susan. *Never Done: A History of American Housework*. New York: Pantheon Books, 1982.

Sweeting, Adam W. *Reading Houses and Building Books: Andrew Jackson Downing and the Architecture of Popular Antebellum Literature, 1835-1855*. Hanover: University Press of New England, 1996.

Taketani, Etsuko. *U.S. Women Writers and the Discourses of Colonialism, 1825-1861*. Knoxville: The University of Tennessee Press, 2003.

Tate, Claudia. *Domestic Allegories of Political Desire: The Black Heroin's Text at the Turn of the Century*. New York: Oxford University Press, 1992.

Thomson, Rosemarie Garland. *Extraordinary Bodies: Figuring Physical Disability in American Culture and Literature*. New York: Columbia University Press, 1997.

Tompkins, Jane. *Sensational Designs: The Cultural Work of American Fiction, 1780-1860*. New York: Oxford University Press, 1985.

Tonkovich, Nicole. *Domesticity with a Difference: The Nonfiction of Catharine Beecher, Sarah J. Hale, Fanny Fern and Margaret Fuller*. Jackson: University Press of Mississippi, 1997.

———. "Rhetorical Power in the Victorian Parlor: *Godey's Lady's Book* and the Gendering of Nineteenth-Century Rhetoric." Gregory Clark and S. Michael Halloran, eds. *Oratorical Culture in Nineteenth-Century America*, 158-183.

Traister, Bryce. "Evangelicalism and Revivalism." Bret E. Carroll, ed. *American Masculinities: A Historical Encyclopedia*. Thousand Oaks: SAGE Publications, 2003, 155-157.

Ulrich, Laurel Thatcher. *A Midwife's Tale: The Life of Martha Ballard, Based on Her Diary, 1785-1812*. New York: Vintage Books, 1990.

Varon, Elizabeth R. *We Mean to Be Counted: White Women and Politics in Antebellum Virginia*. Chapel Hill: University of North Carolina Press, 1998.

Walters, Ronald G. *American Reformers, 1815-1860*. Revised Edition. New York: Hill and Wang, 1997 [1978].

Wayne, Tiffany K. *Woman Thinking: Feminism and Transcendentalism in Nineteenth-Century America*. Lanham: Lexington Books, 2005.

Welter, Barbara. "The Cult of True Womanhood," *American Quarterly*, 18 (1966): 151-174.

Wexler, Laura. *Tender Violence: Domestic Visions in an Age of U.S. Imperialism*. Chapel Hill: The University of North Carolina Press, 2000.

Wheeler, Edmund. *The History of Newport, New Hampshire, from 1766 to 1878, with a Genealogical Register*. Concord, New Hampshire: The Republican Press Association, 1879.

Whitman, Walt. "New York Boarding Houses." Joseph Jay Rubin and Charles H. Brown, eds. *Walt Whitman of the New York*

Aurora. State College, Pennsylvania: Bald Eagle Press, 1950 [1842].

Wigley, Mark. “Untitled: The Housing of Gender.” Beatriz Colomina, ed. *Sexuality and Space*. New York: Princeton Architectural Press, 1992, 327-389.

Woods, Gordon S. *The Creation of the American Republic, 1776-1787*. Revised Edition. Chapel Hill: The University of North Carolina Press, 1998 [1969].

Wright, Gwendolyn. *Building the Dream: A Social History of Housing in America*. Cambridge: The MIT Press, 1983.

Wyman, Mary Alice. *Selections from the Autobiography of Elizabeth Oaks Smith*. New York: Columbia University Press, 1924.

Yaster, Carol and Rachel Wolgemuth. *Images of America: Laurel Hill Cemetery*. Charlston: Arcadia Publishing, 2017.

Younger, Karen Fisher. “Philadelphia’s Ladies’ Liberia School Association and the Rise and Decline of Northern Female Colonization Support.” *Pennsylvania Magazine of History and Biography*, 134.3 (2010): 235-261.

Zaeske, Susan. “The ‘Promiscuous Audience’ Controversy and the Emergence of the Early Woman’s Rights Movement.” *Quarterly Journal of Speech*, 81 (1995):191-207.

Zagarri, Rosemarie. *Revolutionary Backlash: Women and Politics in the Early American Republic*. Philadelphia: University of Pennsylvania Press, 2007.

Zboray, Ronald J. and Mary Saracino Zboray. “Books, Reading, and the World of Goods in Antebellum New England.” *American Quarterly*, 48.4 (1996): 587-622.

———. “ ‘Have You Read…? ’: Real Readers and Their Responses in Antebellum Boston and Its Region.” *Nineteenth-Century Literature*, 52.2 (1997): 139-170.

———. *Voices without Votes: Women and Politics in Antebellum New England*. Durham: University of New Hampshire Press, 2010.

相本資子『ドメスティック・イデオロギーへの挑戦——一九世紀アメリカ女性作家を再読する』英宝社、二〇一五年。

有賀夏紀、小檜山ルイ「アメリカ女性史研究の展開——その興隆からジェンダー史へ」有賀夏紀、小檜山ルイ編『アメリカ・ジェンダー史研究入門』青木書店、二〇一〇年、一—一二頁。

小林憲二「『アンクル・トムの小屋』の再評価と位置付け」『新訳アンクル・トムの小屋』明石書店、一九九八年、五四〇—五九四頁。

瀬谷幸男「訳者あとがき——解説にかえて」ジョヴァンニ・ボッカッチョ『名婦列伝』、論創社、二〇一七年、四〇一—四一〇頁。

新田啓子「領域化する家、内密の空間——生活世界の構図」『アメリカ文学のカルトグラフィ——批評による認知地図の試み』研究社、二〇一二年、五—二六頁。

久田由佳子「参政権なき女性の政治参加——一八四〇年代マサチューセッツ州における一〇時間労働運動」遠藤泰生編『近代アメリカの公共圏と市民——デモクラシーの政治文化史』東京大学出版会、二〇一七年、一七一—一九四頁。

増田久美子「消されたエリナの賃金——ハリエット・ビーチャー・ストウとローラ・タウンにみる黒人女性の家内賃金労働をめぐって」『駿河台大学論叢』第四五号（二〇一二）、五五—七五頁。

森杲『アメリカ〈主婦〉の仕事史——私領域と市場の相互関係』ミネルヴァ書房、二〇一三年。

若林麻希子「一八三〇年代アメリカと家事労働——キャサリン・マリア・セジウィックを中心に」日比野啓、下河辺美知子編著『アメリカン・レイバー——合衆国における労働の文化表象』彩流社、二〇一七年、二三—四一頁。

あとがき

フィラデルフィアの中心街から公営バスに揺られて小一時間ほど北上すると、田園墓地として名高いローレルヒル・セメタリーが目の前に現れます。ここはスクールキル川沿いの丘陵地帯を利用した広大な共同墓地で、一八三六年に造成されました。アンテベラム期には園亭や展望台が設けられ、人びとが敷地内の小道をゆったりと散歩するような憩いの場であり、また、現代と同様に、ガイドマップを片手にして景観を楽しむ場でもありました。

このセメタリーは、幾世代にもわたって鬼籍に入る者たちを迎え入れてきました。ギリシアの劇作世界を思わせる豪奢な霊廟や、エジプトのオベリスクさながらの荘厳な墓塔がそびえたつようすを眺めると、各時代の名士や著名人たちが、それぞれの趣向を顕示した装飾墓を競い合うように建てていった過去について思いをめぐらすことができます。

死者たちの繁華街のような墓群から離れて北向きの斜面の一区画に行くと、名前と生死の日付だけが刻まれた小さな白薄板の（おそらくは大理石でつくられた）ふたつの墓標が、寄り添うように並んで立っていました。そのひとつにはセアラ・J・ヘイル、もうひとつにもセアラ・J・ヘイル――

セフと同名の娘——が眠っています。一八五六年、ヘイルはジョージア州で教師をしていた次女セアラ・ジョセファをフィラデルフィアに呼び寄せ、家事手伝いのアイルランド人女性とともに暮らしていたのですが、その娘は一八六三年に突然亡くなりました。ヘイルは娘のためにこの素朴な墓を建て、一六年後、その隣に自分が臥すことになります。おそらくヘイルは、自分が亡くなるときには次女と同じかたちと寸法の墓石を建てるように言い遺したのだと思います。彼女たちの双子のような墓はこのうえなく慎ましく、静けさに満ちるような気配があり、穏やかで飾り気のないようすは、野の植物のひっそりとした佇まいさえ感じられました。

ローレルヒル・セメタリーを訪れたのは二〇一五年のことです。このあまりにも素朴な墓石の前に立って、セアラ・ヘイルとはどんな女性だったのかと改めて問い直さざるをえませんでした。彼女が驚くべき権威をもった『ゴーディーズ・レディーズ・ブック』誌の敏腕編集者だったとも、あるいはヴィクトリアニズムが要請した「真の女性」の体現者だったとも想像することはできませんでした。それは、簡素だが粗放ではなく、端正だが華美ではなく、精良だが驕奢ではなく、凛然さを帯びつつも悪目立ちはしない——いうなれば、彼女が生涯を通して貫いた「共和国アメリカ」の精神性が具体的なかたちをなしているように思われました。同じセメタリーに建つ巨大なルイス・ゴーディーの霊廟とは、まさに対照的です。ローレルヒルの墓地は何世代もの人びとの人生が積層する場所ですが、いま、人の生きたありようを墓場まで持ち込んでいるような墓廟が無思慮に広がっている周囲を見渡すとき、この双子の墓石は、ヘイルが理念とした「リパブリカニズムの美徳」とその模範的女性像とは何であったのかを、寡黙だけれど力強く語りかけてくれるのです。

ヘイル母娘の墓参りからさらに一五年ほど遡った頃になりますが、デューク大学出版の『アメリカン・リテラチャー』誌一九九八年九月号に、エイミー・カプランの論文「マニフェスト・ドメスティシティ」が掲載されました。わたしはこれを読み、大きな衝撃を受けたことをはっきりと覚えています。本書の序章でカプランの研究について言及したように、私的領域のイデオロギーであるはずの家庭性と、公的イデオロギーであった帝国主義とのあいだに密接な同時代的共犯関係が存在しているという主張は、非常に斬新で魅力的でした。そして、この論文との出会いによって、わたしとセアラ・ヘイルとの長い「つきあい」が始まったのです。

セアラ・ヘイルは、ヴィクトリアニズムの「感傷主義」が蔑視される文学的風潮のなかで消えていった女性作家のひとりです。しかし、彼女の小説や『ゴーディーズ』誌のコラム、伝記的資料等を集めて読んでいくうちに、なぜヘイルは「感傷的である」との烙印を押されたのかという疑問がしばらくつきまといました。彼女の小説にメロドラマ的なプロットがあるとしても、その展開において読者の「感性」ないし「情」を揺さぶるような劇的な描写は（正直なところ）不完全であり、初期のテクストにいたっては、むしろ厳めしく、理知的で、難解でした（ようするに、堅くて読みにくい文章なのです）。そして、わたしが確信したのは、人びとが評するヘイルの感傷性とは彼女の著作そのものではなく、アンテベラム期アメリカのヴィクトリアニズム文化を特徴づけた『ゴーディーズ』誌と、その女性化されたテクスト空間の特徴をはき違えた評価にちがいないという点でした。当時のある批評家は、彼女の文体について「男性的な力強さと表現力がある」とさえ述べています。ならば、ヘイルの本質をとらえるには、『ゴーディーズ』誌の女性編集者ではなく、女性作家として書かれた小説テクストを検証しなくてはならないのではないか。そこにこそ、同時代の誰よりも「女性の向上」に尽力したヘイルが、(女性からさまざまな権利や機会を奪う)家庭性や「男女の領域分離」を唱えなければならなかった理由と必然性がみえてくるだろう、と思うようになったのです。

そのようにして、わたしは長年にわたってヘイルの中心的思想である家庭性の働きを小説のなかに見いだそうと奮闘し、少しずつ(遅筆にもほどがある、というような速度で)論文を書き溜めてきました。本書に収めた各章は、それぞれ独立した論文として書かれたものが基礎となっていますが、一冊にまとめるにあたっては、論文どうしの整合性を保つためにいずれも大幅な加筆修正を施しています。また、序章と終章は、もともとは単行論文として発表したものを分けて書き改めています。これらを断ったうえで、以下の通り、各章のもとになった論文の初出を示します。

序章・終章　「切り貼りされる自己語り――セアラ・ヘイルの自伝的記述における家庭性」――『立正大学大学院紀要』第三六号、二〇二〇年、二五―四四頁。

第一章　「『共和国の母』から『慈悲深き帝国』時代の女性たちへ――二つの版の『ノースウッド』にみるセアラ・ヘイルの思想的変遷と『慈善』」『アメリカ研究』第四九号、二〇一五年、一三五―一五六頁。

第二章　「『女性の領域』を読む女たち――セアラ・ヘイル『女性講演家』のジェンダー・ペダゴジー」『言語社会』第一三号、二〇一九年、二四九―二六五頁。

第三章　「ボーディングアウトする女、家庭にしがみつく男――(反)ボーディングハウス小説におけるセアラ・J・ヘイルのドメスティック・イデオロギー」『アメリカ研究』第四五号、二〇一一年、七五―九六頁。
第四章　「分断された家庭のなかの良妻――セアラ・ヘイルのハウスキーピング小説に領域論的矛盾を読む試み」『言語社会』第八号、二〇一四年、二四四―二六二頁。
第五章　「リベリア礼讃――セアラ・ヘイルのアフリカ植民思想にみる男性性の危機・回復・依存」『駿河台大学論叢』第五一号、二〇一六年、三三―四六頁。
第六章　「伝記テクストにおける女性市民の形成――セアラ・ヘイル『女性の記録』の家庭的歴史の語り」『アメリカ研究』第五一号、二〇一七年、二〇五―二二八頁。

本書をまとめていく過程で、非常に多くの方からお力添えをいただきました。最初にお礼を申し上げたいのは、大学院時代からの恩師である冨山太佳夫先生と水落一朗先生です。冨山先生には、何年にもわたる研究会への参加を通して、文学にたずさわる者が生きていくための道しるべを示していただきました。水落先生は、わたしの執筆があまりにも遅々として進まなかったため、いつも研究の進捗を気にかけてくださいました。こんなにも時間を必要としてしまいましたが、ようやくセアラ・ヘイル論の完成にたどり着けたことをご報告したいと思います。そして、一橋大学の貴堂嘉之先生にも心から感謝を申し上げたく存じます。貴堂先生は出版にかんする相談を親身に聞いてくださり、それによりまして、本書の出版を実現することができました。
同僚の先生方にもお礼を申し上げたいと思います。以前勤めていた駿河台大学では、どんなに雑務に追われようと、わたしたちは研究者であり続けよう、と励ましあう仲間がおりました。この励ましは、いまでも大切な研究の支えとなっています。そして、現在の勤務校である立正大学では、仕事や研究の相談に耳を傾けてくださる先生方に、深く感謝したいと思います。

ヘイルの故郷であるニューハンプシャー州ニューポートを訪れたときには、リチャーズ・フリー・ライブラリーのみなさまに大変お世話になりました。ヘイルにかんする貴重な一次史料や肖像画を見せていただいたばかりか、ヘイルゆかりの各地を案内してくださり、さらに、伝記を著したジェラルディン・エリスの未出版原稿をいただくことができました。心よりお礼申し上げます。

本書の出版にさいしては、立正大学石橋湛山記念基金の出版助成という、大きな支援を得ることができました。改めてお礼を申し上げたいと思います。そして、出版を引き受けてくださった小鳥遊書房の高梨治さんは、この拙い原稿を丁寧に読んでくださり、非常に有意義なご助言を与えてくださっただけでなく、わたしの遅鈍さにたいしても大変おおらかに接してくださいました。感謝の念にたえません。

最後に、いつもわたしを支えてくれる家族と、つねによき理解者である夫の鈴木俊弘と愛娘の千早に、感謝の意を表したいと思います。みなさま、本当にありがとうございました。

二〇二一年五月

増田久美子

※本研究は、日本学術振興会科学研究費事業（基盤研究（C）課題番号22720110／25370301）の助成を受けたものです。

索引

◉おもな人名と書名、事項等を五十音順に示した。
書名は著者ごとにまとめてある。
※「ヘイル、セアラ」については、ほぼどの頁にも頻出するため頁数を省略。

【ア行】

【カ行】

【サ行】

【ハ行】

【マ行】

【ラ行】

【ワ行】

アメリカの歴史と文学年表・ヘイル略年譜

アメリカの歴史と文学		ヘイル	
1788	合衆国憲法批准	1788	ニューハンプシャー州ニューポートのビュエル家に長女として生まれる
1789	ワシントン、初代大統領に就任		
1790	最初の国勢調査／この頃第二次大覚醒運動はじまる（～ 1830 年代）		
1792	メアリ・ウルストンクラフト『女性の権利の擁護』出版		
1793	逃亡奴隷法、議会で法制化		
		1795	アン・ラドクリフの『ユードルフォ城の怪奇』を読み、女性作家を意識するようになる
1797	アダムズ第 2 代大統領／ハナ・W・フォスター『コケット』出版		
1798	チャールズ・B・ブラウン『ウィーランド』出版	1798	ラムジー『アメリカ独立革命史』を読み、愛国心を強める
1799	ニューヨーク州で奴隷の漸次的解放案の可決		
1800	ヴァージニア州で「ガブリエルの陰謀」として知られるガブリエル・プロッサーの蜂起未遂／ワシントン DC が首都になる	1800	この頃までにミルトン、アディソン、ポウプ、ジョンソン、クーパー、バーンズ、シェイクスピアなどの作品を読む
1801	ジェファソン第 3 代大統領		
1802	ウェストポイント陸軍士官学校の創立		
1803	ルイジアナ購入により合衆国の領土倍増		
1804	ルイスとクラークの西部探検（～ 1806）		
1805	マーシー・オーティス・ウォーレン『アメリカ革命の歴史』出版	1805	ダートマス大生の兄から大学課程レベルの学問知識を習得する／この頃から私塾を開校し、近隣の子どもたちを教える
1807	フルトンの蒸気船、ハドソン川遡航に成功		

1808	奴隷輸入禁止法の発効		
1809	マディソン第4代大統領		
		1811	父ゴードンが農家をやめ宿屋をひらくが、母マーサが亡くなり廃業する
1812	対英宣戦布告、1812年戦争はじまる（～1814）		
		1813	デイヴィッド・ヘイルと結婚、夫婦で勉強会をはじめる／地元の新聞紙への寄稿や、文芸クラブの主催などの活動をおこなう
1815	『ノース・アメリカン・レヴュー』創刊	1815	長男デイヴィッドを出産
1816	第二合衆国銀行の設立／黒人をリベリアへ入植させるアメリカ植民協会の設立	1816	次男ホレイショを出産
1817	モンロー第5代大統領		
		1818	肺結核にかかるが回復する
1819	経済恐慌はじまる（～1821）／アーヴィング『スケッチブック』出版	1819	長女フランシス・アンを出産
1820	奴隷州拡大への政治的妥協として、ミズーリ協定の成立	1820	次女セアラ・ジョゼファを出産
1821	エマ・ウィラードの女子セミナリー設立		
1822	マサチューセッツ州ローウェルに紡績工場の設立／キャサリン・セジウィック『ニューイングランド物語』出版／サウスカロライナ州チャールストンでデンマーク・ヴィジーの蜂起未遂	1822	夫デイヴィッドの死去、その2週間後に三男を出産／義理の妹と婦人帽子店をはじめるが難航し、文筆業を志す
1823	クーパー『開拓者たち』出版／モンロー主義の発表	1823	最初の詩集『忘却の天才』出版
1825	エリー運河の開通／ジョン・クインシー・アダムズ第6代大統領／インディアナ州にロバート・オーエンのニューハーモニーの建設		
		1827	小説『ノースウッド』初版の出版

年	アメリカの歴史と文学	年	ヘイル略年譜
1828	フィラデルフィアに最初の労働者党の発足	1828	ブレイク牧師に招聘されてボストンへ移住、ボーディングハウスでの生活がはじまる／『レディーズ・マガジン』誌の編集者になる
1829	ジャクソン第7代大統領	1829	エッセイ集『アメリカ人のスケッチ』出版
1830	ボルティモア・アンド・オハイオ鉄道の開通／インディアン強制移住法の制定	1830	詩集『子どもたちへの詩』(「メリーさんの羊」所収) や、児童のための教材として『ビルマ伝道についての対話』を出版
1831	ヴァージニア州で「ナット・ターナーの反乱」として知られる奴隷たちの蜂起／ギャリソン、反奴隷制新聞『リベレーター』を創刊／チェロキー国対ジョージア州事件判決		
1832	民主党の新発足／リディア・マリア・チャイルド『倹約するアメリカの主婦』出版	1832	ギフトブック『花語り』出版
1833	オーバリン大学の創立、女性の入学を受け入れる／アメリカ反奴隷制協会の設立	1833	ボストン船員支援協会を設立し、初代会長になる
1834	ホイッグ党の結成	1834	第1回ボストン船員支援協会年次報告書を発行 (～1841) ／子どものための『スクールソング・ブック』を編集・出版
1835	テキサス独立戦争はじまる／フロリダでセミノール戦争はじまる (～1842)		
1836	テキサス共和国の建国／エマソン『自然』出版	1836	この頃オリヴァー・ウェンデル・ホームズがヘイルと同じボーディングハウスで暮らしはじめ、知り合いになる
1837	ビューレン第8代大統領／経済恐慌はじまる (～1840年代) ／メアリ・ライアンのマウント・ホリヨーク・セミナリーの創立／ホレス・マンによるコモンスクール制度設立の推進／アメリカ禁酒同盟第1回大会	1837	ルイス・ゴーディーの依頼により『レディーズ・ブック』誌の編集者になる／詩撰集『女性たちの花冠』を出版

1838	トクヴィル『アメリカにおける民主主義』英訳版の出版		
		1839	家庭管理読本『よき家庭の主婦』を出版／小説『女性講演家』を匿名出版
1840	トランセンデンタリズム機関誌『ダイアル』創刊	1840	バンカーヒル記念塔完成のために、ボストンのクインシーホールで慈善市を開催／英国女性詩人バーボールド夫人の作品集を編集・出版
1841	トランセンデンタリストによるブルックファームの設立（〜1847）／ハリソン第9代大統領（病死）により、タイラー第10代大統領の就任／キャサリン・ビーチャー『家事要法』出版	1841	フィラデルフィアへ移住
1842	ダウニング『ヴィクトリア様式住宅』出版	1842	子どものための教材『ヨーロッパ諸国』と『バンクルおじさんの動植物についての本当のお話』を出版
1843	ポー「黒猫」発表		
1844	ボルティモア・ワシントン間の電信に成功		
1845	ポーク第11代大統領／オサリヴァン「明白なる運命」によって領土拡大を正当化／テキサス併合／マーガレット・フラー『19世紀の女性』出版	1845	ハウスキーピング小説『家庭管理の物語』を出版／ギフトブック『オパール』を編集・出版
1846	アメリカ＝メキシコ戦争はじまる（〜1848）	1846	ボーディングハウス小説『ボーディングアウト』を出版／女性教師の雇用のための運動を呼びかける
1847	フレデリック・ダグラス、反奴隷制新聞『ノース・スター』の発刊（1851年から『フレデリック・ダグラス・ペーパー』と改名）	1847	感謝祭を祝日とするための運動を開始する
1848	カリフォルニア金鉱発見／カリフォルニアによるニューメキシコの獲得／ニューヨーク州セネカフォールズで女性の権利大会が開催される／エリザベス・エレット『アメリカ独立革命の女性たち』出版	1848	詩集『三つの時間』と1848年版『オパール』を編集・出版

年	アメリカの歴史と文学	年	ヘイル略年譜
1849	テイラー第12代大統領／ゴールドラッシュ	1849	児童書『メアリおばさんの若い人たちへの物語』、1849年版『オパール』、ギフトブック『クロッカス』を編集・出版
1850	テイラー大統領の病死により、フィルモア第13代大統領の就任／1850年の妥協により、カリフォルニアが「自由州」に昇格／逃亡奴隷法が強化される／ホーソーン『緋文字』出版／ウォーナー『広い広い世界』出版／『ハーパーズ・マガジン』創刊	1850	『詩の引用事典』を編集・出版
1851	メルヴィル『白鯨』出版／『ニューヨーク・タイムズ』創刊	1851	フィラデルフィア女性医療使節団を組織化
1852	ストウ『アンクル・トムの小屋』出版／最初の義務教育法の制定	1852	『新・女性の料理本』と小説『ノースウッド』改訂版を出版
1853	ウィリアム・W・ブラウン『クローテル』出版／ポーライナ・デイヴィス、女性参政権派の雑誌『ユーナ』の発刊／ピアス第14代大統領	1853	『家庭のレシピブック』、小説『リベリア』、女性伝記事典『女性の記録』初版をそれぞれ出版／女性医療使節協会および女性医師の養成への支援を呼びかける／フィラデルフィアに女子高等学校を設立するための運動を開始する
1854	カンザス・ネブラスカ法の成立により、ミズーリ協定が破棄され、奴隷州再拡大の危機／共和党の結成／ソロー『ウォールデン』出版／マリア・カミンズ『点灯夫』出版／ファニー・ファーン『ルース・ホール』出版	1854	ギフトブック『白いヴェール』を編集・出版
1855	ホイットマン『草の葉』出版	1855	女性伝記事典『女性の記録』第2版と『聖書読本』を出版／マウント・ヴァーノン女性協会のアン・カニングハムの要望により、マウント・ヴァーノンの保存・購入のための運動を支援しはじめる／友人エリザベス・オークス・スミスの講演を拒否する

1856	奴隷制擁護派と反対派が衝突する「流血のカンザス」の発生	1856	『メアリ・ワートリー・モンタギュー書簡集』および『セヴィニエ夫人の書簡集』を編集・出版
1857	ドレッド・スコット判決／『アトランティック・マンスリー』創刊／『ハーパーズ・ウィークリー』創刊／ブキャナン第15代大統領／1857年恐慌	1857	『ヘイル夫人のレシピブック』を出版
1858	リンカン=ダグラス論争	1858	家事使用人の教育および雇用のための運動を呼びかける
1859	ジョン・ブラウンによるハーパーズフェリー襲撃		
		1860	ボルティモア女子大学から「女子教育への貢献」によりメダルが贈呈される／マシュー・ヴァッサーと知り合い、女子大学の設立を支援する
1861	リンカン第16代大統領／南部連合の樹立と南北戦争の勃発(～1865)／女子大学ヴァッサー・カレッジの創立（1865年に開校）		
1862	太平洋鉄道法の制定／ホームステッド法の制定		
1863	奴隷解放宣言／リンカン大統領によるゲティスバーグ演説	1863	リンカン大統領に感謝祭を祝日とする懇願書を送る
1864	逃亡奴隷法の廃止		
1865	リンカン暗殺によりジョンソン第17代大統領／南北戦争の終結／憲法修正第13条批准により奴隷制廃止／クー・クラックス・クランの結成		
1866	公民権法の成立／全米労働組合の結成		
1867	南部再建法の制定／アラスカ購入／黒人大学ハワード大学の創立	1867	エッセイ集『マナーズ』を出版

年	アメリカの歴史と文学	年	ヘイル略年譜
1868	オルコット『若草物語』出版／憲法修正第14条批准により黒人市民権の付与		
1869	グラント第18代大統領／大陸横断鉄道の完成／全米婦人参政権協会の発足／ビーチャー姉妹『アメリカ人女性の家庭』出版	1869	故郷ニューポートの郷土史家エドマンド・ホイーラーと書簡でのやりとりを始める
1870	憲法修正第15条批准により黒人男性の参政権保証／女子大学としてウェルズリー大学の創立（大学設置は1875年）	1870	最後の詩集を出版
1871	女子大学としてスミス大学の創立（1875年に大学設置）／労働騎士団の結成		
1874	婦人キリスト教禁酒同盟の設立		
1876	トウェイン『トム・ソーヤーの冒険』出版／ベルによる電話の発明／フィラデルフィア万国博覧会の開催	1876	女性伝記事典『女性の記録』第3版の出版
1877	ヘイズ第19代大統領／再建時代の終了	1877	『ゴーディーズ』誌12月号にて引退する
1879	女子大学としてラドクリフ大学の設立／ホイーラー『ニューポートの歴史』出版	1879	4月30日、90歳で死去、フィラデルフィアのローレルヒル・セメタリーに埋葬される

【著者】

増田久美子
（ますだ　くみこ）

立正大学文学部教授。専門は19世紀アメリカ文学。主要論文に「ドメスティシティの模倣と懐疑 ――『ゲーリー家と友人たち』における家庭的人種暴動」（『言語社会』第7号、2013年）など。翻訳にエイミー・カプラン『帝国というアナーキー ―― アメリカ文化の起源』（共訳、青土社、2009年）、スラヴォイ・ジジェク『厄介なる主体 ―― 政治的存在論の空虚な中心』全2巻（共訳、青土社、2005年／2007年）、ベネディクト・アンダーソン『比較の亡霊 ―― ナショナリズム・東南アジア・世界』（共訳、作品社、2005年）など。

家庭性の時代
セアラ・ヘイルとアンテベラム期アメリカの女性小説

2021年7月16日　第1刷発行

【著者】
増田久美子

発行者：高梨 治
発行所：株式会社小鳥遊書房
〒102-0071　東京都千代田区富士見1-7-6-5F
電話 03-6265-4910（代表）／FAX 03-6265-4902
http://www.tkns-shobou.co.jp

装幀　中城デザイン事務所
印刷・製本　モリモト印刷株式会社
ISBN978-4-909812-52-0　C0098